OVERLORD 12

聖王國的聖騎士 上

OVERLORD 「12」 The paladin of the Holy kingdom

丸山くがね

插畫●so-bin

Kadokawa Fantastic Novels

目錄 Contents

第一章 魔皇亞達巴沃

Chapter 1 | Jaldabaoth the Evil Emperor

1

洛布爾聖王國以里．耶斯提傑王國西南方的半島為領土。

該國擁立行使信仰系魔法的聖王為君，君主與神殿勢力和睦治國，是個宗教色彩濃厚的國度，話雖如此，程度倒還不比斯連教國。

具有這幾項特色的洛布爾聖王國，國土上有兩點特別稀奇。

一個是國土被大海分為南北兩地。當然，國土並未完全遭到分割，而是環抱一個巨大海灣——縱長約莫四十公里，橫寬長達兩百公里——形成U字橫擺的國土形狀。

因此甚至有人稱兩地為北聖王國與南聖王國。

另外還有一個特色。

就是在半島入口處，建造了橫貫南北，全長超過一百公里的長城。

這是為了阻擋居住於聖王國東側與斯連教國之間丘陵地帶的多種亞人類部落進犯疆土。

耗費大量歲月與國力建設的厚重雄偉的長城，述說著亞人類的存在讓聖王國遭受過多少苦難與悲劇。

亞人類與人類，在能力上有著極大落差。

的確，哥布林等部分亞人類比人類脆弱也是事實。

他們個頭比人類矮，就體能、智能與魔法吟唱者(Magic Caster)誕生的比例等等而論，都是劣於人類的種族。

但縱然是不如人類的哥布林，只要活用夜間視力與容易藏身隱蔽處的矮小體格——例如夜晚森林戰鬥的奇襲——對人類而言肯定成為棘手敵人。

況且許多亞人類擁有比人類更強韌的肉體，更有不少種族具有先天性魔法能力。一旦容許亞人類入侵國境，擊退敵軍所需付出的代價將會是大量鮮血。

正因為如此，聖王國才會加強防禦。

為了不讓亞人類踏進這片國土一步。

為了讓亞人類知道這塊家園並不屬於他們。

為了告訴他們只要敢越雷池一步，我軍將抵死不從，奮勇抗敵。

就這樣，長城蓋了起來，但它有它的問題存在。

若要讓長城隨時保持在最佳狀態，龐大兵力常年駐守將在所難免。過去聖王國的首腦陣容曾經試算過，在亞人類的一個部落攻打過來時，需要預備多少兵力才能戰勝。

結果是：不用等亞人類攻進國境，國家就先破產了。

國內沒有餘力組織多餘流動兵力，但有必要布署數量足夠的兵員。

聖王國的歷史——自長城竣工後——當中，領土遭到最嚴重蹂躪的，當屬一場霪雨中的侵略行為。

一種手上長有吸盤，含有麻痺毒素的舌頭能伸至遠方，高階種族甚至能如「偽裝(Camouflage)」魔法般改變膚色，稱為「史拉士」的種族發動了夜襲。

史拉士翻越長城，一路西進。

幾座村莊因此犧牲，造成的慘痛悲劇導致至今仍有傳聞認為「說不定還有一些史拉士潛藏於聖王國內部」。

想到這些悲劇，會讓人覺得兵力多多益善，然而在所有地點布置兵員又會使國力疲憊。為了兼顧兩項矛盾的需求，國家採取的方法是：在長城城牆每隔一定距離設置小墩堡，另外設置統轄幾座墩堡的巨大要塞。

小墩堡布署寡兵，徹底打遲滯戰，安排一旦遇襲即刻點燃烽火，向要塞請求援軍。另外又組織中隊巡視各墩堡，並於墩堡之間的城牆上巡邏，一旦發生軍事行動還可充當後備戰力，臨機應變。

就這樣，後來再也沒有亞人翻越長城進犯疆土。

只不過，當時的聖王國首腦陣容小心謹慎到了偏執的地步。即使做了這麼多對策，對於要塞線還是不肯放心。

縱使是震撼人心的巨大城寨，對於身高倍於人類的種族或那些具有飛行能力之人而言，仍構不成多大威脅。無論是多堅固的要塞，遇上亞人類的特殊能力，都無法成為絕對安心的保障。

當時的聖王當機立斷，對外敵翻越城牆時的狀況也著手做了對策，那就是「國家總動員令」。

聖王國全體國民從此成為徵兵令的對象，成年後不分性別，都必須接受一定役期的軍事訓練，並實際配屬至長城。政府認為藉由這種制度，當亞人類翻越長城時，可以動員兵力防衛國土。

此外，政府也針對一定以上規模的居住地強化了防禦力，目的是讓村民能夠撐到國軍前來救援，同時也能發揮後勤據點的功效。這些措施使得聖王國的村鎮堅不可摧到令其他國家望塵莫及的地步，具備了軍事據點的功能。

要塞線上有著三座大墩堡，這些防衛設施用以保護長達一百公里的偌大城牆僅有的三座城門，同時也是駐屯基地，供救援周圍小墩堡的軍隊待機。萬一亞人類入侵國境，發動了國家總動員令時，這些大墩堡又可作為聚集大兵團夾擊應戰的據點。

在其中之一的中央據點。

夕陽沉入地平線的那一頭，染紅的大地徐徐受到轉黑的天色支配。

一名男子腳踩城堞，瞪著染紅的大地——西邊的丘陵地帶，爾後放下了腳。

他是個肌肉健碩的男子。

脖子粗壯，胸膛穿著鎧甲也看得出厚實份量，捲起的袖子下突出強壯手臂。男人無論從哪個部分而言，都只能說是個結實的漢子。

宛如長年遭受風吹雨打的磐石般臉孔，再加上粗眉與鬍渣，洋溢著野性情懷。粗壯的體魄若是上面放張嚴肅面孔，還稱得上協調；但偏偏只有一雙眼睛放棄維持這種均衡。

那雙又小又圓的眼睛好似小動物般，醞釀出的突兀感甚至令人發噱。

這樣的一名男子仰望天空。

薄雲以驚人速度飄走，薄紗之下看得見星空光輝，但恐怕無法像滿天星斗的光輝那般照亮地面。

男子張開鼻腔，入秋的——微微混雜冬季芬芳的冷空氣中，感覺得出夜的氣息。只有落日餘暉渲染地平面，紫羅蘭色的天空轉眼間擴大了勢力範圍。

轉身背對丘陵地帶的男子，悄悄觀察自己周圍士兵的神情。

這些士兵崇拜他而聚集於此，都是身經百戰的勇士。即使是這樣的一群戰士，表情之中仍有鬆懈。

這是無可厚非的，一天工作結束時難免如此。

「——喂，有沒有人問過天候觀測士今晚的天氣？」

跟身體一樣，適合男子風貌的渾厚聲音一問，士兵面面相覷，然後，其中一人代表大家開口：

「非常抱歉，看來在場沒有人問過，坎帕諾班長閣下。」

男子——奧蘭多．坎帕諾在聖王國的士兵階級中，地位相當低。

聖王國的士兵階級從最低階開始，依序為訓練兵、士兵、高階士兵、班長、隊長、士兵長……等等。當然根據所屬部隊不同，也有其他階級，不過一般士兵就分這幾種。

班長的地位絕沒有崇高到能夠稱為閣下。

然而，以閣下相稱的士兵並非在捉弄奧蘭多。從士兵的態度與語氣中，看得出尊敬之情。而且不只該名士兵，周圍散發英勇老兵氣質的士兵，對奧蘭多也都表示出相同敬意。

「是嗎，是嗎？」

奧蘭多慢慢來回撫摸自己長滿鬍渣的臉孔。

「閣下，若能給我些許時間，屬下這就去問，如何？」

「嗯？不了，不用麻煩。我們的工作到此為止，再來歸那位仁兄他們負責。」

奧蘭多・坎帕諾。

這個男人曾創下一大壯舉，只憑藉實力，就獲得前任聖王授予崇高的聖王國九色之一。

如此享負盛譽的男人停留在班長這種卑微地位，是因為奧蘭多有兩個問題。

一個是個性不畏艱難堅持自我——也就是最討厭聽別人的命令。

另一個是重視實力。

這兩個問題融合在一起，造就了他的行動原則——「想命令我，先跟我打一場，讓我躺倒在地再說」。而且他一見到強者就會說：「你好像很有本事，跟我過過招吧。」總要打到其中一方失去意識才滿意。

這種個性使他屢屢與貴族或長官引發暴力事件，遭到降級的次數多達十次。

軍隊不需要不服從命令之人，這是最討人嫌的類型。若是換成一般人，早就遭受矯正或是被逐出軍隊了。然而他之所以沒落得這種下場，單純只因為他的實力實在不容小覷，而且也有人就是受到他這種率性而為的個性吸引。

對於不樂意受羸弱貴族頤指氣使的那些莽漢而言，奧蘭多憑本事堅持自我的人生態度，似乎顯得痛快過癮。

奧蘭多的小隊，就是受他這種快意男兒吸引之人群集而成的不良少年團——更正，是不良士兵班。

這一班兵員人數也多，稱為隊也不為過。再加上班員雖不如奧蘭多，但也都有點本事，因此建立起了近乎治外法權的地位，長官心裡再不痛快也動不得他們。

奧蘭多的視線移動，一認出正走向這邊的男子，臉上慢慢浮現肉食動物襲向獵物時的笑容。

相較於奧蘭多是個體格結實的漢子，那個男子身材細瘦。但不是樹枝般的削瘦，應該稱為細化的鋼鐵。那種細瘦可作為一種典範，讓人們知道經過千錘百鍊，徹底削除一切累贅，配合用途打造的人體就是這個樣子。

而那一雙細眼銳利得彷彿伺機待發，再加上黑眼珠較小，看起來不像個做正經行當的人。講得好聽點像是刺客，難聽點就只是個殺人魔。

「說曹操曹操到，夜班大哥大駕光臨啦？多謝啊。」

男子步履未發出一點聲音，靜悄悄地登場，一身裝扮與奧蘭多迥然不同。

奧蘭多與周圍部下的武裝，是魔獸蘭卡牛的皮層層疊成的重裝皮甲與小型圓盾，然後是單刃劍，這是聖王國的強兵裝備。附帶一提，只有奧蘭多在腰際佩帶了八把同一種劍。

相較之下，男子身穿注入魔法的輕裝皮甲。右胸有著貓頭鷹圖案，左胸則刻有聖王國的紋章。

「……奧蘭多，你這班沒有向我報告。還有，你這是對長官的態度嗎？毫無敬意可言。要我叮嚀你多少次？」

「這真是失敬了，士兵長大人。」

奧蘭多隨便敬了個禮，他的班員也一齊敬禮。部下的這個動作真摯誠懇，在貴族或一般長官面前可沒有這種態度，其中含有明確的敬意。

男子當著大家的面「唉」地嘆口氣。這是因為他雖然覺得不夠好，但明白再多說也沒用。

（不好意思啊，老大，但我一直以來都是這個性，改不掉了。）

奧蘭多對這名男子好歹還會表現點敬意，是因為他打贏過奧蘭多。

（在離開軍隊之前，真希望最起碼能打贏你一次，而且是在你的領域。你說是不是，帕維爾・巴拉哈士兵長？）

男子——帕維爾．巴拉哈——的綽號是守夜人。他跟奧蘭多一樣，都是領受了九色中一色的人物。

揹於背後，作工精緻的弓蘊藏著魔法微光，掛在腰際的箭筒也蘊藏了同種微光。這些特點顯示出他是一位弓兵，而且是人稱百發百中的神箭手。

「我每次都在想，晚上的工作真辛苦啊。那些亞人類在暗處大多照樣行動自如，別說戰鬥，光要找到他們都不容易。」

「所以我們才能派上用場，要得到亞人類那種視力，除了與生俱來的特異功能或魔法，就只能靠訓練了。而我們就接受過這種訓練。」

「是是是，老大的寶貝女兒也是，對吧？」

帕維爾的臉頰動了一下，奧蘭多後悔自己不該多嘴。

這個連酒席場合都能保持表情紋風不動的男子，基本上只有提到妻女的話題時，臉色才會起變化。而這些話題有著致命性的問題。

「沒錯，我那女兒挺優秀的。」

——開始了，這下好看了。

不顧奧蘭多的後悔，帕維爾繼續說：

「話是這樣說，但我不懂她怎麼會想去當什麼聖騎士。那孩子是個柔弱的女孩子家，絕不會認為什麼都能靠蠻力解決——連毛蟲都能把那孩子嚇哭——剛才我說什麼都靠蠻力解決，我是說內人以外的人……雖然內人也有一點那種傾向——那孩子很像我，實在可愛……不對，說像我太可憐了——只可惜那孩子沒有劍術才能。但她有弓術才能，要是能走這條路就好了，但去當聖騎士——」

奧蘭多一面對長篇大論左耳進右耳出，一面隨便找地方應聲附和，但似乎被聽出來了。

「喂，你有在聽嗎？」

帕維爾理所當然地逼問。

（……不，我沒在聽。大概從第三次開始就沒在聽了。）

同一件事聽上五六遍，換作平常的奧蘭多早就老大不高興地回答：「沒在聽啦。」但是面對這種狀態的帕維爾，這種回答是大錯特錯。奧蘭多有被回答過「那我再說一遍」所以很清楚。

正確答案如下。

「我有在聽，你的女兒真的很可愛呢。」

帕維爾的表情整個變了，宛如牛頭馬面的凶惡嘴臉連奧蘭多看了都心驚肉跳，但其實他只是在害臊。

趁著帕維爾在腦中回味女兒受人讚美的喜悅，勝過再度拿女兒炫耀的欲望，奧蘭多必須巧妙活用這一剎那，否則地獄又要開始了。

「所以——」只有一個話題能勝過女兒的事，就是工作。「——排夜班不會害生理時鐘亂掉嗎？身體會不會出問題？」

帕維爾從大屠殺劊子手般的表情，變回了平常劊子手的表情。

「……你這問題要問幾次？答案就跟平常一樣，我不會受影響。不過，你為什麼這麼愛追問同一件事？心裡到底在想什麼？」

雖然不是第一次看到，但每次看到他這種急速變化，總是不免瞠目結舌。

剛才的你到哪裡去了？奧蘭多很想吐槽，不過他也不想重回地獄。

「……唉，問我心裡在想什麼？這問題真奇妙……我只是覺得打贏我的男人，如果因為無聊小事搞壞身體而退休，那就沒意思了。不過等我打贏你，我就不會管你這麼多了。」

以前當奧蘭多剛被分派到這座墩堡時，十分得意忘形，自己想起來都覺得丟臉。就在本領了得的士兵仰慕自己齊聚而來，讓奧蘭多變得更加不可一世時，不知怎麼安排的，他必須與帕維爾進行模擬戰。

奧蘭多擅長使劍——也就是近距離戰鬥；相較之下，帕維爾擅長使弓——也就是遠距離戰鬥。

兩者若是要交戰，該以多遠的距離戰鬥就成為關鍵。然而帕維爾卻主動表示願意接受近距離戰鬥。
最後奧蘭多敗北了。
所以奧蘭多才對帕維爾尊敬有加，同時心中也渴望再戰一場，打贏帕維爾。這次他希望站在帕維爾擅長的領域，給予對手遠距離戰鬥所需的距離，然後跨越難關打贏這一戰。
「這樣啊，你想打啊？跟我打？而且還是跟正值全盛期，身體健康毫無病痛的我？」
面對露出野獸般犀利笑意的帕維爾，奧蘭多胸中發熱。
（沒錯，就是這樣。你能懂我嗎？我就想跟你打。其實我希望能以命相搏，但我想你是不會准的。即使如此，我還是想打一場兩者之一恐怕會因此喪命的生死之戰，我想跟你來場這種生死鬥。）
然而這一切，奧蘭多全都說不出口。因為他的直覺發現，原本出現在眼前的野獸已經不知去向。而事實上，帕維爾接下來的一番話，也肯定了他的直覺。
「不過，抱歉了。我想你也明白，現在只有少數幾人能在近身戰中贏過你，而我不包括在內。」
既然如此，就用遠距離戰鬥決勝負吧。奧蘭多沒把這句話說出來，因為他知道這會形成對尊敬對象的侮辱。
回想起帕維爾的弓箭本領，奧蘭多還沒有自信能一面閃避攻擊，一面殺至對手面前。

——只是還沒有而已。

「好了，如果想講的都講完了，可以報告狀況了吧。」

「用不著這麼急躁吧，老大，還沒到換班的時間不是？瞧，鐘聲都還沒響呢。」

通知換班時間的鐘聲應該還沒響。

「交接也是要準備的啊，有些事情鐘響之前就得開始做。事前準備要做好，鐘聲一響就得開始執勤。」

「那也還早啊，老大，再陪我聊兩句嘛。」

「既然如此，不如由屬下向士兵長大人的副官報告如何？」

奧蘭多的一名部下出聲詢問。

「這個好，你太聰明了。這樣怎麼樣，老大？」

「……唉，你今天真纏人，有什麼事想說是吧？真沒辦法，直接說有話想跟我說不就得了？」

這種話奧蘭多哪裡說得出口。

有些男人會選擇尊敬的人作為商量對象，但奧蘭多屬於越是尊敬對方就越不好開口的類型，因為他希望對方將自己視為頂天立地的男子漢。

「真不愧是老大，夠明理。」

「……唉，所以到底有什麼事？如果是無聊的小事，我可不輕饒。」

「沒有啦。」奧蘭多摘下頭盔，抓抓頭。發熱的腦袋接觸到冷空氣，莫名地舒服。「是這樣的，我想踏上武者修行之旅，能不能准我離開這裡？」

奧蘭多聽見周圍傳來倒抽一口氣的聲音，只有眼前的細瘦男子表情紋風不動。

「為什麼要問我？」

「因為我在國內最敬重的男人就是老大啊，只要你不阻止我，我就了無牽掛了。」

「……你應該不是軍士吧？只要過了徵兵期間，沒人能阻止你退役。」

聖王國採取徵兵制，因此為了與徵召的士兵做區別，有時會將職業軍人稱為軍士。帕維爾與他的屬下全為軍士；奧蘭多的屬下有軍士，也有徵募的士兵。

「那麼，我退伍無所謂嘍？」

奧蘭多一問，帕維爾首度為了妻女以外的話題改變表情。那變化極其微小，奧蘭多是身懷卓越戰士的洞察力才能察覺，周圍其他人想必都渾然不覺。

奧蘭多敬重的鐵錚錚男子漢，心情竟然為了自己的去留而產生起伏。他胸中說不上是喜悅抑或哀切，兩種思緒盤繞心頭。

「……法律認可你有這種權利，我無法攔阻你……說是這樣說，但像你這樣的強者一旦離開……會出現很大的空缺。你很久以前不是去武者修行過了？怎麼挑現在這個時候？是否還是因為亞人類不再來襲？」

差不多這半年來吧，那些亞人類的確不再襲擊這座要塞了。以往每個月總有數十名亞人類來襲個一兩次。

說是數十名，但亞人類的肉體比人類強韌，而且很多人身懷特殊能力。一旦小墩堡的士兵碰上他們，被屠殺殆盡都不奇怪。

每當碰上這種情形，有時是奧蘭多，有時是帕維爾，總之常會派出精銳部隊作為援軍。

「我並沒有以殺亞人類為樂喔？我喜歡的是與高手較量，讓自己變強。」

「那豪王你不管了嗎？」

「噢，您說那傢伙啊……」

「不只他，還有魔爪、獸帝、灰王、冰炎雷，以及螺旋槍。」

帕維爾舉出幾個著名亞人類的名號，但沒有一個能比第一個舉出的名字讓奧蘭多動心。

豪王巴塞。

他是某亞人類種族的大王，又被稱為破壞王。

其名號取自他擅長破壞武器的武技，並統整出以此種武技為主軸的戰鬥方式。這個聖王國的仇敵擊敗過無數知名戰士，奧蘭多過去也曾與之一戰，結果不只手中長劍、備用武器的短劍與平斧，連用來砍木頭的柴刀都被打壞了。

奧蘭多持有的所有武器雖然盡遭粉碎，但豪王見要塞派出了援軍，而選擇撤退，戰鬥就此結束。奧蘭多撐到援軍趕來，就這層意義而言是他贏了，也有很多人讚揚他的勇武。但奧蘭多本身卻覺得這表示對豪王來說，自己不是甘冒風險也得除掉的敵人，結果只有這種挫敗感深銘於心。

「我很想跟那傢伙再戰一場，不過……現在的我恐怕還贏不了。要打贏那傢伙，必須踏進人稱英雄的領域，否則恐怕很難。正因為如此——啊……老大你也是知道的吧？聽說那個大戰士葛傑夫．史托羅諾夫戰死了。」

「嗯，都聽說了，因為高層之前議論過此事對鄰近諸國造成的影響。」

里．耶斯提傑王國聞名天下的最強戰士之死，在他們聖王國的軍士——尤其是自認為有點本事的人——之間引起了熱烈討論。

「不曉得你知不知道細節？」

「大致上聽說了，據說是一名號稱魔導王的魔法吟唱者與他單挑並獲得勝利。老實說，我有點難以理解魔法吟唱者怎麼會跟人單挑。」

這點奧蘭多也同意。

不過所謂的魔法吟唱者其實範圍很廣，像信仰系魔法吟唱者只要使用強化自身的魔法，甚至能強過一個半吊子戰士。除此之外，這個國家引以為傲的聖騎士也會使用魔法，因此廣義來說也勉強稱得上魔法吟唱者。這樣想來，一對一單挑也不是不可能。

「……除此之外，講到魔導王，好像還有毀滅了一支軍隊，或是製造出巨大山羊還是綿羊什麼的傳聞。」

「這我是初次耳聞，你是說巨大山羊嗎……真是個詭異的魔法吟唱者。」

一聽到山羊，奧蘭多不免想起敗北的記憶。既然魔導王召喚了山羊，自然不會是普通的山羊。

「哎，這個詭異的魔法吟唱者也是，所以我才要修行啊。」

「……所以才要修行？我不懂你的意思。」

「輸給老大時也是，其實我以前從沒把遠程武器或魔法放在眼裡的，以為那種花招用劍硬是制伏就行了。可是，那個本領絕對在我之上的王國戰士長閣下輸了，讓我覺得我可能有點太小看那類招數。」

「所以？」

「所以我想來個武者修行，重新來過啦。」

「……你不會跟我說，想在國內挑戰你打不贏的對手吧？」

「不會啦。」

奧蘭多打不贏的對手，在九色當中另外還有幾位：

領受藍色的海軍陸戰隊副隊長恩里克・比素爾。
領受白色的聖騎士團團長蕾梅迪奧絲・卡斯托迪奧。
領受黑色的帕維爾・巴拉哈。
海中的人魚族群（Merman），尤其是其中領受綠色的瀾・鏃・安・林。
再來就是不在九色之列的最高階神官葵拉特・卡斯托迪奧。
換言之，他們盡是些在國內地位極其崇高之人，與這些人挑起戰端可不是引發大騷動就能了事。如果只是模擬戰的話，或許還能拿同為九色作為表面藉口，但拿出真刀實槍的戰鬥是絕不被允許的。
可是，非得真刀實槍不可。
真刀實槍的戰鬥與模擬戰鬥完全是兩回事，有時甚至能逆轉勝敗。很多人測驗時與正式上場時的實力截然不同，而所謂強者就是那些正式上場時的高手。因此不能拿出真刀實槍，就構不成武者修行。
「那就好，不過……你打算在哪裡進行武者修行？」
「我想去剛才提到的魔導國看看，聽說那裡有相當強悍的不死者。」
安茲・烏爾・恭魔導國。
居然拿自己的全名當國名，這人究竟有多愛出風頭？雖然讓人不禁傻眼，但沒人規定不能這樣做，況且魔導王的確有足夠實力讓他愛現沒人管。
「我聽往來王國與聖王國的商人說過。」
聖王國由於神殿教誨深植人心，因此具有憎恨、厭惡不死者的國民性，這點帕維爾應該也不例外。不對。奧蘭多心想，帕維爾並非因為不死者是聖王國的敵人才排斥這種存在，而是因為不死者是他妻子的敵人。
不過，他不提那方面的話題。因為雖不至於像女兒的話題那樣講到忘我，但講起來一樣沒完沒了。
「聖王國採取的態度，是默認魔導國的存在對吧？所以就算聖王國的人說要去那裡也不會怎樣……對吧？」
魔導國有著不死者軍團這種玩意兒，不管講得怎麼好聽，對聖王國而言都是不共戴天的敵人。耶・蘭提爾如今成了魔導王的大本營，想到當地居民的困境，國內很多聲浪主張應該立即派兵營救。然而聖王國目前飽受亞人類的威脅，在平定這片丘陵地帶之前，絕不可能對外國展開軍事行動。
先不論國民情感，首腦陣容對魔導國的措施，結果只限消極譴責。
「……魔導國啊。只要向上級呈報，維持著軍籍應該也去得了。高層認為剷除了亞人類，下一個就輪到魔導國了，似乎也考慮與教國組成聯合戰線。」

「哦，感覺宗教差異好像會造成一堆麻煩糾紛啊。」

「是啊，說得一點也沒錯。先不管這個，你維持著軍籍可以得到國家支援，還可免除煩瑣的入境審查……應該吧。因為你要去，對於那些想知道魔導國內情的大人物來說正是個好機會。」

「這也不錯，可是這樣我就不能想打誰就打誰了哩。」

「你啊……最麻煩的就是你都不是在開玩笑。」

「要是演變成國際問題，我可對不起老大。」

晚風寒冷地吹過，帕維爾面不改色沉默了片刻，然後看似不高興地——雖然這是常態了——低語道：

「你這張臉雖然土氣，但想到以後看不到了，還真有點寂寞。」

奧蘭多咧嘴一笑，笑臉雖然如野獸般猙獰，其實那是反常的靦腆微笑。帕維爾沒挽留他，但也沒鼓勵他去，而且還為他留下明確的歸宿。

「那可真對不起……沒關係，我會變得更強再回來，到時候我替老大鍛鍊兩下如何？」

「口氣不小嘛。」

聽到奧蘭多輕佻的笑聲，帕維爾也同樣地笑了。那笑聲極為凶猛，活像兩頭野獸發出低吼。

就在這時，鐘響了。

已經到了夜班的輪替時間嗎？聊得有點久了，等一下恐怕會被唸一句。奧蘭多原本這樣想，但連連敲響的鐘聲使他這種想法煙消雲散。

奧蘭多慢了帕維爾一點，像被電到般轉頭望向丘陵地帶。

這陣鐘聲代表的意義是「亞人類出現」。

方圓四百公尺以上的土地，在沒有任何物體遮蔽視野的——以前有過山丘與森林等等，但在修築長城時，國家主導大興土木將此地夷為平地——空曠草原前方，山丘等遮蔽物徐徐增加的地方，有些猶如影子的物體，在除了星光別無他物的黑暗之地晃動。

「老大。」

在這黑暗當中，憑奧蘭多的視力，不可能掌握遙遠那方亞人類的真面目，所以他請示了眼睛最好的男子。

「錯不了，是亞人類……我看是蛇身人（Snake Man）。」

奧蘭多立刻就得到答案。

蛇身人是一種人類般身體長有眼鏡蛇般蛇頭與鱗片，並具有尾巴的種族，一般認為這種亞人類與蜥蜴人（Lizard Man）屬於近親種族。蛇頭帶有強力毒素，手中的野蠻長槍也塗有此種毒素，遇到這種對手，最好避免近身戰。

話雖如此，如果是奧蘭多或他的部下這種肉體經過鍛鍊之人，有高機率可以抵抗毒性。鱗片雖多少具有防禦能力，但沒硬到能彈開金屬武器。他們能將尾巴運用自如，但只要當成一種武器看待就行了。再來就是他們擁有蛇類的偵測器官，夜間比人類占優勢，但總有辦法解決。

（會由我們打頭陣嗎？不對，敵人還沒過來，應該就被老大的部隊全數射死了。）

蛇身人具有厭惡冰冷物體的特性，不會穿戴金屬鎧甲等等。因此像帕維爾的屬下這種一流弓兵，要射殺他們輕而易舉。

「那麼老大，對方大約有多少人？」

照平常的話，應該不到二十人。

「……老大？」

沒聽到回答讓奧蘭多心中納悶，一看帕維爾，只見平時面無表情的臉孔，清楚浮現出不知所措之色。

「怎麼了，老大？」

「……人數越來越多？這該不會是——糟了！還看得到其他種族的身影，包括鐵鼠人、食人魔（Ogre）……那是洞下人嗎？」

「你說什麼！」

丘陵地帶有著多種亞人類，但之間關係並不友好，反而還會為了土地相爭，除了哥布林與食人魔那種共同生存，或其中一方淪為奴隸做牛做馬的情況外，沒有亞人類與其他種族和諧共進。

甚至有亞人類是被其他種族強奪土地失去家園，才會攻進聖王國。

那麼這次也是這種情況嗎？倘若不是的話──

「大侵略？」

有人出聲說了。本人或許只是自言自語，聲音聽起來卻異常地大。

「奧蘭多，我有事想問你。」

帕維爾的語氣中有著說不出的緊張感。不對，這是當然了。

人種、文化、宗教。就像相同種族也會有多個國家存在，想創造統一的國家難如登天；若是種族不同就更難了。因此丘陵地帶的亞人類，應該是絕不可能統合為一的。

然而如果這種狀況發生了，即表示賭上國家存亡之戰即將開打。

然後──奧蘭多渾身一顫。

整合各類種族需要顯而易見的力量，以人類來說，財力或智力也是力量之一，但亞人類最重視的是蠻力，換言之──

（──也就是說，搞不好有個強得嚇人的敵人。）

「麻煩你用你身為戰士的直覺回答我，那些傢伙出現在這座大墩堡——防衛最堅固的地點，有兩個可能的理由，你認為是哪一個？第一，他們是聲東擊西的分隊，主隊正要突破防衛薄弱的地點。第二——」

「——他們有自信能正面突破，企圖在這裡徹底擊潰聖王國五分之一的戰力。」奧蘭多側臉感受著帕維爾的銳利視線，但仍繼續說道：「同時想把這座墩堡當成灘頭堡。再來應該就是一面降低聖王國的士氣，一面提昇己軍士氣吧？」

「……可能會發動國家總動員令了。」

「哈哈！聖王國史上絕無僅有的大戰爭，將在我們這個時代再度開戰，真不知該如何形容啊。」

「……我去報告上級，你也一起來。」

「遵命，老大！你們幾個！盛大派對就要開始啦！去摸點備用武器過來！」

敵方軍容越是浩大，整頓陣勢應該越花時間，而且種族愈多元應該愈費時。不過，這點己軍也是一樣的。既然是大軍，準備就得花時間，就算是最前線也不例外。

要做的事多得驚人，沒時間悠哉了。

奧蘭多追在帕維爾後面奔跑。

2

當敵方大軍慢慢整頓陣勢時，帕維爾感覺到自己的喉嚨陣陣刺痛。

敵軍進攻越慢，我方就能召集越多兵力到這座大墩堡，而且也有時間實施總動員令，因此長官似乎很歡迎這種狀況，但帕維爾不這麼想。

亞人類當中，有的智能比起人類有過之而無不及。能夠率領如此浩大軍勢之人不可能愚昧蠢笨，既然如此，應該知道給予己方時間會造成多大不利。而且現在已經入夜，接下來的戰鬥對亞人類有利，縱使燃起篝火也一樣。

帕維爾瞪著四百公尺外的敵軍陣地。

敵軍隊伍以種族為單位，似乎不是以持有武器、戰法或種族特性等作為考量。

亞人類想必並未整合為一支大軍，不然應該會整頓為更合理的行伍才對。或者可以說就像多頭政體，是由幾個種族握有同等權力組成的亞人類聯盟？

「我看不太清楚，老大，你看到敵方總帥了嗎？」

「……沒有，目前還沒發現敵軍頭子的身影。」

部下也沒報告看到了疑似總帥的人影。

但勢必有個類似指揮官的人物，不然連整備軍伍都有困難。

「諒他不會永遠躲藏下去，首先可以料到他必定會在戰線現身。」

基於亞人類的特性，領導者總是擁有高度戰鬥力，會為了耀武揚威而現身。

而到了那時候，就是帕維爾出動的最佳時機。

帕維爾用力握緊自己持有的弓。

這是施加了抗亞人類特化魔法的合成長弓；不只如此，帕維爾還得到軍方發給可與黑影融為一體，利於潛伏的暗影披風(Mantle of Shadow)、可消除腳步聲的無聲之靴(Boots of Silence)、提高裝備者抵抗力的抵抗上衣(Vest of Resistance)、為裝備者提供射擊武器防護的變位戒指(Deflection Ring)等等。這都是因為帕維爾備受國家器重。

「你們幾個做好準備，隨時要能放箭。」

帕維爾對融入黑夜般潛藏四下的部下做出指示。

假如敵方是人類，或許會互派使者，宣讀開戰宣言等等，打一場貴族式的戰爭；但包括駐屯這座墩堡的將校在內，聖王國沒有一個人民有意願跟來自丘陵地帶的亞人類談判。頂多只會為了欺騙或計謀爭取時間，做做談判的樣子罷了。一旦發現敵方指揮官，帕維爾打算即刻射殺。

「……你也差不多該回自己隊上了吧？」

「就這麼辦，老大。你也小心點啊。」

「嗯，你也是。」

帕維爾目光望著奧蘭多離去的背影，懷著些許不安。

亞人類具有的特殊能力當中，有一些足以致命。

例如巨雙眼族的魔眼。

這種兩眼巨大到臉部五官不平衡的亞人類擁有兩種魔眼，其中一種是「迷惑(Charm)」。被這種魔眼一瞪，會在無意識中忍不住靠近對手。沒錯，即使人在長城上，也一樣會嘗試以最短距離接近視野下方的亞人類。

為了增強對抗這種特異功能的抵抗力，一般會裝備魔法道具，但軍方沒發給這類道具給奧蘭多，運氣不好可能一擊殞命。

帕維爾闔起雙眼以恢復平靜，腦中無意間浮現一名女子的身姿。

那是九色中的一色，領受白色的女子。

（不只那傢伙，那個女的也有另一種理由讓我不安。那女的欠缺知識，很可能給旁人造成困擾。難怪桃紅色要費心了……我家女兒也真是的，怎麼會想加入那種軍隊？像一般人那樣認識個好男人，談個戀愛，締結良緣不就沒事了——不行！）

帕維爾甩甩頭，趕走對女兒越來越強烈的擔心。

也為了調整心態，他再度望向亞人類的陣地。

雖然不知山丘另一頭有多少亞人類，不過隨風飄動的旗幟數量很多。這座墩堡唯一一名第三位階魔力系魔法吟唱者已經飛天確認過，那些大量旗幟並非偽裝。

既然如此，敵軍實際上召集到那樣的大軍了，恐怕不可能以僵持不下做結。

帕維爾進行一如平常的儀式。

他從懷中取出木雕人偶，親吻它。

這是女兒六歲時做給自己的人偶，四根圓棒向外突出的怪異人偶，好像是照著父親做的。當時帕維爾稱讚女兒這個魔物做得真帥，結果弄哭了女兒，他到現在仍記得清清楚楚，也記得妻子當時賞自己的一腳。

反覆撫摸磨損了人偶，剛做好時雕刻的眼睛與嘴巴等痕跡都變淡了。女兒如今已經成長，帕維爾很希望她能再做一個更像自己的人偶，但或許就像俗話說子女不知父母心，沒有半點那種跡象。

應該是因為帕維爾長時間在此處執勤，少有機會能見到妻女吧。他覺得父女間的距離似乎一天比一天遙遠，以前他一回家，女兒總是馬上抱過來；不知從什麼時候開始，擁抱也沒有了。

妻子笑著說女兒獨立不黏爸爸了，但對帕維爾而言這可是件大事。

（若是能放個兩個月的假，真想像以前那樣一家人去露營。）

每當帕維爾教女兒游擊兵(Ranger)的知識時，她總是用佩服與尊敬的眼神看爸爸。露營作戰就是期待這一點，不過他也知道大概不會這麼順利。

帕維爾把人偶收回懷裡。

女兒如今立志成為聖騎士，也不在家。即使帕維爾難得回家，女兒常常也不在。

（我還是希望她能跟住在附近的男人結婚——至少這樣比較好一點……不，好上那麼一點點……不，就好那麼一絲絲。）

成為聖騎士的人生，是最不適合女兒走的路。帕維爾一直關心女兒到大，不會看錯。

他那女兒嚮往母親的聖騎士模樣，偏偏選了這條路。但憑著這種心態，是沒有資格成為聖騎士的。

體現自己相信的正義的騎士，才稱得上聖騎士。

所以——由於老婆很可怕——帕維爾雖然沒說出口，但他也認為聖騎士盡是些狂信徒。

（我家女兒到底知不知道這點……我是希望她不知道，可是……）

「——好驚人的數量呢。」

身旁副官屏氣凝息，眺望著敵軍陣地自言自語；帕維爾一聽回過神來，回答：

「是啊，的確。不過，不用害怕，你們支援我就是了。」

不只副官，周圍自己的部下散發的氛圍也稍稍鬆緩了點。
（對，這樣就對了，緊張可是狙擊的天敵。）
帕維爾從面無表情——雖然他自己並不這麼想——變成露出一絲笑意時，敵方陣地有了動靜。
有個亞人類慢慢走上前來。
明明有那麼多亞人類，那人卻沒帶半個護衛。是因為不需要，還是自視甚高？或者那人是個死不足惜的信差？
「要射嗎？」
「別出手，但是開始移動到射線通暢的位置，然後等我命令。」
帕維爾小聲命令部下後，部下就像影子急速奔走般，往周圍大幅散開。
為了判別那人是敵軍總帥或只是個信差，帕維爾瞪視對方。
（那個亞人類……究竟是什麼種族？至今從未看過那種感覺的人……那是什麼衣服？民族服裝嗎？面具也是嗎？）
只能肯定來者絕非人類，那人腰部後側露出一條尾巴般的物體。
問題是這個亞人類的服裝。當成民族服裝來看，的確也能說有那麼一點感覺。只是即使遠望也看得出作工極佳，比起人類似乎擁有更高的技術水準。

（高文化水準的亞人類很棘手……）

不只帕維爾，鎮守長城的所有士兵都緊張屏息，監視那個亞人類的一舉一動。在這緊張萬分的氣氛中，亞人類一路走來，直到之間只剩五十公尺。

「站住！此地為聖王國的領土！不是你們亞人類可以踏足的場所！速速離去！」

有人大聲喝止，連待在遠處的帕維爾這邊都聽得見。這名男子是大墩堡的最高負責人，是聖王國僅有的五位將軍之一。男子身穿不帶光澤，滿是刮痕的全身鎧（Full Plate），中氣十足的聲音響徹五臟六腑。

他身邊只有一名參謀，想必是為了敵人發動攻擊時，能避免波及部下。取而代之地，幾名手持塔盾的兵士隱藏其後待命，一有狀況能夠即刻挺身而出。

相較之下，那個亞人類嗓音柔和悅耳，深沉得彷彿能鑽入人心，而且即使距離如此遙遠，仍能清晰傳到帕維爾這邊。

「這我當然知道，話說──您是哪位？」

「我是──守衛這座長城的將領！你又是什麼人！」

沒必要把自己的情報告訴對方吧？帕維爾皺起眉頭。但他知道那位將軍完全不懂得耍心機，所以只能把這當成必然的狀況。

「原來如此，原來如此。被問到名字卻避而不答，恐怕有失禮數了。幸會，聖王國的各位人士，本人名叫亞達巴沃。」

「怎麼可能！」將軍身旁的參謀叫了起來。「大惡魔亞達巴沃！就是在王國王都率領惡魔，作惡多端的那個惡魔嗎！」

「哦！竟然知道我的身分，光榮之至。正是，在里．耶斯提傑王國大宴賓客，獲得滿堂彩的就是我本人。不過——大惡魔這稱號可真讓人傷心啊……這樣吧，如果要稱呼我，還請各位稱我為魔皇亞達巴沃。」

帕維爾口中默唸了魔皇亞達巴沃這幾個字。

雖然對方報上名號的態度實在傲慢，但只要想起身後率領的多種亞人類的存在，以及傳聞中的王都騷亂，這個名號可以說當之無愧。

「你這惡徒！擾亂王國還不滿足，這次想在我國為非作歹嗎！」

「不，並不全是如此，由於我在王國遇見了可怕至極的戰士——」

亞達巴沃一副沒趣的樣子聳了聳肩，那動作有種難以形容的格調，使得帕維爾產生錯覺，彷彿面對的是一位人類貴族。

「——也罷，這方面就容我省略吧。」

「所以你到底有何目的！為何率領亞人類來到此地！」

「我來此是為了將這個國家化為地獄，我想讓此地充滿連綿不絕的哀嚎、詛咒與尖叫，變成一個歡樂的國度。然而我終究不能陪多達上百萬的人類一個一個玩，為此才會帶他們一同前來。他們會代替我，將人類這種脆弱生物浸入深達肩膀的絕望沼澤，讓大家發出悲嘆與哀求的喊叫。」

亞達巴沃心情極其愉快地侃侃而談。

帕維爾在此知道了邪惡二字的含意，那些神職人員高喊的「邪惡的亞人類」等等，終究不過是提高戰意的政治宣傳，只是夢話一類。因為用俯瞰的觀點來看，亞人類的侵略行為只不過是爭奪獵場的自然界活動罷了。

一種令全身爬滿雞皮疙瘩的恐懼襲向帕維爾，同時他也產生了堅定決心。

絕不能准許那個惡魔踏進妻女所在的聖王國大地。

握弓的手更加使力。

亞達巴沃這番話如果是想嚇唬人，那他完全失敗了。人類這種生物沒膽小到那種程度，他要讓那惡魔遭受慘痛教訓，藉此體會自己藐視人類有多愚蠢。

守衛此地的是一群意志如鋼鐵般堅定，立誓守護聖王國的將士。即使近年來戰力看似有所衰退，但熱愛祖國的心意尚存。

「——你以為鎮守此地的我等會放任你撒野嗎！聽好了！愚蠢的亞達巴沃！」

將軍吼道。

沒錯，那是名符其實的吼叫。

「此地是聖王國的第一道關卡！也是最後一道關卡！我們的背後有著聖王國人民的安寧！絕不會讓你們踐踏！」

「唔喔喔喔！」將軍的聲音引起其他士兵跟著高吼。在這瞬間，戰意一口氣火熱沸騰。帕維爾要不是躲藏起來，巴不得也能跟著吼叫。自己的部下身體微微發顫，想必也是同樣的心境。

然而，蠢笨的拍手聲澆了大家一桶冷水。掌聲來自惡魔，他拍了一會兒手後開口：

「原來是保護搖籃的看門狗啊。我不討厭這一套喔？保護一些事物是相當重要的——我喜歡，所有在這裡成為俘虜的人，我會盡心盡力款待你們。」

惡魔的聲音夾雜著笑聲，聽起來由衷愉快。

亞達巴沃並沒有特別大聲說話，因此從帕維爾這個位置，有時候應該會聽不清楚。然而神奇的是，惡魔的聲音聽得一清二楚，簡直好像就在他們背後說話似的。

（——不用多想，不是沒有這種魔法。）

有些魔法或魔法道具具有擴音效果，亞達巴沃完全有可能使用了這類手段。但即使如此，那種緊黏背後的討厭感覺仍驅之不散。

「我不接受投降，請各位盡量取悅我。那麼——開始吧。」

帕維爾對部下發出射殺命令。

他不會慢慢等將軍下指示，他們早已獲准自行判斷何時行動。因為狙擊敵軍司令的機會千載難逢，要是還得請示上級，就要錯失機會了。

帕維爾站起來。

周圍部下也跟著行動。

狙擊只需一瞬間，約莫五十公尺的距離，對帕維爾而言是近之又近。帕維爾抱著一箭奪命的意志拉弓——直覺到自己與亞達巴沃的視線隔著面具交錯了。

（我不會給你時間逃跑或防禦，要恨就恨自己單槍匹馬上前線的傲慢吧！）

「——射！」

配合著帕維爾一聲令下，總共五十一支箭破空飛去。

這是魔法弓射出的魔法箭。

火焰箭留下紅色軌跡，冰霜箭留下藍色軌跡，雷電箭留下黃色軌跡，強酸箭留下綠色軌跡，帕維爾的善性箭留下白色軌跡，於半空中疾馳。

拉至極限的弓射出箭矢，不描繪弧線而是一直線衝去，沒有一支射歪，全刺進了亞達巴沃身上。

帕維爾的射擊尤其強勁。使用了武技或特殊技能的一射，破壞力能與重戰士當頭劈下的一擊匹敵。一旦受到這一箭，就連身穿全身鎧的大男人都會被震飛，摔倒在地。

豈料——亞達巴沃全身承受了五十一支箭，卻紋風不動。

接著，令人不敢置信的現象發生了。

理應貫穿身體的箭矢，居然接二連三掉到了地上。

（什麼！——是抗飛來物體的防禦能力嗎！）

帕維爾一面以最快速度準備第二支箭，一面高速思索亞達巴沃是用什麼辦法抵禦了這波箭矢攻擊。

部分魔物可藉由能力使攻擊失效，例如人狼（Lycanthrope）等魔物必須以銀製武器對抗，否則幾乎無法給予傷害。

同理，亞達巴沃也有可能身懷同樣能力。那麼要用何種攻擊，才能打穿亞達巴沃的防禦？

剛才射向亞達巴沃的箭是鐵製的，箭矢中蘊藏了善性力量，可對邪惡之人發揮強大效果。照理來說惡魔不可能完全防禦那一擊，但攻擊就是失效了，這是無可撼動的事實。既然如此，使用其他種類的箭測試敵人，揭開其神祕面紗，才是通往勝利的途徑。

帕維爾接著準備了銀箭，裡面一樣封入了善性力量。

「——那麼，我也該出第一招了，雖然只是一點薄禮，但還是請各位笑納。第十位階魔法，『隕石墜落（Meteor Fall）』。」

帕維爾感覺到有種物體以不可閃避的速度自頭頂上方接近，抬頭一看，天上有個光團。是燒熱的巨大岩石——不，是更大的某種物體。

強光逐漸籠罩視野之時，一瞬間，他在光芒中看見了妻女的身影。

帕維爾知道那是幻覺，女兒如今已經長大到足以自己選擇人生道路。即使如此，他看見的女兒卻年幼嬌小，抱起女兒的妻子是那樣年輕。

（不對，現在還是得說她年輕，不然死定——）

●

撕裂天空到達長城的隕石，引起了大爆炸。爆炸聲轟然響徹五臟六腑，造成的轟炸力道橫掃現場一切事物，繼而炸碎了長城。

爆炸熱風掀起的砂土如雨驟降，煙塵慢慢散去。

在那裡看到的，是長城被擊碎得原形盡失的光景。

在場的士兵下場如何，看看被挖出大洞的長城便不言自明。

那片景象在說：區區人類待在那裡，不可能存活下來。

不用說，迪米烏哥斯知道也有人類能撐過這一擊。就像過去曾有一群愚蠢之徒，闖進無上至尊打造的聖地納薩力克地下大墳墓時一樣。不過他事前收集了足夠情報，早已確定此地沒有那樣的人類。

「好了，這樣就差不多準備完成了吧。」

迪米烏哥斯用手拍拍西裝，雖然沒有灑到砂土，但可能是衝撞時的衝擊力造成粉塵飛散，飄到自己這邊來了，他覺得有點泥土味所以稍微拍拍。不——就算沒有任何味道，他還是會這樣做的。因為這是施恩創造自己的偉大人物，賞賜給自己的貴重物品。

當然，迪米烏哥斯除了這件西裝外還有很多衣服，但絕不能因為這樣就不懂珍惜。

想起偉大的創造主，他在面具底下欣喜地微笑，然後望向醜態畢露的那群人類。

只要加以追擊，敵方將會更明顯地陷入混亂，這時再趁機讓亞人類進攻，要完全瓦解敵方軍隊易如反掌。不過，他不是為了這樣做才施展剛才那個魔法。

迪米烏哥斯會用的魔法相當少，第十位階魔法除了這個之外就只剩一種。他的真正價值在於特殊技能，使用魔法是為了節省力量，不過眼前鋪展開來的光景也夠可悲悽慘了。

沒有人有意反擊，似乎正在拚命收集情報，重新編隊。

（我又沒有殺害指揮官……而且，看樣子也不是注意到這點不對勁而陷入混亂……要不要緊啊？）

迪米烏哥斯轉身背對那些人類，開始走向自己的奴隸建造的陣地。

他完全沒在戒備來自身後的攻擊。

如此從容不迫，是因為情報早已徹底收集完成。

迪米烏哥斯很強。

的確，在樓層守護者當中或許屬於低階，但戰鬥時他總有必勝自信。這是因為他知道只在有勝算的時候才該開戰。換言之如果無法取勝，除非受到命令，否則絕不該選擇一戰。

迪米烏哥斯無法戰勝——也就是說無法預備好必勝基礎的對手，只有一人。

那位大人擁有高於自己的智慧，會布下超乎想像的謀略，能解讀千秋萬世之後的世界情勢，是將一切掌握於自己手中的終極顛峰。

那就是納薩力克地下大墳墓的最高統治者，安茲．烏爾．恭。

只有迪米烏哥斯竭誠盡忠的那位無上至尊，才有如此能耐。

（大人製造出大量不死者，也是謀略的一個環節。一旦中了那項策略，就再也沒有人能傷害安茲大人分毫。真是位令人畏懼的大人物，而我們能受到這樣的大人物支配，這種幸福不知道其他人究竟明不明——）

忽然咚的一聲，第一次發生預料之外的狀況，迪米烏哥斯回頭看向聲音來源。

應該是從長城上跳下來的，那個男人正慢慢地站起來。

「老……老大死了。那……那是我要打倒的男人啊啊啊！」

男人邊說邊雙手拔劍。

迪米烏哥斯從男人的外貌，在收集到的情報中做搜尋，馬上就找到了答案。

威脅度——E（蟲子）。

誤判率——E（零）。

重要度——E（小白鼠）。

換言之就是垃圾。不過，此人是屬較有力量的九色——雖然不是所有人都有本事——之一，迪米烏哥斯本來就想過如果抓到，用來做些實驗也無妨。

「嗚喔喔喔喔！」

男子嘶吼著跑過來。

（好慢，實在太慢了。既然只有這點速度，難道不該多動動腦再行動嗎？像是施加「寂靜（Silence）」無聲降落，藉此更靠近敵人一點……）

男子從換成同僚的話轉瞬間就能跑完的距離——溫吞地——跑過來。

這個低能的男人，根據迪米烏哥斯收集的情報似乎身懷特殊技能，能夠以破壞自己使用的武器為代價，發動威力高出武器數倍的一擊。所以他才會雙手持劍，腰上還佩帶了好幾把相同的劍。

（要怎麼殺他呢？盡量殺得乾淨點，帶回去時比較——噢，總算跑到了啊。）

迪米烏哥斯一面確保距離，以免男子噴血時灑到自己，一面發出命令：

「——『用你的劍刺穿自己的喉嚨』。」

噗唰一聲。

男子用手上的劍刺穿了自己的喉嚨，眼中浮現出無法理解狀況的情感。他眼光轉淡，最後變得像混濁的玻璃珠，並幾乎在同一時間倒臥地面。

長城那邊傳來悲痛的喊叫。

迪米烏哥斯轉過身來，走到男子身邊，用一根食指勾起後領舉起來，然後直接回陣地。

一回到陣地，各種族的代表——不是掌權人——立即聚集到自己跟前。

迪米烏哥斯在腦中將亞人類區分為兩種。

一種生性嗜血，拿人類當食物，並服從強者的命令，這類種族是以正面情感臣服於迪米烏哥斯；另一類種族臣服於迪米烏哥斯，則是出於恐懼的負面情感。

迪米烏哥斯從後者集團當中做挑選。

「集合得真慢。」

他只說這麼一句話，就從集團中隨便挑出一個亞人類，抓住對方的肩膀部位。這種種族稱為藍蛆。接著他直接扯下對方肩膀的皮膚。

迪米烏哥斯在樓層守護者中雖然缺乏蠻力，不過這點程度還辦得到。

伴隨著不成言語的尖叫，亞人類肩膀上的皮膚——包括一部分肌肉——被扯掉，痛得滾倒在地。

「那麼請各位開始進攻，盡量不要造成太多損害，越過這座長城後才是重頭戲。」

迪米烏哥斯態度一變，溫柔地對眾人說道。

他對隸屬納薩力克之人展現的溫柔發自內心，面對同伴，他這人是十分溫柔的。然而向其他人展現的溫柔，不過是對工具做的慰勞罷了。

收到命令的亞人類衝向同族那邊，倒在地上的亞人類也不例外。

因為他們已被告知，只有那些聽從迪米烏哥斯的命令並表現優異之人，才能享有幸福的結果；當然他們也被告知，做出相反結果的人，會有應得的未來等著他們。

迪米烏哥斯面帶溫柔笑容，目送亞人類跑走的背影。

「——好，那麼該進行下一步了——惡魔們。」

迪米烏哥斯發動自己的特殊技能，大量召喚用完即丟的惡魔。

這些惡魔對迪米烏哥斯而言屬於極弱的一類，但更強的惡魔無法召喚這麼多。目前情況的重點，是讓聖王國士兵宣傳他們受到惡魔襲擊，換言之需要的是數量。

「聽好嘍？你們去支援那些亞人類，而且要巧妙趕走一些人類，千萬不可以笨到沒放任何一個人回國。」

低階惡魔點點頭，一齊飛上高空。

雖說召喚出來的魔物能與召喚者共享某種程度的情報，但內容相當粗略，最好認為他們頂多只能掌握敵我雙方是誰。為此，召喚之際有必要以口頭下達命令。

（那麼……希望球可以正確落在目標位置。）

迪米烏哥斯聰明伶俐的頭腦考慮過各種狀況，計算過多達幾十種發展，並準備好修正案以達成目的。計畫多少偏離軌道是預料中事，只不過有時候，極度愚昧之人會做出些完全超乎預料的事來。

（若是慧點如安茲大人，想必就連愚昧之人的行動都能完全預測……但我還差遠了。不過話說回來，希望安茲大人能享受這一切……）

想到這裡，迪米烏哥斯心跳加快起來。長時間準備的舞臺若是不能讓崇高主人樂在其中，迪米烏哥斯將不知該如何是好。

（聖王國的各位，我由衷祈望你們能取悅安茲大人，就用你們那副可憐相……不過話說回來，大人這次不知會如何修正我的計畫，展現出更好的結果？）

迪米烏哥斯就像等待恩師指點的學生，內心因期待與興奮而發熱，面露微笑。

（接受安茲大人的身教，讓我自己更上一層樓，並更加竭智盡忠，這真是太美好了！）

對於為了侍奉無上至尊而誕生的迪米烏哥斯而言，沒有比能夠竭力服侍主人更大的喜悅了。

「啊，實在太令人期待了……」

3.

亞人類的聯軍——而且是大軍——突破了最堅不可摧且擁有眾多士兵的中央大墩堡，翻越了長城的消息，頃刻間傳遍了全聖王國。

亞人類聯盟的總帥為魔皇亞達巴沃。

據說他是在王國大肆破壞的惡魔，使用壓倒性的魔法力量，將長城如紙一般撕裂。

亞人類聯盟以一共十八個種族組成，推測總兵力超過十萬。這些亞人類的軍勢正在費心破壞長城與墩堡，侵略行動暫時喊停。

收到這份消息，聖王國的領袖聖王女發動了國家總動員令。

由於聖王國國土隔著海灣往南北鋪展，因此在調動軍力時勢必會成為兩支軍隊，也就是北聖王國軍與南聖王國軍。

兩邊各自將軍隊移至要地——北境重要都市卡林夏與南境重要都市德博恩，幾日間窺伺敵軍動靜。

監視長城的偵察兵送來使情勢頓時緊繃的報告。

——亞人類聯軍，全軍順勢西侵——

——推測數日內就會到達北部要塞都市卡林夏——

「這樣啊，那麼戰場果然會是這裡了。」

說出這句話的是聖王女——卡兒可．貝薩雷斯。

由於繼承順序較低——聖王國開國以來皆立男性為君——本來應該不會輪到她繼承聖王王位；但因為她具備兩項天賦，最終仍由她加冕。

其一是她的美貌。她的花容月貌被譽為洛布爾的至寶，兼具嬌柔與英氣，金絲般的長髮盪漾著亮麗鮮明的光澤。由於光澤看上去恰似天使光環，也有不少人見到她柔和微笑的模樣，形容她為聖女。

而另一項，是她作為信仰系魔法吟唱者的高度天分。她年僅十五歲就能使用第四位階魔法，才氣縱橫，於是在上屆聖王與神殿的大力後援之下登上王位。

後來經過將近十年，雖然有些人認為她太過溫柔而有所不滿，不過統治國家至今還沒有過算得上失策的失策。只是統治稱不上穩固，反對勢力仍是一個隱憂。

「——我能夠體會卡兒可陛下的悲痛，但人民是懷著覺悟在卡林夏生活的。過去——咳哼！名字我忘了，在某一場戰役中，這座都市也曾成為主戰場。因此卡林夏的城牆比任何都市都要高大且堅固。」

一名棕髮女性出言安慰。

此人雖然與聖王女一樣五官端正，銳利眼瞳中含藏的利刃般光芒，卻蘊釀出一種冰冷氣質。而包覆她全身上下的，是銀色全身鎧與白色鎧甲罩袍。兩件都是歷代聖騎士團團長穿戴過的，歷史悠久的魔法精品。而最令人驚嘆的，是那把吊於腰際的劍，其名稱在聖王國家喻戶曉。

它就是舉世聞名的四大聖劍之一——聖劍色法爾利希亞。

四大聖劍與傳說中由十三英雄之一的黑騎士持有的四把劍——邪劍修米利斯、魔劍齊利尼拉姆、腐劍可洛克達巴爾以及死劍史菲茲相對應，而它就是其中一把。附帶一提，其餘三大聖劍據說分別為正劍、清劍與生劍。

手持強大寶劍，容易沉溺於力量而輕忽了基礎，因此這劍平常是不隨身攜帶的；然而她此時佩帶此劍，是因為知道接下來發生的戰事必須以堅定不移的決心抗敵，且只可勝不可敗之故。

她的名字是蕾梅迪奧絲・卡斯托迪奧。

此人是卡兒可的閨中密友，身為人稱歷屆以來最強的聖騎士團團長，擔任聖王女政權的武力後盾。此外，此人還是九色之中的一色，領受白色。

「就是啊，就是啊。況且我們已經請非戰鬥人員逃難了，不會有人民傷亡的。戰後會產生問題的，應該是軍費方面吧？」

呵，呵，呵。有人笑得下流，這又是一名女子。

女子雖然眼角方向與嘴角形狀等部分與蕾梅迪奧絲有些許差別，但長相與她極其相似。然而這少許的差異，給人的印象卻天差地別。她的相貌就像有所企圖——說得難聽點就是有種陰險的氣質。

她是小蕾梅迪奧絲兩歲的妹妹，名為葵拉特・卡斯托迪奧。

此人是神殿的最高祭司，就任神官團團長。

能使用的魔法為信仰系第四位階——表面上是如此。

事實上這是假情報，交情親密者都知道她能使用到第五位階。

附帶一提，她並非九色之一。雖然神殿勢力也屬於聖王麾下，但考慮到權力平衡的種種問題，所以國家出於政治上的考量，不便賜予一色。

此二人被稱為卡斯托迪奧天才姊妹，是聖王女的雙翼。

由於很多貴族懷疑身為女性的卡兒可被選為聖王，是這對姊妹背後操縱，因此有負面傳聞流出時，常常是三人一起遭殃。

長久以來她們釐清了許多流言蜚語，但是只有其中一項——因為三人皆未婚，更正確來說是從未談過男女感情，使得有人懷疑她們關係不尋常——無論如何否定都無法完全消除，成了卡兒可的煩惱之一。

「講到這點實在令我頭疼，縱使戰勝也得不到任何戰果，真是件棘手的問題。」

「不過，有消息指出這次的亞人類裝備精良，將這些裝備賣掉或怎樣不就好了？」

「說得一點都沒錯……等等，這我可不能苟同喔，姊姊。您說要賣裝備，但又能賣給誰？我看您一定沒仔細想過吧？這些東西只能賣給國外，但我看亞人類的武具頂多只能賤價出售吧。況且在遭到破壞的長城修繕完畢前，最好不要幫助外國強化他們的裝備。特別是魔導國，我可不希望武器流入那種國家。」

「哎呀，原來妳討厭魔導國啊，在宮中從沒聽妳這樣說過呢？」

「沒有一個神官喜歡那裡的，卡兒可陛下不是嗎？」

卡兒可想了想，作為神職人員與聖王而言，她對魔導國深惡痛絕。但假如作為一名國家元首來說的話——

「——君王的職務是愛護國家與子民，並維持天下太平。只要他們能做到這點，那有什麼關係呢？」

姊妹倆在卡兒可面前面面相覷。

「愛護？不可能，不死者哪裡可能有那種心思。」

「我同意姊姊的說法，我不認為不死者能有那般——如卡兒可陛下這般的愛心。」

「妳們倆都好嚴格喔，不過，還沒見過本人就講人家的壞話不好喔？」

兩人困擾的表情活像一個模子刻出來的。真的是姊妹呢。卡兒可再次產生這種感想，硬是不讓嘴角浮現微笑，語氣嚴肅地說：

「那麼幕僚是怎麼說的呢？告訴我今後該如何對付亞達巴沃，葵拉特。」

聖王女並未參加軍事會議，而是走訪各陣地，以提昇將士們的士氣。聖王國的士兵比起別國雖然訓練較精良，但終究只是民兵，時常提振士氣是不可或缺的。

「是，會議討論過幾種狀況，包括亞人類包圍這座都市時，過門不入時，以及轉而往南境進軍時，或是將兵力一分為二，一分為三以同時達成多種目的時等等。」

在這種時候，會讓卡兒可確定這對姊妹實在一點也不像。如果問姊姊這個問題，想必只會得到毫無條理，教人頭痛的報告。

「原來如此……那麼估計哪種可能性最大呢？」

「回陛下，考慮到至今亞人類的侵略形式，研判結果認為包圍都市的可能性最大。然而這次有一個問題。」

「是呀，沒錯。」

「什麼問題？」

蕾梅迪奧絲由於擔任卡兒可的貼身護衛，也未參加會議。然而相較於聖王女瞬間想到答案她卻想不到，是因為另一個問題。

「……姊姊，就是在王國四處作亂的惡魔亞達巴沃。雖不知道那傢伙有多聰明，不過惡魔大多奸猾詭詐，說不定會採取意想不到的戰略對付我軍。」

「原來如此……擬定作戰的幕僚可真辛苦。」

卡兒可很想訓聖騎士團的團長一頓，但硬是忍下來了。

「……傷腦筋呢，那麼假使亞人類包圍這座都市，之後要如何應對？雖然糧草充足，但是防衛戰最怕的就是士氣低落，這方面你們也檢討過吧？」

「是，平常的話可以等待南境援軍到來，只是有情報指出亞達巴沃會使用神祕力量，能夠一擊破壞長城。這是相當大的一個不安因素，不容忽視……」

三人都顰眉蹙額。

想到在長城發生的種種，任誰都會愁眉不展，但卡兒可知道一件事——

蕾梅迪奧絲只是學兩人皺眉罷了。

蕾梅迪奧絲從不用大腦，而且是個死腦筋。光這兩點來說只是缺點，但也因為如此，才能執行絕對正義。

什麼是正義？這是非常困難的問題。例如這裡有兩個小孩：一個是人類，一個是亞人類。兩者因為純真無邪而成為朋友，然而亞人類小孩被幾個大人發現並抓到了。人類小孩求大人饒過他，但如果這時候放過亞人類小孩一馬，長大後也許會危害人類。殺害這個亞人類小孩是善行，抑或惡行？這是個不容易回答的問題。

卡兒可一定會不忍心下手。

但蕾梅迪奧絲會毫不猶豫地動手，而且堅信這是善行，絕無懷疑。為了祖國人民幸福而做的一切，在她心中都是受到肯定的。

登上聖王王座時，卡兒可面對兩名摯友，明白告訴她們：「我將讓柔弱子民安居樂業，建立無人飲泣的國度。」對於這句宣言，蕾梅迪奧絲則發誓：「我願成為協力者，支持大人行使正義。」將這份誓言懷藏胸中，為了卡兒可比誰都勇敢邁進的她，眼中蘊藏的光輝近乎狂信。

光就這點來看，她簡直是個危險分子；然而卡兒可從沒想過要疏遠這位朋友。因為蕾梅迪奧絲熱愛人民，熱愛和平，痛恨奸邪，一心幫助弱者並付諸行動的善性，值得卡兒可表達好感。

況且她由於個性如此，因此表裡如一。她不經思索的發言，讓人能確定那是真心話。所謂的組織——特別是長年存在的組織——會受到各種束縛而逐漸僵化。同樣地，血液也會越來越混濁。

兄弟為了唯一一個霸權而相爭是天經地義，而即使勝者已定，手足之間仍會因為疑心生暗鬼，因為嫉妒，因為恐懼而明爭暗鬥，直到失去性命的瞬間。

卡兒可中途就從這種詛咒中獲得解放，因為自己獲得了歷屆聖王中尤其頂尖的魔法力量。一個人有足以自豪的部分，內心就能從容。卡兒可因為這樣而改變了心態，即使放棄聖王王位也甘願；但其他兄弟並非如此。

卡兒可現在在親族之中能夠信賴的，就只有一位兄長——卡斯邦登。

正因為卡兒可過的是這樣的人生，蕾梅迪奧絲對她而言宛如心靈綠洲。

「嗯——這種力量真令人不敢置信，彷彿故事裡登場的魔神一樣呢。」

「姊姊，故事裡的魔神也沒這麼大的力量，亞達巴沃搞不好是魔神之上的存在喔。」

「……傷腦筋呢，不曉得如何才能戰勝？」

「您何必這麼憂心呢，卡兒可陛下！聽說在王國，精鋼級冒險者曾經擊退這個惡魔。既然如此，您不覺得我們也有辦法擊退嗎！」

「……說得也是呢，如果與我們實力相當的冒險者辦得到的話……問題在於亞達巴沃是否有能耐連續施展破壞長城的力量。」

「關於這點，幕僚的意見是那惡魔在長城只攻擊了一次，因此連續施展應該有困難。」

「我能理解，要是能連續施展，他大可以那樣做不就得了？沒這樣做八成就表示當時只能打一次。」

卡兒可也同意蕾梅迪奧絲的看法，如果能用，沒有理由不連續使用。

卡兒可也是一樣的，她輕撫自己頭戴的王冠——這是集束了聖王國代代相傳的大儀式魔法「最終聖戰（Last Holy War）」的魔法道具。

「……總之，我必須請慣於討伐魔物等禍害的高階冒險者聽從國家總動員令從軍。憑著我國的最大戰力，亞達巴沃應該也不是解決不了的對手，畢竟事實上有過擊敗他的前例。」

對於將冒險者納入兵力之中，冒險者工會提出了強烈抗議，但卡兒可令出必行。這是當然的了，國家危難當頭，分散戰力是最愚蠢的行為。況且在聖王國，冒險者工會的力量不如王國來得強，強制他們聽命易如反掌。

「是呀，不過，沒在王國先收集亞達巴沃的詳細情報，實在是失策了。」

「萬分抱歉。」

「不……不是的，葵拉特。這不是妳的錯，是我不好，沒有更重視外國情資。」

「沒這回事，卡兒可陛下，是葵拉特這傢伙不好。」

「姊姊……」

「喔！可不能怪到我頭上喔，我護衛了卡兒可陛下，還有消滅魔物等等，職責都盡到了！自己的工作我做得無可挑剔，這就叫各盡其才！」

哼哼！蕾梅迪奧絲好不得意。

她說得沒錯，是沒錯，但總覺得有點帶刺。

「……幾處村莊村民離奇失蹤的案件，莫非背後也是亞達巴沃在搞鬼？」

「有這個可能……」

就在不久之前，有幾座村莊突然發生村民全數失蹤的案件。結果政府沒能收集到嫌犯的線索，說不定其實是亞達巴沃在背後搞鬼。

「既然如此，打倒亞達巴沃之前或許得先問個清楚。不過話說回來，真是受不了，當初王國若是能除掉這個惡魔，就沒這麼多問題了……葛傑夫．史托羅諾夫沒跟此人交戰嗎？」

葵拉特一臉不解，視線朝向卡兒可。

視線中隱藏的疑問大概是：「陛下沒告訴姊姊嗎？」所以，卡兒可給了她一個完美的答案：疲倦的笑容。

換成言語的話，大概就是：「當然說了，無論是亞達巴沃襲擊了王都，遭到冒險者擊退，又出現了其他多個惡魔，還有戰士長擊退了其他惡魔的事都說了。她應該有在聽才對……八成是左耳進右耳出，或是聽了其他消息後就忘了吧。」

「……姊姊那邊兩位副團長真可憐。」

「嗯，怎麼忽然提到他們倆？」

葵拉特沒回答這個問題，用手指按摩自己的太陽穴。

蕾梅迪奧絲不用大腦，連帶著就有人得負責擦屁股，那就是他們。

葵拉特很能體會他們的辛勞，但蕾梅迪奧絲的天真無邪——講得難聽點就是愚笨的程度——同時也能療癒疲累的內心，一加一減之下或許算扯平。

「……唉，我只知道大概，據說他當時在跟其他惡魔……滿身鱗片的惡魔戰鬥。」

「這樣啊，要是那傢伙打倒亞達巴沃，事情也不至於變成這樣。不會說那個精鋼級冒險者比那傢伙還厲害吧？」

「這就不曉得了，但我認為有這可能性。」

蕾梅迪奧絲一臉不悅。

聽到人家說自己讚賞的強者比別人差，大概讓她不大高興吧。

「好吧，畢竟那個傢伙只會用劍。要是像我這樣擁有抗惡魔的攻擊，情況或許就會不同了。」

單論戰鬥能力，聖騎士差戰士一籌；不過在對抗邪惡之戰時另當別論。蕾梅迪奧絲說得沒錯，但葵拉特小小嘆了口氣。

這時，卡兒可彷彿聽見了一絲鐘聲。

蕾梅迪奧絲即刻行動，這種時候還是她動作最快。

她推開整扇窗戶。

入秋的戶外空氣流進來，將被三人體溫弄得溫熱的空氣擠出室外。

乘著清新提神的空氣傳來的，果不其然，是敲鐘的音色，證明方才的聲音既非耳鳴也非幻聽。不，如果只是心理作用該有多好。

同時，她們聽見走廊傳來幾人奔跑的腳步聲。

「卡兒可陛下，請躲到我們背後。」

蕾梅迪奧絲猛地抽出聖劍色法爾利希亞，迅速走上前，擋在卡兒可與房門之間。

房門發出砰一聲巨響打開了。

「聖王女陛下！」

她們對扯著大嗓門第一個衝進來的男子有印象——是參謀長。

「何事吵鬧！」

蕾梅迪奧絲出聲叱責，參謀長呼吸急促粗重地回答：

「沒時間悠哉慢慢走了！聖王女陛下！亞達巴沃來了！亞達巴沃出現在都市內！同時還有不只一隻惡魔在都市內作亂！不只如此，亞人類也同一時間開始行動，看樣子正往都市進軍！」

「你說什麼！」

「亞人類的軍勢被目擊到出現在這座都市的近郊，不知道他們是如何瞞過斥候的耳目，總之我們被假情報騙了！無庸置疑地，戰爭即將開打！」

不能更糟的壞消息雖然讓卡兒可腦中一片混亂，不過只是一瞬間，她立刻擺出女王的面容下令：

「雖然與預定計畫有大幅差異，無論如何，現在開始對抗亞達巴沃之戰！在我們壓制住亞達巴沃時，你等做好對抗亞人類的戰鬥準備！並將我的命令傳達給冒險者！」

卡兒可聽屬下回應的同時，迷惘重回她的心頭。

她想：我是否太小看亞達巴沃了？

當然，她無意藐視輕易破壞長城的惡魔。但是認為己軍能戰勝那種敵人，這種想法本身是否就是錯的？是不是應該先選擇逃亡，直到情資收集完整？

不對。卡兒可擊潰自己心中產生的懦弱念頭。

不在這裡一戰，何時才要戰鬥？沒錯，情資很重要，但現在是發揮全副力量的最好機會。今後戰爭一旦歷日曠久，資源只會越來越少，也越來越難發揮現在這麼大的力量。
況且逃亡到情資收集完成，就等於允許敵人長期蹂躪國土。
這麼一來，不知會有多少人民傷亡。
「讓柔弱子民安居樂業，建立無人飲泣的國度，對吧？」
「正是如此！卡兒可陛下！」
聽見卡兒可的自言自語，蕾梅迪奧絲笑容滿面地大聲反應。
可是，以前的自己是多麼不懂世事啊，還有比這更困難的目標嗎？
「哼！我看那惡魔是翻越了長城，就目中無人了！竟然不帶亞人類的兵力一起過來！」
蕾梅迪奧絲鬥志昂揚，大聲吶喊。是她說的這樣嗎？不，應該就當成這樣。只是卡兒可仍覺得自己犯了某種決定性的錯誤，久久無法釋懷。
「……不可以大意，要認為對手擁有足夠的力量，加以應對才行喔。」
「這是當然，卡兒可陛下，請相信我絕不會輕敵！我將以這把聖劍成功斬下惡魔首級，獻於卡兒可陛下跟前！」
（不行，我沒辦法讓這女孩恢復冷靜。）
卡兒可雖這樣想，但並不擔心。因為蕾梅迪奧絲一開始戰鬥，就會變得判若兩人。
「呃——我並不想看到首級，不過我很高興妳如此赤膽忠心。那麼參謀長，按照打倒亞達巴沃的作戰計畫……你能夠爭取時間吧？」

「這是當然，為達成目的，屬下已調動先遣隊。」

卡兒可內心沉痛，這項命令等於是叫先遣隊送死。也就是讓沒有勝算的士兵去對抗亞達巴沃，以爭取時間。

君王的職責是捨棄少數，拯救多數。

卡兒可自然不可能訴苦，將士們是遵從她的命令而死。既然如此。她必須徹底演好這場戲，好讓他們認為自己死得光榮。

徹底扮演萬民景仰的聖王女——無上君王的角色。

「好了，諸位準備動身！」

卡兒可拍拍手，眾人一齊行動。

4

蕾梅迪奧絲以手握的聖劍砍死一隻惡魔——副團長告訴過她惡魔叫什麼名字，但她不記得了。蘊藏神聖力量，能夠給予邪惡存在更大傷害的利劍，發揮了不辱其名的效果。在都市內作亂的惡魔隨著巨響倒地，一邊從傷口冒出白煙般物體，一邊慢慢灰飛煙滅。

短短幾秒後，原本在那裡的惡魔已經不留痕跡。然而受到惡魔殘暴欺凌的受害者仍不會消失。

「竟然如此心狠手辣！」

看到倒臥地面──不屬於先遣隊，之前在都市巡邏──的士兵，蕾梅迪奧絲怒吼出聲。

這些人的皮甲被切開，拚命按住腹部的手染得通紅，手掌底下隱約可見粉紅色的內臟。他們臉色已不是發青，而是到了慘白的地步。

蕾梅迪奧絲毫無醫療知識，但從經驗法則知道，沒時間帶這些人去找軍醫了，必須立刻以魔法進行治療。

士兵尚存一息不是偶然，也不是他們優秀。這應該就是惡魔的目的，只不過是什麼目的，蕾梅迪奧絲完全不懂。

不過即使如此，她仍然不可能選擇放棄士兵──見死不救。對於這些為了國家，為了爭取準備時間挺身而出的勇敢士兵，誰能見死不救？更重要的是，她可是正義的聖騎士。

「治療這些人！」

這次蕾梅迪奧絲率領了一群精銳聖騎士跟隨自己，除此之外還有幾名神官。這項命令是對他們發出的。

身旁的副團長一聽，趕緊湊到耳邊說：

「竊以為還是讓傷兵後退，給軍醫照護比較好。在這裡使用神官的魔力，與亞達巴沃交戰之際，可能會陷入缺乏魔力的狀況。這就是惡魔的目——」

「——夠了沒！是我下的命令，馬上幫他們回復到自己可以走動的程度！再說——」她看向副團長。「——隔著頭盔嘀嘀咕咕的我聽不見！有話說清楚！」

「啊，沒有，沒什麼……」

「很好！」

治療魔法瞬間治好了士兵的傷，當然並不是完全痊癒。神官用的是第一位階的魔法，無法完全治癒瀕死的士兵。即使如此，士兵還是恢復到勉強能走動。既然眼下生命已無大礙，神官也沒有餘力使用更多魔法。蕾梅迪奧絲還記得妹妹時常耳提面命地告訴她要珍惜資源。

「諸位勇敢的將士，你們就這樣聽著。傷勢應該已經做了急救，你們撤退，讓軍醫好好為你們療傷。」

現在走路恐怕會痛到掉淚，但蕾梅迪奧絲沒時間聽他們訴苦，她必須在規定時間內抵達亞達巴沃身邊。

士兵或許也領悟到她的堅定視線中帶有何種意味，沒人提出異議或反駁，都同意了。

「很好！那麼再見了！」

蕾梅迪奧絲帶頭向前跑，這件金屬鎧比看起來要輕，易於行動。鎧甲輕巧加上本身肌力，使她原本能比誰都更快趕到現場，但妹妹、卡兒可與副團長一再告訴她「不要一個人衝太快」之類的話，因此她不敢全速奔馳，而是跟大家齊步前進。她很想加快速度補回耽誤的時間，但必須忍耐。

最後，一行人抵達了目的地——都市的一個角落。

平凡無奇的街道在眼前鋪展開來，不過避難措施已經結束，沒有半個人。

「團長！這條大道右轉直走，之後再右轉，就是亞達巴沃等著的廣場。是否該由我等先行前往，確認狀況？」

「不了，先等卡兒可陛下及舍妹——還有冒險者到，之後再做最終確認。揚旗！」

部下從命，將旗幟綁在遠處建物上。這是為了通知其他部隊：蕾梅迪奧絲率領的聖騎士精銳隊已到。

在本次作戰當中，軍隊分成卡兒可率領的御林精兵、葵拉特率領的神殿精兵、高階冒險者集團及蕾梅迪奧絲率領的聖騎士團最精銳部隊，總共四支部隊往亞達巴沃所在之處進軍。

隸屬聖騎士團的聖騎士總數約五百人，多為能與難度二十左右的魔物平分秋色的高手，其中還有能與難度六十上下的魔物單挑的勇士。從這些稱得上最精銳的將士當中，召集了前二十五名，就是蕾梅迪奧絲隊的主力。

題外話，另外還有約莫三百名的聖騎士隨軍前來都市，現正前往城牆，準備抵擋往都市進軍的亞人類。

本來為了避免遭到敵軍各個擊破，或許應該讓所有部隊集合一處，一起移動。但亞達巴沃擁有能破壞長城的神祕範圍攻擊，為了避免兵力齊集時遭受這種攻擊，才會選擇兵分幾路。方才他們在遠離部隊的地點揚旗，也是為了亞達巴沃如果以旗幟為目標發動攻擊，可以免遭禍害。

「……你認為亞達巴沃那種擊碎長城的力量能多次使用嗎？伊桑德羅。」

聖騎士團有兩個副團長。

一個是劍術本領平庸，但其他能力受到肯定的古斯塔沃・蒙塔涅斯。他此時在指揮聖騎士前往環繞都市的護牆，不在現場。

另一個此時就在蕾梅迪奧絲身旁，聽了她的問題——此人是九色之一，就是領受桃紅色的伊桑德羅・桑切斯。

「若是能多次使用，屬下不明白他現在為何不用。可能是需要滿足某種條件，或是必須經過一段時間才能再度使用，這樣想應該不會錯吧？」

「也是，看來分頭行動果然是謹慎過度了。」

「不會不會，總是小心為上。也有可能那種攻擊需要消耗龐大力量，所以對手在保存實力，萬萬不可大意。」
「這樣啊，我知道了。」
蕾梅迪奧絲結束對話，她還是老樣子，最怕動腦。
特別是政治話題，她一聽就頭痛。其中尤其是那些貴族因為女性聖王史無前例而不給好臉色一事，令她完全無法理解。
卡兒可的頭銜也是因此而來。
那個稱謂的意思是「聖王」＋「女」。貴族既不同意將「女」字擺前面，又反對創造新稱謂，結果就有了這個頭銜。
就這點而論，孰強孰弱單純好懂多了。
「──卡斯托迪奧團長，神官團與冒險者團也揚旗了。」
「卡兒可陛下呢？」
「尚未揚旗。」
「是嗎……不過差不多該開始施加持續時間較長的防禦魔法了。等卡兒可陛下一到，就由我們先接近亞達巴沃。我們要引開那惡魔的注意，擔任誘餌。大家要堅定意志，以備對手的特殊攻擊。」
部下一齊發出雄壯威武的回應。

「敵人還在廣場沒動嗎？」

先遣隊已確定全軍覆沒。假使目標動了，先行前往偵察的冒險者應該會有聯絡。沒有就表示亞達巴沃還在出現地點，按兵不動。

「別小看我們了，不過是區區一隻惡魔。他八成以為在這裡殺光我們，就能輕鬆征服我國吧。」

「呃，不，團長，也許敵人是在爭取時間。因為我們困在這裡對付亞達巴沃，亞人類軍隊戰鬥上就能占優勢。」

「……原來如此，還有這個可能性……這個叫亞達巴沃的還有點腦袋嘛。」

「竊以為或許因為是惡魔，所以擅長奸計。」

「……哼，區區惡魔得意忘形，看我擊敗他，讓他痛哭流涕。」

蕾梅迪奧絲向神發誓時，彷彿就等這一刻，最後一面旗幟飛揚了。

「副團長！」

「是！大家隨時可行動！」

「好！隨我來！」

蕾梅迪奧絲飛奔而出，決心將劍刺進胡鬧惡魔的臉孔。

她彎過轉角，奔跑，再彎過轉角。

這時，她看見一個怪異人物，站在滿地人類屍塊，放眼望去一片腥紅的廣場正中央。那人戴著面具，腰上長出尾巴。

跟逃回來的士兵描述的外形如出一轍。

那人沒有蝙蝠翅膀，也沒有扭曲犄角，稱得上怪異的外形特徵只有尾巴，看上去只像個戴面具的男子。

然而——

「你就是亞達巴沃嗎！」

「紅毯——喔喔！」

她踏進內臟與血腥味互相混雜，刺鼻異味飄散的廣場中，踩爛的肉片發出咕喳一聲。然而，蕾梅迪奧絲已經沒有絲毫意識注意這個。她只是全力突擊，高舉利劍劈下。

亞達巴沃輕而易舉就躲掉這一擊，她更加感到不快，往上一砍。

這招也被躲開了。

蕾梅迪奧絲明白自己即使空費時日努力向學，也做不出好成果。因此，她才會將所有時間花在磨練戰鬥力量上，因為她知道自己明顯有那方面的才能。就這樣，她最終成為了本國最高階的戰士。

聖騎士蕾梅迪奧絲．卡斯托迪奧的直覺在叫喊。

直覺告訴她，亞達巴沃的閃避絕非偶然，看似輕忽大意的態度是由於身懷相應的實力。接下來即將展開的戰鬥，只有少數人能跟得上，而且自己需要更進一步的魔法強化。

這種時候蕾梅迪奧絲的直覺從不出錯。

「散開！你們散開！——不對，保持距離將敵人包圍起來！這個惡魔很強！」

只說完這句話，蕾梅迪奧絲就跟部下一樣，自己也拉開間距。部下節節後退，但自己不拉開那麼大的距離。至多四公尺左右，這個距離一踏出去就能揮劍殺敵。

亞達巴沃的肩膀下垂了。

「唉……這個女人簡直像頭牛。是怎麼了？有人朝您揮紅布嗎？」

蕾梅迪奧絲無視於惡魔的挖苦，卡兒可與葵拉特率領的士兵映入她的視野。他們看見蕾梅迪奧絲早已對上亞達巴沃並刀劍相向，似乎吃了一驚，加快了速度。

亞達巴沃整個人轉向卡兒可，毫無防備的背部暴露於蕾梅迪奧絲面前。然而——蕾梅迪奧絲的直覺卻說這人很可能就等著她從背後揮劍，要她住手。

「妳們兩個！這傢伙很強！快讓士兵後退，否則只會白白送命！」

聽到蕾梅迪奧絲的怒吼聲，兩人即刻照辦，走上前來的只有卡兒可與葵拉特。

蕾梅迪奧絲一面與亞達巴沃保持一定距離，一面弧形移動，以站到兩人前面。

「蕾梅迪奧絲，請不要逞強。」

「就是呀，姊姊，這種對手應該大家合力對抗。」

蕾梅迪奧絲聽著背後保護的兩人說教，但視線從未離開過亞達巴沃。難保敵人不會在這時候使用破壞了長城的力量，只要對手有一點那種動作，她已做好即刻砍殺的準備。

然而從亞達巴沃身上看不出半點那種意思。

這種從容惹惱了蕾梅迪奧絲。

（我絕對，絕對要打到你在地上爬！）

「你就是亞達巴沃吧？」

惡魔對卡兒可的詢問聳了聳肩，使蕾梅迪奧絲更加不快，這隻惡魔的所作所為全都令她惱火。

「正是……您的奴隸問都沒問就攻擊我了，要是弄錯人了，各位打算怎麼辦？不過倒是讓我佩服了一下，聖王國竟然還有不操人語的蠻族。喔喔，為了以防萬一，我姑且問一下吧，您就是當代聖王對吧？」

「正是。」

「您沒必要跟這種傢伙報上名號，卡兒可陛下。」蕾梅迪奧絲用劍尖指向亞達巴沃。「既然知道這傢伙就是亞達巴沃，那麼只需殺死此魔物，送返魔界就是了。跟這種東西講話，會弄髒您的舌——」

「那……那個，蕾梅迪奧絲，之前說過要問話……」

卡兒可困惑的語氣讓蕾梅迪奧絲偏偏頭。有這樣說過嗎？

在後方的葵拉特似乎用了魔法，身體內部發熱起來，力量驚人地湧昇。剛才攻擊雖遭到閃避，但現在蕾梅迪奧絲有自信能夠砍中。這時她才恍然大悟，說要問話原來是為了爭取時間啊。

「——不……不過我心胸寬大，就跟你講兩句話吧，你有什麼想問的嗎！」

亞達巴沃隔著面具用手按住眼睛部位，有時卡兒可與葵拉特也會做這種動作，兩名副團長更是經常如此。

「……請便，想花多少時間就盡量吧。妳們為了戰勝我拚命準備，而我用更大的力量蹂躪殺害妳們，這樣看到的人絕望感才會更強——何等充滿樂趣的光景啊。」

「我怎麼可能容許你那樣做！」

「對不起，蕾梅迪奧絲，可以請妳暫時安靜一下嗎？」

卡兒可口氣有點重地這樣說，蕾梅迪奧絲閉上嘴。雖然只是些微的語氣變化，但她從經驗上知道卡兒可這種時候是在生氣。

「蕾梅迪奧絲，請妳稍微退後。」

「可……可是若離得更遠，那傢伙有任何舉動時，我無法揮劍砍他……」

「噢，沒關係。在談話結束前，或是在各位發動攻擊前，我就先不出手吧。」

「惡魔說的話怎麼——」

「蕾梅迪奧絲！」

「——遵命。」

蕾梅迪奧絲聽命退後，這時妹妹湊到耳邊——雖是隔著頭盔——小聲告訴她：

「卡兒可陛下想引出對方的情報，不管那個惡魔說什麼，妳都要忍耐。」

唔。蕾梅迪奧絲表示出「我不滿意」的態度。

對方是惡魔，既然如此，對方說什麼都應該認為是謊言。先砍再說比較不用動腦，輕鬆多了。然而阻撓君主的行動有違忠義，現在必須忍氣吞聲。

「那麼魔皇亞達巴沃，我有話想問你。你來到此地的目的是什麼？如果你想蹂躪我國，為何沒有跟長城那些亞人類共同行動？也許——」

「——噢，您不用再說下去了。我猜到您想說什麼了，看來您似乎有所誤會，我獨自前來並非為了談判。」

蕾梅迪奧絲聽見站在自己身後的卡兒可遺憾地說：「這樣啊。」

「我獨自前來，理由有二。一個是與其在亞人類軍勢的混戰中捐軀，不如被我一個人踐踏，絕望感會更深。而另一個是——為了避免重蹈王國的覆轍。實在沒想到在那地區竟有與我力量相等的戰士。因此，為了調查這個國家有沒有與我同等的存在，我才會獨自前來。」

「說不定有喔？」

「我可以斷言，沒有。我已經給了夠多時間，若是有這種人，應該會待在這座都市——這個國家的最重要人物，也就是您的近旁。然而我沒看到類似的人物，即使在躲躲藏藏的鼠輩之中也是。」

「你！你想說我……我們不比那個戰士嗎！」

這番話不能置若罔聞，蕾梅迪奧絲忘了忍耐，怒吼出聲。卡兒可或妹妹的叮嚀已經有大半飛到九霄雲外去了，不過她還記得拚命忍耐，沒斬向敵人。

「我就是這麼說的，您沒聽懂嗎？妳想知道的事就這個嗎？聖王女陛下？」

「本來還有一件事，不過——天使隊，上前！」

卡兒可氣吞山河的呼喊傳遍整座廣場，潛伏於後方形成包圍網的御林軍與神官之中的眾天使一齊展翅高飛。

以第三位階魔法召喚，手持火焰劍的天使——火焰大天使共有五隻；以第二位階魔法召喚的守護天使(Angel Guardian)共二十隻；另外還有安寧權天使(Principality of Peace)一隻，是卡兒可來到這裡的途中，以第四位階召喚的。

蕾梅迪奧絲不記得這些天使有什麼能力，不過她知道卡兒可召喚的安寧權天使能操使低階信仰系魔法，具有惡意加護、除惡一擊、全體平靜化等特殊技能，因為她常常看到卡兒可召喚這種天使。

吸進瀰漫周圍的戰氣，蕾梅迪奧絲明白已無須再忍耐，果敢展開突擊。平常神官應該會使出攻擊魔法做掩護，這次可能是為了召喚天使而保存魔力，沒有出招。

蕾梅迪奧絲發動修得的職業——邪惡殺手的特殊技能，灌注更多力量在聖劍蘊藏的神聖之力上。

說時遲那時快——亞達巴沃後方冷不防出現五名冒險者，應該是使用了隱形魔法以逼近敵人。蕾梅迪奧絲不明白他們為什麼突然現形，因為她雖然知道有「透明化(Invisibility)」這種魔法，卻不知道那是什麼樣的魔法，效果又會在什麼情況下中斷。

碰上突然現身的冒險者，亞達巴沃毫無要迎擊的樣子。不對——他好像根本渾然不覺。

那時從亞達巴沃身上感受到的威脅，難道是弄錯了？還是說其實在這裡的是幻覺或分身，本尊不在現場？

不對——她否定了第二種想法。那是不可能的，她的直覺——分辨邪惡氣味的嗅覺，告訴她亞達巴沃就在那裡。

冒險者一臉驚慌，急忙砍向亞達巴沃。就在他們的武器即將擊中的瞬間，亞達巴沃的背上長出了奇怪的翅膀。翅膀簡直有如利刃，刺穿了那些背後揮刀砍來的人。

可能是胸膛遭到刺穿，血液流進肺部了。
只有一名冒險者即使口吐血沫，仍然燃起最後的生命燈火，高舉武器朝著亞達巴沃劈頭殺去。
然而亞達巴沃縱然身受這些攻擊，卻好像沒受到半點傷害。
既然受到召集來此作戰，他們應該也是一群實力派，自然也準備了經過聖別的武器以抗敵。即使如此這個惡魔卻毫髮無傷，可見他是相當高階的存在。
眨眼間狀況產生如此巨變，蕾梅迪奧絲則踏入攻擊距離，「喝呀啊啊！」發出尖叫般吶喊的同時，聖劍斜著高舉劈下。
亞達巴沃往後跳開，把他觸手般的——不對，也許根本就是觸手——翅膀刺穿的冒險者擲向蕾梅迪奧絲。
她無意接招。
蕾梅迪奧絲左手放開劍柄，一面迎擊打飛冒險者——
「——流水加速。」
一面發動武技，踏向對手，然後利劍一刺。
對準亞達巴沃咽喉刺出的聖劍，被突如其來伸長的指甲擋住掃開——
「聖擊！」

劍刃與指甲接觸的瞬間，她將蘊藏其中的力量流入對手體內。

這招聖騎士獲得的初級特殊技能，本來應該趁刀刃陷入肉體的瞬間發動，不過光是碰觸到也能使用。如此一來神聖力量會在身體表面炸開，給予的傷害量非常之少，但蕾梅迪奧絲仍然使用了這招。因為如今冒險者遭到殺害，她作為聖騎士的直覺——妹妹稱之為野性直覺——喊著必須讓周圍所有人知道還有辦法對抗亞達巴沃，以防士氣低落。

「原來如此……」

亞達巴沃往後跳得更遠，天使岔入他與蕾梅迪奧絲之間。他們一邊飄浮於頭頂高度附近，一邊攻擊亞達巴沃。

嘖！蕾梅迪奧絲嘖了一聲。

亞達巴沃的指甲與聖劍接觸之瞬間發出的尖銳金屬聲，讓她得知對手的指甲有多大硬度；還有連她以魔法強化過的——雖說姿勢並不完全穩固——一擊都能輕易卸力的體能。

只有一小部分的高手能與那種強者交戰。用第三位階或第二位階召喚的天使，在平常驅除魔物時很有效，但在這次戰鬥中只會礙手礙腳。特別是天使的鞋子在視線高度晃來晃去，看了就礙眼。

「『魔法抵抗突破化·神聖雷射（Penetrate Magic Holy Ray）』！」

妹妹的魔法飛來，但在亞達巴沃面前彈開般消失了。

「『魔法二重抵抗突破化．神聖雷射』！」（Twin Penetrate Magic Holy Ray）

卡兒可射來兩道雷射，大概是認為只要其中之一能穿透亞達巴沃的魔法無效化能力就夠了。但很遺憾，兩道雷射都跟妹妹的結果相同。

看來敵人對魔法具有極高防禦能力，換言之——

（就是我得奮鬥了！）

她進一步鼓起幹勁，大聲怒吼：

「再多用點頭腦讓天使應戰！這樣沒意義！」

事實上，亞達巴沃頭頂上的有利位置被天使占走，還被四面包圍，卻仍從容不迫。這也是應該的，因為被這麼多人包圍，卻沒有一記攻擊命中亞達巴沃。

冒險者跑過來，把躺在蕾梅迪奧絲身旁的同伴撿走。一具具軀體動也不動，證明他們死了，但冒險者似乎選擇相信萬分之一的可能性。

「……真是麻煩，即使只是蟲子，數量一多也讓人不快。」

亞達巴沃態度從容自在。

事實上，他必定是以為只要能讓後方飛來的魔法失效，並完全閃避物理攻擊，就能壓倒性占優勢吧。只可惜——

（你以為我沒對付過這種對手嗎？）

除非是特別加強召喚能力的術士，否則召喚出的魔物都比術士本人弱。因此，天使的攻擊不管用並不是稀奇事。

對付強者時，運用天使最有效的方法是——

讓飛上天空的天使一齊襲向亞達巴沃。不是用劍，而是身體衝撞。

——就用這種方式阻止對手的動作。

這招很有效果。

可能是心生焦急了，亞達巴沃轉守為攻，以指甲的一擊將好幾隻天使送返虛空。

然而天使被砍死後空出的位置，又有後面的天使拉近距離，代替消失於虛空的天使繼續攻擊。

這就是召喚魔物最可怕的地方，正因為死亡對這種存在而言不是死亡，行動時才能十全活用擁有的能力。

天使如瀑布灑落般接連不斷的行動，被亞達巴沃像生產線似的接二連三處理乾淨，看得蕾梅迪奧絲瞠目結舌。不過——

（這正是你大意之處！）

蕾梅迪奧絲悄悄移動，接著撲進攻擊亞達巴沃的距離。她算準了亞達巴沃戒備來自上空的天使，一見他露出致命破綻當即出手。

「——什麼！」

「喝呀啊啊啊！」

蕾梅迪奧絲發動特殊技能，以施加武技的聖劍使出全力一擊。

她之所以保存了聖劍具有的最大力量，是因為那招一天只能使用一次，她的直覺呢喃著現在還不該使用。

受到除了那招之外最極致的一記揮砍，亞達巴沃幾乎是水平地被擊飛，就這樣撞進廣場另一頭的一家商店。

蕾梅迪奧絲低頭看看自己持劍的手。

「——糟了。」

「姊姊！成功了呢！」

她大聲怒罵妹妹欣喜的聲音。

「還沒完！哪有可能飛那麼遠！」

「我以為憑姊姊的蠻力有辦法……」

「那傢伙是自己往後飛的！」

沒錯，蕾梅迪奧絲不但眼睜睜讓亞達巴沃逃離包圍網，竟然還給了他躲進屋裡的機會。

她能與亞達巴沃打得還算不分軒輊，是因為她圍困對手，強迫他進行一對多的戰鬥。被對手飛進狹窄房屋，對己方的危險性太高。
況且這麼一來亞達巴沃或許會改變行動，使出真本事。
「蕾梅迪奧絲！我們該怎麼做！」
卡兒可叫道。
平常都是蕾梅迪奧絲問問題，卡兒可回答；現在立場顛倒了。看來關於戰鬥，自己做的選擇還是比兩人正確。
「不要靠近，把屋子破壞掉！」
聽從這聲命令，神官使用攻擊魔法。
房屋很快就被破壞，但亞達巴沃實在不可能被瓦礫壓死。只要穿著魔法鎧甲，除非運氣太壞，否則就算是蕾梅迪奧絲也不會這樣就喪命。況且——
蕾梅迪奧絲看看未沾血的刀身。
那樣強烈的一擊，亞達巴沃真的只是自己跳開就化解了？有沒有可能是使用了要塞等武技？抑或是惡魔特有的某些特殊技能？可能性很多，她必須找出對的那個，否則情況不妙。
房屋發出啪嘰啪嘰聲，被範圍攻擊魔法打到完全倒塌。大量塵埃漫天飛舞，讓人不禁連連咳嗽。
「欸，蕾梅迪奧絲，亞達巴沃為什麼不出來呢？」

「……姊姊，會不會是已經用傳送逃走了？」

（講話那樣傲慢自大的惡魔會逃走？既然沒有負傷，我不認為他會逃走……）

「……這時應該火攻，灑油放火吧。可以請卡兒可陛下為火勢施加祝福嗎？」

「姊姊，您要進行聖火儀式？居然想將那種儀式當成攻擊手段……這是聖騎士該有的行為嗎？」

「無妨，只要蕾梅迪奧絲認為這是最佳手段，就這麼做。不對，是該這麼做。任何惡魔碰到那個，都不可能全身而退。」

雖然很多惡魔對火焰等攻擊有抗性，不過聖火同時具有火焰與神聖屬性，憑火焰抗性只能抵禦一半。

「那麼卡兒可陛下，請為儀式做準備──」

「沒那時間了，還請大人進行簡略儀式。」

蕾梅迪奧絲正眼注視著卡兒可這樣說，視野邊緣瞄到妹妹欲言又止地說：「這……」

簡化的聖火儀式魔法，對術士造成的負擔極大。下屬的使命是保護卡兒可的生命安全，不該說出這種提議。但是給亞達巴沃太多時間，後果不堪設想。

「只要妳認為這是最佳手段，那就做吧。只是我一個人進行儀式的話，之後就無法掩護妳們了，只有這點希望妳記住……那麼可以請妳立刻放火嗎？」

「遵——」

「——呵呵呵，這真是傷腦筋了」

突然間，瓦礫堆中傳來亞達巴沃的聲音。

「姊姊！」

「我知道！」

蕾梅迪奧絲即刻站到卡兒可面前，舉起劍。

看樣子亞達巴沃真被壓在屋子底下了，而他選在這個時候出聲，表示選擇聖火攻擊應該是正確的。總不可能是被壓在屋子底下，被衝擊力道震昏到現在才清醒。

「看來我也差不多該拿出真本事了呢。」

「哦——有本事大可以早點使出來啊。我就在這等著，快點展現你的力量吧……卡兒可陛下、葵拉特，妳們退後。」

蕾梅迪奧絲小聲指示兩人，同時自己也往後退，用再次召喚的天使做出人牆，擋在她們與亞達巴沃之間。

「說得也是，那麼請各位稍微退後。要是被我起身時的衝擊力弄死了，那多掃興啊。」

崩塌堆積的木頭磚塊等等發出擠壓聲向上抬升，然後某個龐然大物拍落這些雜物，慢慢站了起來。

「——亞達巴沃？」

蕾梅迪奧絲不由得喃喃說道。

一個與方才的亞達巴沃截然不同的存在現身了，甚至令人懷疑是與其他惡魔掉包。然而那樣強大的惡魔，不可能要幾個有幾個。

錯不了，這就是亞達巴沃，這就是亞達巴沃的真面目。

火焰翅膀啪沙一聲張開，長尾巴前端也燃燒著烈焰。而那粗得嚇人的手臂前端，也一樣有火焰熊熊燃燒。其邪惡臉孔滿是憤怒之色。

「神官！讓天使突擊！」

聽從葵拉特的命令，眾神官讓自己召喚的眾天使發動突擊。天使以手中武器攻擊敵人，但亞達巴沃也不反擊，只是默默承受。縱使遭人團團包圍又受到攻擊，他彷彿不痛不癢，簡直就像看到小孩子毆打穿著全身鎧的聖騎士。

「這才是我的本性。」

亞達巴沃發出中氣十足、低沉粗重的聲音。然後他踏出一步，天使就像被頂開般一齊往後退。

無視於天使的所有攻擊，亞達巴沃慢慢握緊火焰籠罩的手掌，變成拳頭。噴發狂暴烈焰的拳頭，簡直有如燒紅的火山彈。

「愚蠢煩人的飛蟲——消失吧。」
隨著「砰」一聲，原本存在於蕾梅迪奧絲眼前的天使全消失了。
原來是亞達巴沃用超乎尋常的速度把拳頭一揮，就連蕾梅迪奧絲經過鍛鍊的動態視力，眼中都沒留下一瞬間的殘像。這一擊把擋在蕾梅迪奧絲面前的天使盡數消滅。
這就是亞達巴沃的真實面貌。
目睹他輕鬆屠殺多隻天使的壓倒性力量，蕾梅迪奧絲咕嘟一聲吞下口水，然後將聖劍握得更緊。她能感覺到自己渾身冒汗，鎧甲下的衣服逐漸變色。
這是——打得贏的對手嗎？不對——
「——嘿呀啊啊啊啊！」
蕾梅迪奧絲發出吶喊，為了擺脫膽怯。就算只是有勇無謀的突擊，現在不挺身而出，內心就要承認敗北了。她握緊了劍，一躍而起跳向敵人。
這是灌注了她全身力量，當頭劈砍的一擊。
亞達巴沃不擋也不躲。
然後——攻擊被輕易彈開，到了好笑的地步。
「——咦？」
以精鋼級硬度的未知金屬鑄造的劍，亞達巴沃用皮膚就彈開了。

抬頭一看，亞達巴沃的視線並未看著自己，就像人類不會低頭去看地上爬的小蟲。

「空手對付你們也麻煩……不，這裡有個好武器。」

亞達巴沃無視於蕾梅迪奧絲，開始往前走。蕾梅迪奧絲被那龐大身軀頂開。

「什……！可……可惡！」

蕾梅迪奧絲與新召喚出的天使，一次又一次從背後砍向敵人，然而刀劍完全無法劃破那具有金屬光澤的皮膚。

攻擊魔法飛來，但還是一樣全被彈開。

（這傢伙停都不停，往哪裡——）

蕾梅迪奧絲看往亞達巴沃的前進方向，頓時面無血色；在那裡的是卡兒可與葵拉特。

「你們在做什麼！砍！快砍！」

她對布署於後方的聖騎士下令，雖然她不認為聖騎士有什麼辦法，但無論如何不能讓亞達巴沃走到卡兒可她們那邊。

「讓卡兒可與葵拉特退下！這傢伙的目標是她們倆！」

聖騎士與神官站到兩人面前，形成人牆。多麼脆弱的牆啊。

「住手！住手！住手！」

她吼叫著一再揮劍。

然而任何一擊都無法穿透亞達巴沃的皮膚。

聖騎士揮劍，神官施展魔法。即使如此還是無法阻止亞達巴沃前進，他像沒事似的，只是不斷前進。

有些人碰到惡魔身上的火焰，哀嚎著滾倒在地，但亞達巴沃本人感覺連攻擊的意志都沒有。

「妳們倆快逃！現在的我們阻止不了這傢伙！」

蕾梅迪奧絲雖然吼叫著，頭腦卻已一片混亂。

王國不是有冒險者擊退過他嗎？精鋼級冒險者與自己應該程度相當，或是自己略勝一籌。既然如此，自己為何無法擋住亞達巴沃？

（有什麼……一定有什麼弱點！我得看穿這點！找出傷害這傢伙的辦法！）

亞達巴沃的無敵能耐必然有某種祕密，如同部分魔物對白銀等特定物質以外的金屬具有高度抗性，這傢伙必定也是用那種防禦能力保護自己。

（那究竟是什麼！）

可靠的直覺什麼都不肯告訴自己。

以往碰到這種時候，總是兩名副團長、葵拉特或是卡兒可發出指示，自己只要實行即可。然而現在，這三人沒有給自己任何一句話。

蕾梅迪奧絲滿心焦急，但她只知道一件事。

只要讓兩人逃走，就能阻止這傢伙的企圖。

兩人似乎也明白了這點，頭也不回拔腿就跑。

這就對了，真正的戰場上沒有時間像笨蛋一樣猶豫。即使蕾梅迪奧絲死了，只要這個國家的領導者聖王女活著就有辦法。就算最糟的情況下聖王女駕崩，只要妹妹活著並回收遺體，替死者復活都不是問題。

幾名神官——應該是能用第三位階魔法的人——簇擁著卡兒可保護她。有他們這道牆，想必能爭取更多時間讓兩人逃掉。

「唔——『高階傳送（Greater Teleportation）』。」

突然間，亞達巴沃整個人消失不見，劍揮了個空。

「什麼！」

蕾梅迪奧絲急忙左顧右盼時，耳朵聽見臨死慘叫般的哀嚎。蕾梅迪奧絲的心臟不祥地怦怦直跳。聲音來自兩人逃走的方向。

但那邊被聖騎士人牆擋住，她看不見。

她身上的魔法道具力量壓抑了恐懼，但還是會焦急。包括妹妹在內，一旦侍衛死亡，就只剩卡兒可單槍匹馬與亞達巴沃對峙。她是這個國家的領袖，是一旦失去，國家將就此滅亡的重要人物。

「別擋路——！」

蕾梅迪奧絲吼著跑過去，聖騎士急忙讓路。

自己離卡兒可實在太遠了。

這副肉體多麼遲鈍啊。

她內心認為自己的臂力、腳力是人類頂尖，並暗中引以為豪。但在這瞬間，她第一次知道那都是假象。

能撐過一擊就好，身受重傷也無妨，這裡有眾多神官，沒死就有辦法可想。

蕾梅迪奧絲邊如此安撫自己邊跑，卻看到卡兒可已落入亞達巴沃手裡。她沒餘力確認葵拉特怎麼了。

亞達巴沃以巨大手掌抓著卡兒可的雙腿，火焰包覆著那雙手。輕便甲冑被烤熱，底下傳出皮焦肉爛的聲音。她戴著頭盔的面容因痛苦欲狂而扭曲，一口皓齒咬緊牙關。

（太卑鄙了！抓人質嗎！）

亞達巴沃將有什麼要求——？蕾梅迪奧絲做好心理準備，但聽到亞達巴沃說出的話，不禁懷疑起自己的耳朵。

「真是件好武器。」

「──啊？」

蕾梅迪奧絲一剎那，目光落在自己持握的武器上。

惡魔言下之意難道是想要這個？

「第一眼看到時，我就覺得能當作好武器了。」

亞達巴沃抬起手臂，將卡兒可下垂的身子舉至視線高度，胳臂呼地一揮，簡直好像在練習揮劍。

只聽見喀嘰一聲，卡兒可發出壓抑的慘叫。

她承受不住亞達巴沃的孔武有力與本身體重，膝關節彎向了本來不該彎的方向。

到這時，蕾梅迪奧絲才總算會過意來。

那傢伙是說要把聖王女──卡兒可．貝薩雷斯當成武器。

「你……你說什麼……」

她無法理解。

但也只能理解了。

「好了，那麼我要出手了喔？」

充滿憤怒的臉孔浮現一絲邪惡微笑，亞達巴沃走過來。

這種狀況能怎麼應付？

蕾梅迪奧絲後退，應該待在身後的聖騎士也同樣後退。

（這……這種狀況要怎麼辦？怎麼做才對？）

她移動視線尋求幫助，看見亞達巴沃背後，剛才還在保護卡兒可的神官與葵拉特倒在地上。

神官動也不動，不過妹妹身子稍稍扭動了一下，說不定是在悄悄使用魔法。

（妹妹——還活著！該先救哪一邊——只能問伊桑德羅了。）

「伊桑德羅！怎麼辦！」

「請後退！」

「知道了！所有人後退！退下！退下！」

「——怎麼？你們不戰嗎？枉費我還得到了擊潰你們的武器……『火球』。」

亞達巴沃筆直伸出沒抓著卡兒可的手，從掌中放出第三位階的攻擊魔法。飛來的火焰爆開，焚燒範圍內的聖騎士。

聖騎士有耐火魔法加身，似乎勉強免於一擊致命，但只是沒死罷了。

卡兒可扭動身子死命掙扎，但似乎無法逃離亞達巴沃的拘束。

「真是個煩人的女人，妳現在是我的武器，武器就要有武器的樣子。」

亞達巴沃微微彎身，一口氣舉高握著卡兒可的手。

「住手！」
察覺到亞達巴沃要做什麼，蕾梅迪奧絲悲痛地吼叫。然而亞達巴沃看也不看她一眼，高舉的手往下一砸。
咕喳。
卡兒可來不及防禦，臉部狠狠撞上地面。
然後亞達巴沃慢慢舉起手來，只見卡兒可彷彿失去了抵抗的意志，虛軟下垂。
她戴的頭盔前面是敞開的，因為她的美貌能為士兵提振士氣。
然而，如今那美麗容顏血流滿面，鼻子似乎也撞爛了，看上去一片平坦。
「你這妖孽！」
「蠢材！不准去！」
一名部下——聖騎士忍不住拔劍狂奔。她出言喝止，但太晚了。
亞達巴沃明明抓著一個人類，卻用驚人速度朝著殺來的騎士把武器(卡兒可)一揮到底。
兩人撞個滿懷，伴隨著強烈金屬聲，聖騎士被打飛出去。
身上鎧甲彷彿受到巨人的一擊般凹陷，述說著與卡兒可的相撞力道有多可怕。
蕾梅迪奧絲無法從卡兒可身上別開目光。
縱使是表皮比其他種族柔軟的人類種族，強者仍可利用氣功或魔力護身，只要意識清醒，有時可以刀槍不入。
沒錯，只要意識清醒的話。
可能是被衝擊力道震落了，頭盔不知飛去了哪裡，一頭長髮蓬亂地隨風飛散。她被倒吊著抓住，滿臉是血，鼻子血肉模糊，門牙盡失，翻白眼微弱呻吟的模樣，不剩一絲過去受人讚頌為至寶的美麗。那樣子豈是一個慘字了得。
「該怎麼辦？伊桑德羅！如何才能救出卡兒可！」
「我……我不知道！」
「沒用的東西！你的頭腦不就該用在這裡嗎！」
「這種狀況我想都沒想像過！只能全軍撤退了！」
「你要我拋下妹妹與卡兒可逃走嗎！」
「除此之外還能怎麼辦！」
被這樣一說，蕾梅迪奧絲無話可說了。
「傷腦筋，竟然在敵人面前吵起架來，真是群可怕的人類。時間差不多了，遊戲就到此結束吧。」
「什麼？」
亞達巴沃慢慢抬頭仰望天空。

「我的軍隊就要抵達這座都市了，我必須盡速打碎城門，掀起暴虐與殺戮的風暴。」

「你……你以為我會允許你這麼做嗎！」

「我不需要妳允許，你們只要接受，如同流星贈禮。」

亞達巴沃用沒握著卡兒可的手，尋求似的往上——朝天空高舉。

「——住手！」

蕾梅迪奧絲知道了敵人想做什麼，因而大聲怒吼。

然而所有人都無從出手，動彈不得。由於聖王女成了人質，沒人敢攻擊亞達巴沃。

不對，他們是怕一旦攻擊，敵人會拿卡兒可的身體來擋。如果因此害死了卡兒可，那該如何是好？

無視於蕾梅迪奧絲等人的迷惘——星星隕落。

第二章 尋求救援

Chapter 2 | Seeking for Salvation

1

一名少女走在王國的街道上。

她長得並不特別可愛，不是能令所有人回首的容貌；但就負面意義來說，有其吸引目光之處。

這是因為她那眼角高而修長的雙瞳黑眼珠小，眼神彷彿總是在瞪人，再加上眼睛下面的黑眼圈，散發出某種走上歪路之人的凶惡。

這種外貌走在擁擠人群裡很方便，但是在都市城門等處，隨身物品卻會受到嚴格盤查。

這名少女——寧亞．巴拉哈仰望天空。

陰暗厚重的雲層覆蓋整面穹蒼，明明還不到中午，卻甚至給人黃昏將近的錯覺。

雖然已是冬末時節，不過春天還很遙遠。

寧亞疲乏地嘆口氣，接著一面運用承自父親的敏銳感覺，一面走向逗留的旅館。

在都市內之所以如此提高戒備，是因為自從抵達這座都市以來，她一直親身感受到一種排斥外地人般的氣氛。

當然，這應該是她的心理作用。

她用連帽披風遮著臉，從這身模樣，誰也看不出她是外國人還是本地人。不過，她感受到的那種無可言喻的沉重氣氛並非心理作用。偷看一下路上行人，會發現群眾神情鬱悶且腳步沉重，就像冬天的陰鬱空氣纏身。

換成平常，她會認為是陰天所致，然而她感覺籠罩里．耶斯提傑王國這座王都的封閉感……或者該說一種難以形容的陰鬱，似乎是出自某種截然不同的重要原因。

（也許是因為不久之前打過敗仗，但比起聖王國人民目前的處境，已經一片光明到可以小跳步走路了。）

據說聖王國海灣以南的地區還算安全，只有北境化為地獄。

即使得知這項情報，她也不怎麼慶幸，因為她身為北聖王國的殘兵敗將與解放軍，而且也是出使此地的使節團團員。

寧亞心情變得黯淡，手像求救般伸向腰際，鋼鐵特有的冰涼觸感傳來。

掛在腰際的劍上鑄有聖王國聖騎士團紋章，可證明她的身分。

聖騎士的佩劍會注入微量的魔法之力，但她身上的劍沒有，因為這把劍是訓練生階級的隨從專用。

等受訓完全結束，受提拔為聖騎士時，長久使用的愛劍才能首次得到魔法力量，這同時也是聖騎士任命儀式的流程之一。在那之前，這把劍不過是塊銳利鋼鐵，但仍是長久共同接受艱苦訓練的愛劍。心有不安時會忍不住習慣伸手去摸，也是情有可原的。

鋼鐵傳來的觸感讓寧亞心靈稍稍恢復平靜，她吐口白煙，拉起披風前襟加快腳步。

想到接下來要報告的壞消息，腳步就不禁慢下來。正因為如此，她才要加快腳步，不愉快的工作趕快做做比較好。

不久，他們使節團一行人住宿的旅館映入眼簾。

那是間極其氣派的旅館，住宿費當然也貴。聽說在王都中，這間旅館公認名列前五名。

考量到故國聖王國北境的現況，同胞正處於水深火熱之中，只有他們這些團員奢侈享受似乎不妥。事實上，擔任使節團團長的女子就認為太過奢侈，出言反對。她表示應該降低住宿水準，將省下的錢用在更重要的事上。

然而擔任副團長的男子提出見解，否決了團長的意見。

「我們身為聖王國代表，若是住在寒酸的旅店，其他人看到或許會認為聖王國國祚已盡。就光是為了避免這點，我們有必要住進昂貴旅館，以顯示我國國祚依然長久。」

以理性思考，副團長的話很有道理，使節團沒人表示反對。只有團長好像情感上還無法接受，堅決反對。爭執了一段時間後，在其他團員勸說下，才不情不願地住進這間旅館。

不過即使如此，大家都明白沒有多餘資金可以浪費。為了短期逗留完成使命，只是個小隨從的寧亞也為了達成目的，而被派遣出去。

使節團造訪王國的目的，是為聖王國求取支援；寧亞還有其他團員收到的命令，是先與王國的有力人士預約會面。

團長認為預約會面這點小事隨從也能做，這樣想並沒有錯。

問題是團員當中只有自己是隨從，其他成員全是正式的聖騎士。就算預約成功，日後對方若是聽說拜訪其他有力人士的是聖騎士，自己這邊卻是隨從，心中不知做何感想。

一般人一定會感到不快，這點道理連寧亞都懂，關於這方面，她也試著委婉地陳述過意見，然而命令沒變，一介隨從不該再多說什麼，但寧亞卻堅持了主張。

如果自己一個人失敗就能了事，寧亞甘心接受，但這麼一來，可能會減少了備嘗艱苦的聖王國所能獲得的援助。寧亞的失敗有可能造成眾多百姓喪命，她豈能簡單一句話「是，遵命」就結束。

小小隨從沒有即刻從命，使得團長心情更加惡劣。她表現出來的態度，好像千錯萬錯都是寧亞的錯。最後還是副團長介入緩頰，才好不容易息事寧人，但可以確定團長因此對寧亞不怎麼有好感。

讓身為隨從的寧亞同行，應該是要她以敏銳的視力確保路上安全；期待她有能力處理其他事情未免強人所難。

（總不能這樣說吧……）

寧亞一邊仰望天空，「唉……」一邊嘆氣，然後看著白色氣息漸漸消失在冷空氣中。想到回旅館後又是如坐針氈，她就覺得胃痛。

寧亞剛才前去拜訪的貴族並非重要人物——在王國的地位不高——因此雖然很遺憾沒預約成功，應該也不是大問題。即使如此，還是無可避免要被團長唸一頓。

（……照常理來想，根本是不可能的吧，跑去找一個有點地位的人，臨時說要見面……對方也得調查我的來歷，或是花時間收集情報啊。如果約一星期後，說不定還有可能……）

不過她也覺得，這說不定只是對方託辭回絕。

（可是團長指示幾天內就得離開王都……團長啊……）

現在的團長總是渾身帶刺，看起來好像控制不了自己的情緒。

團長以前不是那樣的，這點寧亞也很清楚。過去的團長豁達大度——講難聽點就是個粗神經的人。然而自從聖王女為國捐軀的那場戰事後，她完全變了個人。

「……不如意的事情真多啊。」

身為隨從，對於團長不講理的叱責，恐怕也只能低頭承受。

話雖如此，這點程度的痛苦，比起聖王國至今仍奮力求生抗戰的子民而言，根本不足一提。寧亞只需低著頭，靜靜等颱風過去就好。

做好覺悟——或者該說死心——時，寧亞抵達了旅館。
她做個深呼吸，然後摘下兜帽，推開旅館氣派的大門。
不愧是高級旅館，不是一進門就是會客廳，而是先有一個小房間，說是必須先在這裡弄掉鞋子上的泥土。
說歸說，寧亞剛才去的地段跟這間旅館一樣，也是以石版地整頓好的黃金地段。又沒有下雨，鞋子自然不會沾到什麼該弄掉的髒汙。
寧亞早早打開進門對面的另一扇門。
溫暖空氣流了過來。
進門正面是櫃臺，正面右手邊有酒吧，左手邊有樓梯，樓梯旁放了面對面的沙發。
這個房間沒有暖爐，室溫卻與室外空氣差這麼多，聽說是魔法道具的功效。
在聖王國說到魔法吟唱者就是神官，他們為了製作魔法道具，很少製作這類日常生活的用品。以這方面的技術力而言，王國似乎在聖王國之上。這樣想來，父親提過的帝國不知有多先進。
寧亞知道自己很可能一輩子到死都沒機會造訪帝國，但仍懷有些許憧憬。
一般來說，村姑等人一輩子只認識自己的村莊；寧亞雖為國效力，但作為戰士並沒有多大才能。像自己這種人，通常一生都無緣造訪外國。

這樣一想，有機會見識外國，或許稱得上是大禍中的小幸運。

寧亞一邊漫不經心地想著這些，一邊登上樓梯，前往使節團住宿的二樓房間。旅館員工似乎也認得寧亞的長相，並未把她攔下。

想到住宿費的問題，不如在這間旅館只訂一個房間供正副團長住，其他人則去住廉價旅店比較好。然而副團長說在這種小地方省錢，有些人仍然可能判斷聖王國氣數已盡，團長也同意他的說法，就都住下了。

寧亞抵達團長他們的房間敲門，房門開了一條縫。是留在房間守衛的聖騎士開的門。

護衛對象是聖王國最強的聖騎士，也就是使節團團長。與其說是護衛，毋寧說比較偏向侍從，既然如此，自己留下來才叫合理配置吧？不過寧亞知道樹大招風的道理，所以這種話當然是不會說出口的。

「寧亞．巴拉哈歸隊。」

房門打開了，於是她走進去。

走廊前方可以看到一個大房間，房間中央穩穩放著一張長桌，團長人就在那裡。

團長蕾梅迪奧絲．卡斯托迪奧與副團長古斯塔沃．蒙塔涅斯坐在桌旁，至於牆邊——使節團團員共有十七人，其中半數以上的聖騎士立正不動排排站。

兩人在桌上攤開文件，寧亞偷瞄一眼，大半名字都被橫線劃掉了。

「團長，寧亞．巴拉哈歸隊了。」
她抬頭挺胸，端正姿勢，報上名字。
「──怎麼樣了？」
「非常抱歉，對方表示沒有時間，拒絕會面，說至少需要兩星期。」
「嘖！」
蕾梅迪奧絲嘖了一聲。
寧亞的胃像針扎似的痛，這聲咂嘴不知是針對寧亞，還是回絕的王國貴族？感覺既像前者也像後者，但她不敢問，太可怕了。
「這樣啊，大冷天的，辛苦妳了。那麼回房間去，養精蓄銳吧。」
「是！」
古斯塔沃這番話讓寧亞差點安心地嘆氣，但強忍住了。她想快步離開這裡，但來不及跑就被蕾梅迪奧絲叫住：
「……在那之前我想問問妳，妳有跟對方交涉以早點會面嗎？」
「──啊？啊！是！當然，我有如此請求對方，但很遺憾，對方表示沒有辦法……」
「是不是妳的交涉方式不對？」
「啊，這……這個──」

誰有膽子說「才沒有那種事」？況且無論如何，挨罵是在所難免了。

「……團長，不只她拜訪的貴族，其他貴族也都是以相同理由拒絕。其中聽說甚至有貴族表示無法支援聖王國，問我們這樣還需不需要面談。」

古斯塔沃插嘴般的開口，讓蕾梅迪奧絲狠狠瞪他一眼，難以言喻的緊張感節節攀昇。

「──寧亞．巴拉哈。」

「是！」

攻擊對象果然是自己。寧亞心中暗自喪氣，但當然不表現在臉上，而是發出精神抖擻的聲音。

古斯塔沃試著介入，但蕾梅迪奧絲視若無睹，視線瞪向寧亞。

「我們在這裡浪費時間時，亞達巴沃率領的亞人類軍隊仍在濫殺無辜；豈止如此，大都市已有四座淪陷，小都市或村鎮有多少被攻陷，更是無從想像。」

她說的四座都市，分別是首都賀班斯：人稱大聖殿的聖王國信仰中心──神殿就座落此地，同時也是政治的中心。

利蒙：位於首都西方的港灣城市。

要塞都市卡林夏：離長城──要塞線──距離最近，由於亞人類進犯時首當其衝，因此擁有最厚的城牆。

然後是普拉托：地處卡林夏與賀班斯之間的都市。

換言之，位於北側的大都市，全被亞達巴沃率領的亞人類軍壓制了。

「不止如此，還有眾多倖存者受俘，送去了蓋在村莊或都市的收容所。據說在那裡進行的行為，足以令聽者不寒而慄。」

「是！」

收容所四周有牆壁環繞，由於沒有任何人能潛入，因此沒人目擊到實際上發生了什麼。然而有風聲說那裡的看守是亞人類，據盡量靠近觀察內部情形的人所言，聽得見痛苦呻吟與哀嚎隨風傳來。

而更重要的是，統治者亞達巴沃身為惡魔，怎麼想都不可能慈悲對待人類俘虜。

「妳明知道這一切，卻還是帶這種結果回來，是什麼意思？妳真的有在努力嗎？有在努力的話，應該能做出結果吧？」

「是！非常抱歉！」

說得確實沒錯，蕾梅迪奧絲說得很對，但是——

寧亞無法抹除心中浮現的另一種情感。

（那麼救不了那些受俘人民的聖騎士團團長又算什麼？）

寧亞恨不得能把團長的話原封不動還給她，但是身為聖王國出身的隨從，自然不可能說出這種話來。

「如果妳覺得抱歉，那麼妳該怎麼做？該怎麼做出結果？」

寧亞語塞了。

寧亞不過是聖王國的平民，沒有貴族地位也沒有權力，連聖騎士都不是，只是個隨從。身分如此低微的寧亞，哪有辦法做出什麼能吸引王國貴族的提議。這麼一來，她只能說——

「我會努力。」

這只是精神論。然而這答案似乎不能令蕾梅迪奧絲滿意。

「我在問妳如何努力，不然只是徒勞——」

「——團長。」

蕾梅迪奧絲話正說到一半，古斯塔沃打斷了她。

「暫且就講到這裡，是不是該開始準備了？蒼薔薇的各位大人即將蒞臨，若是歡迎得慢了，是不是會讓對方感到不快？」

「說得也是。隨從巴拉哈，妳要更加努力，做出結果。」

「是！」

蕾梅迪奧絲對寧亞甩甩手，好像在趕人。意思大概是「快走」吧。

「失禮了，卡斯托迪奧團長！」

寧亞雖疲憊不堪，內心仍大聲叫好，因歡喜而全身顫抖，打算離開房間。然而，剛才還站在她這邊的救星，就在這一瞬間成了最惡劣的敵人。

「團長，蒼薔薇各位大人光臨時，讓她也在場是不是比較好？」

古斯塔沃的發言，讓寧亞一時之間眼前一片昏黑。區區隨從憑什麼參與那種討論？

蕾梅迪奧絲看向副官，那視線跟剛才看寧亞時判若兩人，其中充滿了親暱之情，讓人不禁困惑什麼時候換了一個人。

「是這樣嗎？既然你都這麼說了……但為什麼？」

「是，我們之所以帶她來擔任隨從，是看重她出類拔萃的銳利感官，也許她能注意到一些只有她知道的問題。」

與亞達巴沃的一連串戰鬥中，死了許多聖騎士與隨從，但還有好幾名聖騎士存活下來。即使如此，寧亞仍被選為使節團的一分子，理由正是如此。

聖騎士在戰鬥中能表現出優異能力，但其他地方與一般市民無異。換言之，他們需要一名身懷斥候技術之人隨行，以在移動時躲避敵人耳目，察覺遠方敵人蹤跡，並藉此從包圍網中脫身。

一般來說，這種時候就輪到冒險者或獵兵出場，然而他們很多人戰死沙場，存活下來的則都逃往南境或國外了。因此國內沒有經驗豐富之人，所以才會找上她。

她本身比起父親雖然相差甚遠，但跟只受過聖騎士訓練的人相比，自認感覺相當敏銳。她真的很高興這項能力能用來為國效勞，只是這份心情一路上也磨耗了不少，如今甚至有點怨恨自己被選上。

「是嗎……如果你這麼覺得，那就這麼辦吧，我准。」

「謝團長。」

「……隨從巴拉哈，妳也聽到了，我要妳也在房間角落聽我們談話，有任何發現都通知我們……那麼回房間去，整理儀容再過來。」

「是！」

總算解脫了。寧亞懷著這種心情退下，古斯塔沃隨後跟來。走出房間後，他小聲對寧亞說：

「抱歉團長那樣對妳。」

寧亞停下腳步，回過頭來，問了一個至今一直不解的疑問：

「……我是否做了什麼事觸怒團長了？之前我有聽說自從那場都市淪陷的戰役後，團長彷彿變了一個人，但究竟發生了什麼事？」

「……那場戰鬥中，亞達巴沃奪去了眾多聖騎士的性命，包括聖王女陛下與團長的妹妹。」

這寧亞知道，但那又怎麼樣呢？

寧亞也是一樣。

寧亞的父母親恐怕已不在人世，而在現在的聖王國，這種境遇早就不稀奇了。但她不可能這樣說。

「恐怕是這件事成了契機，使得團長心中產生的失落感或憤怒等情緒無處宣洩，忍不住找身邊的妳出氣。團長沒有對我們聖騎士生氣，可能是因為我們也參加了同一場戰役，她認為我們同病相憐吧。」

這算什麼啊。寧亞在心中自言自語。

換句話說，寧亞被怪罪是因為她沒參加那場戰役。

太沒道理了。

寧亞他們這些隨從也有半數奔赴那座都市，許多人因此戰死。寧亞沒被選為那半數人員，只不過是運氣好，不是寧亞自己選擇的結果。

「基於這點，請讓我說一句。希望妳目前先忍忍，團長對於現在的聖王國而言，是不可或缺的人物。」

「……即使她拿別人當出氣筒，折磨別人也是嗎？」

「對。」

古斯塔沃眼神悲痛地看著自己。

怒火竄過寧亞的全身上下，讓她巴不得能怒罵對方。她承認那個女人本事大，但是直到一行人平安抵達王國為止，寧亞也做了努力。她戒備亞人類的警戒網，夜營時比任何人都小心。使節團能平安抵達目的地，是多虧寧亞的力量。既然如此，在這次旅途結束前，寧亞不認為自己的價值比那女人低。

然而寧亞硬是吞下了滿腹怒火。

就算為了在聖王國受苦受難的人民也好，現在必須忍耐。若是她們倆之中少了一個，結果無法拯救更多人民脫離煎熬，那才叫做愚蠢。

況且只要回國，就能功成身退了。既然如此，只要再忍耐一陣子就好。

寧亞面帶笑容點頭。

「我明白了，只要這樣能幫助聖王國，我願意笑著接受。」

●

寧亞回房間一趟後，沒過多少時間，蒼薔薇一行人便來到旅館。

寧亞也跟聖騎士一起在牆邊立正不動，等待貴賓。

不久房門打開，一行人走進房裡。

寧亞並非追星族，不過看到聲名遠傳聖王國的成員登場，她心裡有點興奮。這幾位同性偉人登上了自己無法到達的巔峰，寧亞個人有很多問題想請教她們。說歸說，她當然不可能上前攀談。

（她們就是……王國三大精鋼級冒險者小隊之一，蒼薔薇……好厲害……）

寧亞聽過關於她們的名字或相貌等傳聞，不過像這樣親眼見到，發現與聽說想像的形象有很大部分乖離。

站在前頭的是蒼薔薇小隊領隊，是位脖子掛著水神聖印的神官。她的名字是拉裘絲・亞爾貝因・蒂爾・艾因卓，正是那把知名魔劍的主人。

連同性都看得入迷的端正五官，不像是只有戰鬥天才能夠當上的最高階冒險者。若是穿起禮服，一定是位平民出身的寧亞夢想的中的公主殿下。

這樣一位美女發出了一如形象的溫柔聲音：

「感謝各位邀請，我們就是蒼薔薇。」

起身相迎的蕾梅迪奧絲略略低頭，表達感謝之意：

「萬分感謝蒼薔薇的各位人士，回應我等委託，大駕光臨。」

「能受到知名聖劍之主，以您出類拔萃的能力廣為人知的聖騎士蕾梅迪奧絲・卡斯托迪

奧相邀，我們才該表示感謝。」
講起拘泥形式的致意，相較於蕾梅迪奧絲的口吻僵硬而有點呆板，拉裘絲語氣自然。曾經聽說她是貴族千金，看來是真的了。
「啊，這是我要說的，能遇見您這位聲名遠播的魔劍之主——我感到，很高興。咳嗯，請坐。另外周圍這些人是聖王國的聖騎士，希望能准許他們一起聽。呃，此外如果有時間，晚點希望……能讓我看看您的魔劍。」
「我很樂意，不過，我也希望能有幸一睹那把聖劍。那麼我們恭敬不如從命，就坐下了。妳們都坐吧。」
蒼薔薇的諸位成員各自照自己的方式在椅子上坐下，有人已經立起手肘，或是雙臂抱胸。她們態度雖目中無人，但想到其身懷的實力，看起來反而有模有樣，甚至可以說理當如此，實在不可思議。
「首先我們是否該自我介紹一下？」
可能是為了幫助蕾梅迪奧絲，副團長回答：
「不了，不用勞煩各位。各位大人的名聲在聖王國無人不知。自我介紹得晚了，在下是聖騎士團副團長，名叫古斯塔沃·蒙塔涅斯。」
古斯塔沃回答後，拉裘絲穩重地笑了：

「這樣啊，希望都是些好傳聞。」

「不——」

「——是的，盡是些好傳聞。聽聞各位大人的英雄事蹟，就連在下也不禁內心雀躍。」

蕾梅迪奧絲正要說什麼，卻被古斯塔沃從中打斷，然後直接帶過，與拉裘絲相視而笑。

「那真是太高興了，雖然很想聽聽都是些什麼傳聞，不過我們是受託而來，無意占用委託人的寶貴時間。那麼可否讓我確認一下委託內容？」

「嗯——在那之前，我想先問問那個女生的名字喔——」

寧亞被這聲音嚇了一跳，一看，雙胞胎盜賊中的一位指著她。另一位也用興味盎然的目光朝向寧亞。

這兩位應該就是據說名為緹亞與緹娜的雙胞胎盜賊了，蒼薔薇名聲遠傳聖王國，但在成員當中，只有這兩人沒有傳出任何英雄事蹟或軼聞，覆蓋著神祕面紗。

這樣一位人物竟然指著自己。

心情就像被人從昏暗側臺一把推到燈火輝煌的舞臺上。為什麼，怎麼會，原因是什麼？這些問句在腦中打轉。

「那個女生的體格不是戰士一類吧，跟我們這個肌肉女完全不同。」

「喂！妳這什麼意思！」

叫嚷的是有如厚重牆壁的女戰士——格格蘭。

「就是字面上的意思……那個女生不是戰士，怎麼看都不是。這個才叫戰士。」

「喂喂，體格是靠經驗累積鍛鍊起來的啦。」

「格格蘭進化雛型？」盜賊的神情迅速變得銳利。「不要講這種過分的話，那個女生太可憐了。」

「喂！妳自從跟老子一起修行，講話好像就變很毒？有沒有！」

「我沒有變，睡覺時被妳用蠻力緊緊抱住，側腹都痛——」

「——妳們倆適可而止吧……非常抱歉，我們的人不懂分寸。」

「請別放在心上。她叫寧亞．巴拉哈，是我們的隨從。她擁有敏銳感官，一路上旅途為我們盡心盡力。」

「了解～」

她講話口氣平淡不帶情感，一點可愛的感覺都沒有。

「……哼，雖然是我們不好，不過講了半天都在原地打轉啊。只要兩邊都沒有異議，可不可以快點開始講正題？還有雙方講話像貴族似的拐彎抹角有什麼好處？就打開天窗說亮話，沒問題吧？」

「伊維爾哀。」拉裘絲語帶責備地叫了那人的名字。

此人就是魔力系魔法吟唱者伊維爾哀，戴著面具，能夠靈活運用強大魔法，據說從不摘下面具。身體極其嬌小——有傳聞猜測她可能是體型矮小的異種族。

「不，沒問題，我也不擅長耍心機。」

「團長……」

「……呵呵，你們的老大真好溝通，那我們這邊的老大又是如何呢？首先，只要願意支付金額恰當的情報費，對方就是雇主。與其浪費時間爾虞我詐，不如快快把錢的問題談一談，打好合約比較好吧？」

唉——拉裘絲嘆口氣後，伊維爾哀呈現出適合以「咧嘴一笑」形容的氛圍繼續說：

「我們老大默許了，那麼在談委託費之前，先讓我確認一下委託內容吧？你們表示想聽我們談談，是要問在你們國內作亂的亞達巴沃的情報吧？」

「妳們都知道了？」

「喂喂，貴族都知道的消息，妳以為我們會不知道？有的商人會從王國走海路移動，再說冒險者工會之間也會交換少許情報。不過嘛，你們意下如何？不如雙方來交換情報怎樣？比起收錢，我們寧可得到你們手中的情報。」

「唔……能……能否讓我跟古斯塔沃商量一下？」

伊維爾哀比出「請便」的手勢，蕾梅迪奧絲與古斯塔沃站起來，走進隔壁的——臥室。

「老子問一下，這水壺可以用嗎？」

格格蘭指著放在桌子中央的水壺與杯子，向寧亞問道。

怎麼是問我？寧亞心中一陣慌亂，回答：「請用。」聲音沒有發抖，她都想稱讚自己態度完美得體了。

格格蘭替大家倒好水時，蕾梅迪奧絲與古斯塔沃回來了。

「我們願意付委託費，可以聽聽妳們所知道的嗎？」

哦？寧亞心裡訝異。她不懂連住宿費都捨不得花的蕾梅迪奧絲，為什麼不同意交換。大概是古斯塔沃的建議，但寧亞不明白他為何勸團長這樣做。

「那也行啊，只是我覺得知道聖王國的現況，有助於我們提供你們想要的情報。」

「讓我們支付各位指定的費用吧。」

古斯塔沃將一只小皮袋遞到桌上。

「嗯，喂。」

伊維爾哀下巴一揚，指示盜賊之一。其中一人迅速伸手來拿皮袋，輕輕往上一拋。然後她再次抓住皮袋，並對伊維爾哀點點頭。

大概是以拿起來往上拋，然後落在手中的觸感，確定裡面裝了規定的金額吧。

「好，那麼由我伊維爾哀代表發言吧……話雖如此，剛才我也說過，你們說想要關於亞達巴沃的所有情報，有點不著邊際。我先談談在這個國家發生過什麼事，不過在那之前，必須先確認最初步的問題：你們說的亞達巴沃，是這種打扮的傢伙沒錯吧？」

伊維爾哀從桌旁的寫字桌上拿來紙筆，動作流暢地開始畫圖。但半晌之後完成的畫像，說得再怎麼客氣也只像是小孩塗鴉。「不，不對……」蕾梅迪奧絲話說到一半，還沒講完，雙胞胎之一已經把畫像收走，不等別人阻止就將它撕成兩半。

「妳做什麼！」

伊維爾哀氣急敗壞，不過雙胞胎中的另一名趁機拿起筆，重拿一張紙高速繪圖，將完成品塞到她面前。「唔，嗯嗯嗯……」戴面具的魔法吟唱者不甘心地發出低沉呻吟。大概是因為老實說，她跟人家畫的根本不能比。

一看，的確是難以用言語形容的服裝。寧亞從沒看過這種異國服飾，還有奇妙的面具。蕾梅迪奧絲看到畫像，一邊氣得拳頭顫抖，一邊如野獸低吼般喃喃說：「就是他。」

可能是看到對方露出這種臉色，恢復冷靜了，伊維爾哀不再找雙胞胎爭辯，再次轉向蕾梅迪奧絲。

「那麼這樣就確定一件事了，是同一人——同一惡魔。也是，要是那種怪物接二連三冒出來也麻煩，或許該說是不幸中的最大幸運吧。那麼——」

接著伊維爾哀向一行人描述王都發生的事，寧亞聽了，心中的自己表情抽搐。

關於亞達巴沃的強大力量，她早有所覺悟。況且他們早已得知有惡魔軍隊與滿身鱗片的強大惡魔存在，因此並不驚訝。只是現在聽說另外還有五隻女僕惡魔，連精鋼級冒險者小隊聯手對抗都只是勢均力敵，這項新情報加強了絕望感。

（在聖王國應該沒有目擊到女僕惡魔這種東西，難道是亞達巴沃的最強殺手？竟然還有其他敵人……）

「——那麼就各位大人判斷，亞達巴沃的難度推測有多少程度？」

對於古斯塔沃的詢問，蒼薔薇所有成員面面相覷，最後仍由伊維爾哀代表發言：

「我先聲明一件事，我接下來說的數值充其量只是推測，可能更高也可能更低，希望你們謹記在心。那個惡魔的難度，推測大約超過兩百。」

「兩百……」

古斯塔沃發出喘氣般的聲音，寧亞也差點發出相同喘氣聲，好不容易才忍住。沿著牆邊列隊的聖騎士當中有人沒忍住，從幾人那邊傳出同樣聲音。唯一只有蕾梅迪奧絲冷靜沉著，表情也紋風不動。

寧亞若記得沒錯，一百似乎是人類能打倒的極限。

「兩百具體來說有多強？」

蕾梅迪奧絲直率地一問，伊維爾哀傷腦筋地回答：

「高達兩百的存在從未出現在人世，不過……這麼說吧，壯年龍大約為一百。」

「壯年龍啊……我沒打過這種對手……差不多像大海守護神那樣嗎？」

大海守護神指的是住在海裡的海龍。

海龍雙手雙腳與翅膀退化，取而代之地有著長長的，縱長較粗的尾巴。牠的外觀比大海蛇更像龍，智慧可與人類比肩，或是更勝於人類。其性情溫厚，只要獻上供品，有時還會保護船隻。

寧亞全家去利蒙旅遊時，幸運地曾遠遠看到過一眼。

那時牠脖子高高伸出海面，魁偉模樣的確足以稱為守護神，甚至讓人無法相信居然有人類能打贏牠。

「卡斯托迪奧團長，拿尊貴守護神作為打倒的基準似乎有點……如果有漁夫在這裡，一定不會給我們好臉色看。不過這也就是說，那惡魔有壯年龍的兩倍強了。」

「是啊，我們判斷那惡魔比傳說中十三英雄打倒的眾魔神更強。若是現身於人世必定引發巨大災禍，各地國破家亡。就有這麼厲害。」

「可是，當亞達巴沃於王國作亂之際，您說是漆黑的飛飛閣下將之擊退，也就是說那位飛飛閣下也有同等程度的實力嗎？」古斯塔沃吸一口氣。「還是說——他有擊退亞達巴沃的某種特別道具？」

伊維爾哀給人的感覺變了。

當然面具下的表情是看不見的，但仍讓人感覺她似乎臉頰泛紅。

「我感覺不出他有使用道具，不過，他那雄壯威武的戰鬥姿態——飛飛大人與亞達巴沃廝殺之時，我正在對付那傢伙的幾個手下，沒能目睹整場戰鬥，但仍知道那是場驚天動地的死戰。那才是英雄中的英雄，勇者中的勇者該有的戰鬥！」

「是……是這樣啊。」

伊維爾哀探身向前講得滔滔不絕，魄力震懾得古斯塔沃只擠得出這句話。

「就是啊！哎呀～那次真是驚天地，泣鬼神。飛飛大人可是一邊保護我，一邊與那個亞達巴沃交手呢。」

「妳說他打倒了亞達巴沃——正面迎戰擊退了那個怪物？此話當真？」

「怎麼？我所說的都是親眼所見，妳質疑我說謊？」

聽到蕾梅迪奧絲的疑問，伊維爾哀厲聲反問。眼看氣氛不對，古斯塔沃急忙打圓場：

「啊，不是，團長這樣說只是在想，假如漆黑是抓到了亞達巴沃的某種弱點，我們當時或許也有辦法取勝，抱歉話說得不夠完整。」

「我們才該道歉，抱歉我們的伊維爾哀對各位委託人擺出幼稚態度。」

拉裘絲回答副團長。旁人把兩個當事人擺一邊自行解決問題，這樣對不對啊？

「哼……就算亞達巴沃真有弱點，飛飛大人是抓住那點而戰勝好了，我不認為那樣強大的惡魔會擺著弱點不解決。」

「的確……也可能用魔法道具或部下加以彌補？」

雖然女僕惡魔是初次耳聞，不過亞達巴沃另外還有幾隻力量強大的惡魔部屬。

他們質問過俘虜的亞人類，得知最少也有三隻惡魔部屬。

分別是管轄亞人類所居住荒野的惡魔。

管轄港灣城市利蒙的惡魔。

以及指揮亞人類軍隊，滿身鱗片的惡魔。

「對了！剛才話題中談到的鱗片惡魔，可以再說得詳細點嗎！」

「說得是，可以請各位詳細告訴我們他擁有何種能力之類的嗎？」

「好的，由我代替伊維爾哀，將我交手過的惡魔更詳細的情報告訴大家。」

拉裘絲說出那惡魔具有何種能力，又是如何戰鬥，最後說到他死在實力與葛傑夫・史托羅諾夫不分上下的男性戰士布萊恩・安格勞斯手裡，以此做結。

「……那就怪了，亞達巴沃在攻陷聖王國首都後沒有動靜，改由這隻滿身鱗片的惡魔擔任將軍指揮亞人類軍隊。是不是這惡魔其實沒死？」

「有道理……不過，我見過那個叫布萊恩的男人，不認為他會說謊。會不會是這種惡魔不只一隻，只是一種高階惡魔罷了？」
「換句話說只要湊齊某種條件，亞達巴沃能召喚出無數那種惡魔嗎？或者是能召喚許多隻相同的惡魔？」
寧亞雖不會魔法，但上課也學過。
使用召喚魔法時，一次召喚一隻以上是很困難的。
這是因為發動召喚魔法時，如果發動別種召喚魔法，之前的召喚魔法會失效，原本召喚的魔物會歸返，改成召喚出新的魔物。
不過，能夠使用更高階魔法的人，可以同時召喚一隻以上低階召喚魔法的魔物，例如使用第四位階魔法，召喚好幾隻第三位階可召喚的魔物。
「我不懂，那傢伙是用何種手段召喚魔物還是個謎。如果是以魔法召喚，實力有那麼大的差距，似乎能召喚出不只一隻……這樣的話有個疑問，就是他在王國時為什麼沒這麼做。聽說特別擅長召喚的魔法吟唱者屬於例外，能夠同時召喚多種魔物……」
「也就是說即使打倒了鱗片惡魔，亞達巴沃也有可能馬上再召喚一隻？」
「就是這麼回事，不過，只限於亞達巴沃以魔法召喚的情況。若是以特殊能力召喚，情況可能又不同了。」
「妳們不知道是哪一種嗎？」

「抱歉，這方面我們不知道，關於那傢伙的情報少之又少。」

伊維爾哀明顯地垂頭喪氣。

「……嗯，我聽不太懂耶？」

「……團長，我稍後再跟您解釋。」

「不，你現在就稍微解釋一下，我從剛才就一直跟不上。」

「這樣說來，那個噁爛蟲女僕也是亞達巴沃召喚出來的嗎？」

（這就是團長……我們的領導者嗎……）

「不知道，希望不是……」

蒼薔薇的小隊成員也開始私下討論。

「那個，可以請教一件事嗎？」

寧亞怯怯地開口，所有人視線集中過來，使她感覺到強大壓力，不禁有點後悔。也許自己不用開口，等別人問就行了。只是骰子已經擲下，她做好覺悟，直接問道：

「抱歉這可能是個初步問題，但想請問亞達巴沃是從哪裡來的呢？亞達巴沃這個惡魔的名字，是自古以來就為人所知嗎？」

「真相不明，我查過各種文獻，都沒能發現這個名字。我也從外貌搜尋過情報，但一無所獲。」

「會不會是假名呢？例如以前是以別的名字四處作亂？」

「這絕對不可能，惡魔也是——天使也是，名字是構成他們存在的重要因素。惡魔在出現時，必須將名字這個楔子打進世界。聽說因為如此，那些傢伙無法以假名自稱。又聽說實驗結果得知，他們如果使用假名，有時甚至會使整個存在消失。」

寧亞幾乎沒有惡魔或天使的相關知識，不過既然隸屬於精鋼級冒險者小隊的魔法吟唱者這麼說，應該就是如此吧。

「如果那惡魔是從某個……這個大陸的邊陲地帶漂流而來，沒有情報或許是理所當然，但是……這樣想下去就什麼都有可能，一籌莫展了。」

伊維爾哀聳了聳肩。

「……我問一下，有沒有可能是亞達巴沃改變了外形？妳調查亞達巴沃時，用的是畫像上那副模樣吧？如果那個外形是假的呢？」

「哦。」伊維爾哀霍地往蕾梅迪奧絲探出身子。「詳細說來聽聽吧？」

「我們曾將這副外形的亞達巴沃逼入絕境，結果他現出本性……」蕾梅迪奧絲很快閉起了眼睛。「我們一敗塗地。」

「可以請妳說得更詳細點嗎？」

「這點小事應該無所謂吧，古斯塔沃？」

「是，我沒有異議。假如能從那個外形得知他的情報，隱瞞情資有害而無利。」
「我是覺得什麼都別隱瞞，一五一十說出來比較好……」
蕾梅迪奧絲如此喃喃說道，並將亞達巴沃的外貌描述給伊維爾哀聽。
講話途中，蕾梅迪奧絲可能是憶起了在場所有人都不知道的戰鬥，表情浮現怒色。
「原來如此，我就以這份情報再查一遍吧。調查結果我會告訴你們，如果你們已經決定要在這都市逗留多久，可以告訴我們一聲嗎？」
「目前尚未決定。聽您的語氣，您似乎對這副外貌沒有印象，是嗎？」
「——拉裘絲有印象嗎？」
拉裘絲搖了搖頭。
「就是這樣了，抱歉啊。」
「我明白了，那麼等決定日期，立刻與各位聯絡。」
「不過，這下連最糟的情況也得列入考慮了。那惡魔在王都時，也可能是以散播假情報為目的，因此沒有拿出真本事。」
「您的意思是……我國才是亞達巴沃的真正目標，他到王國是另有目的？」
「或許是，假如王國是他的最大目標，大可以像在聖王國時那樣露出真面目，不是嗎？會不會是驚訝於飛飛大人的強悍實力，害怕計畫毀於一旦而保留原本實力……？我是不願這樣想啦。」

伊維爾哀這番話，使得室內陷入一片死寂，安靜得連小小呼吸聽起來都大聲。就在不知誰該第一個開口的緊張氣氛中，拉裘絲證明了她的勇敢。

「好了，重新回到話題——我們呢，也想聽聽關於亞達巴沃的情報。我們得到的情報，終究只是對我們遭遇到的狀況做的分析，絕非闡明了亞達巴沃的目的、真面目或能力。」

「雖然也有一種辦法，是召喚惡魔以收集亞達巴沃的情報……但那樣做會使靈魂汙穢……況且就算召喚出低階惡魔，他們常常也不知道高階惡魔的事。這麼一來，就得聯絡擅於召喚高階惡魔之人，只是……」

「很遺憾，我們不認識擅於召喚惡魔之人。」

先是伊維爾哀補充，接著是雙胞胎中的一人。

平常當然不會有了。寧亞心裡想。

擅於召喚惡魔的術士都是邪惡存在，幸運的是，他們無法成為實力高強之人。這是因為他們大抵不是自尋毀滅，就是被討伐隊所誅殺。

當然，或許也有高手能躲過這一切，但這種人必然潛伏於暗處，不可能有朋友來往。

「只是啊，這樣束手待斃也很讓人火大不是嗎？等下次那個怪物來王國時，老子希望能由我們親手打得他哭爹喊娘。為此，那傢伙的情報是越多越好。」

「再說他在王國時並未率領亞人類，如果是因為在王國落敗，作為對策將亞人類納入魔下，那就更需注意了。」

格格蘭說完，然後換另一名雙胞胎接著說。

「所以妳們才想要我們的情報？」

蒼薔薇成員點頭，拉裘絲說出結論：

「我們願意支付與報酬相同的金額。」

「團長，接下來的交涉可否交給我來？」

古斯塔沃請示蕾梅迪奧絲，她即刻同意。

「——那麼我們不要金錢，請各位以別種形式支付。」

「是什麼呢？我們願意盡量達到各位的要求，但不是什麼都辦得到……只不過，如果希望我引介各位認識有力貴族，我想是可以的。」

「這樣啊，感謝您的好意。不過我們想要的不是這個——能否請各位前往我國，與我們並肩作戰？」

寂靜再度降臨室內，過了幾秒……不，可能是更久的時間，才有了聲響。是拉裘絲靠到了椅背上。

「非常抱歉，但我們無法以這種形式支付報酬。」

「……我們是不想死才收集情報，這樣就本末倒置了。」

伊維爾哀聳了聳肩，像是在說束手無策。

「我們不會請各位與亞達巴沃交手，只要在隊伍後方待命，替我們使用治療魔法就夠了。」

「少騙人了，你們沒那餘力吧。」

格格蘭敬謝不敏地說。

說的沒錯，聖王國北境如今受到亞達巴沃率領的亞人類占據，只是在做臨死掙扎罷了。許多民眾被送進收容所，苟延殘喘的聖騎士成了殘兵敗將藏身洞窟，慘不忍睹。

「不，沒有這回事，我軍仍在生死關頭抵抗亞人類的侵犯。」

南境仍維持著領土，軍隊與亞達巴沃軍僵持不下。如果那能稱為生死關頭，或許就是他說的那樣吧。

謊言與真相。清楚現況的寧亞，覺得古斯塔沃這句話有些偏向謊言。

「那麼妳們願意來嗎？」

「我們拒絕。」

對於蕾梅迪奧絲端正坐姿的詢問，伊維爾哀以明確拒絕作為回答。蒼薔薇的成員都默不作聲，就表示這絕非她個人主張，而是全體意見。

「……坦白告訴各位……我剛才說生死關頭，其實我們沒有那麼從容。聖王國北境雖已淪陷，不過南境兵力尚在。然而光靠他們，不可能戰勝亞達巴沃。」

古斯塔沃講到這裡，在自己的杯子倒水，喝了一口，然後接著說下去：

「我國國土之所以未被一口吞沒，是因為海軍牽制了北方海岸線，成功阻止了亞達巴沃的軍隊。假使亞達巴沃做了某種因應對策揮軍南下，恐怕撐不了多久。」

只不過，是知道亞達巴沃力量的北境人才有這種想法，南境大概另有見解。例如以為光靠自己的力量，就能趕走那個惡魔。

會有這種差別，情報分享失敗也是原因之一，但更大的原因，出在北境與南境之間的禍根。

南境原本就以反對首屆女性聖王登基——而且還跳過兄長等繼承人——的貴族勢力為多數派。

正因為如此，過去聖王女為了避免南北分裂，對於南境「聖王女即位是與神殿勢力政教勾結的結果，是親信葵拉特．卡斯托迪奧暗中操縱」這種無憑無據的中傷，也沒有做任何辯解。

自此以來，南境也沒做進一步行動，避免了全面對立。但那是因為南北力量維持平衡。如今北境潰敗，南境再也不需忍耐，於是南境就趾高氣昂起來，絲毫不把北境放在眼裡。

眼下亞達巴沃進犯疆土，國難當頭，人類之間竟然還爆發內鬨，寧亞只覺得可笑。更別說爭奪下屆聖王位的權力鬥爭氛圍已若隱若現，更讓寧亞這個平民出身者感到噁心。

「那可真嚴重。」

「是的，在與飛空惡魔交戰時，隸屬海軍的少數空戰部隊受到嚴重損害，這樣下去無法長久阻擋亞達巴沃的軍隊，我們需要某種打破現況的力量！懇請各位務必助我國一臂之力！只一兩個月的短暫時間也好！無論各位要多高的報酬，我們願意盡力負擔！懇請各位務必解救聖王國危難！」

隨著古斯塔沃低頭懇求，寧亞與聖騎士也一齊喊道：「懇求各位！」低頭請求。

拉裘絲的聲音在鴉雀無聲的室內擴散：

「請抬起頭來，然後——非常抱歉，我們無法前往聖王國。」

「為什麼！」

蕾梅迪奧絲的怒吼讓寧亞急忙抬頭，只見蕾梅迪奧絲從椅子上挺出上半身，瞪著拉裘絲。

「我不認為亞達巴沃攻陷了聖王國就會作罷！他必定會在聖王國累積力量，攻進王國！現在不打倒他，將來必然成為更強大的威脅！」

「正如您所說的，這種可能性恐怕相當高。」

古斯塔沃還來不及阻止，蕾梅迪奧絲先連珠炮地怒吼：

「既然妳明白這點，為何不肯助我們一臂之力！不只妳們，這個國家的貴族，還有我國貴族都是！什麼都沒弄懂！現在應該齊心協力，共同抗敵才對！」

「……我們無法幫助各位的理由，與本國貴族有點不同。關於魔導國，請問各位知道多少？」

該國奪下王國一座都市，藉此建國。而就聖王國國民的認知，該地是由不死者統治的恐怖國度——聽蕾梅迪奧絲這樣說後，拉裘絲面露苦笑。

「這個嘛，大致上吻合，但也有少許幾點有誤……當地雖然有不死者跋扈自恣，但聽說人類生活也安全無虞。」

「……咦？但那不是憎恨活人的不死者建立的國度嗎？」

「大概不死者也是因人而異吧，況且魔導王是不死者之王，命令自己支配的不死者不許傷害人類等等，讓不死者聽命，對他來說大概易如反掌。」

伊維爾哀口氣怏怏不樂。

「伊維爾哀……呃，換句話說我們眼前有魔導國這個問題，所以很難支援貴國。再說王國與魔導國的一戰當中，死了非常多的人，這在將來恐怕會是相當大的影響。即使是那些乍看之下生活富裕的貴族，其實也沒有太多餘力。」

「就算這樣！亞達巴沃仍是亟需解決的問題，不是嗎！亞達巴沃眼下正在凌虐蒼生百姓，但那個叫魔導王的並沒有凌虐人類對吧！」

「……在如此民窮兵疲的狀態下，拉起兩條戰線是多危險的事，不用我說，您也知道吧？」

蕾梅迪奧絲把話嚥下去了。

「而我們在與亞達巴沃交戰時，我方兩人遭到殺害。雖然使用了復活魔法，但還沒取回全盛期的力量。以這種狀態前往亞達巴沃占領的土地，有全軍覆沒的風險。」

「古斯塔沃說過，妳們好像不用跟亞達巴沃戰鬥喔？」

「這人是說認真的……」

「緹亞！失禮了，呃，非常抱歉，我不認為事情會那麼順利。只要有一點點與亞達巴沃對峙的危險性，我們就會拒絕這項工作。因為我們必須加強實力，以備將來所需……我只是說可能，如果亞達巴沃再次攻進王國，我們好有個準備。」

蒼薔薇成員的表情堅定不移，看來不可能說服。

最後，蕾梅迪奧絲發出嘔血般的聲音：

「那麼妳們說，究竟誰才能解救我國？」

蒼薔薇成員面面相覷。

「當然只有一人了。」伊維爾哀回答。「應該說本來就該第一個去請他吧？」
「……是誰？」
「當然是飛飛大人了，就是擊退了亞達巴沃的飛飛大人。」
「哦！原來如此！」
「請等一下，卡斯托迪奧團長……話雖如此，但那位大人那個了，對吧？」
「你聽說了啊？沒錯，據說飛飛大人如今在魔導國，投效魔導王了。所以你們必須說服的對象，八成會是魔導王吧。」
「天啊！」
蕾梅迪奧絲苦悶地叫出聲。
寧亞完全能體會她的感受，竟然要向不死者求援，身為聖王國人，心情實在複雜。
連隨從都這麼想了，她既是聖騎士團團長，又是佩帶聖劍的騎士，排斥感必定更強。然而——蕾梅迪奧絲眼中蘊藏力量，看向蒼薔薇的成員。
「……只要這是打倒亞達巴沃的最佳手段，就這麼做吧。不對，是只能這麼做。方便的話，能否請妳們寫封介紹信給那個飛飛——」
「——是給飛飛大人，對吧，團長？」
「呃，嗯！能否請妳們寫封介紹信給飛飛大人？」

2

與蒼薔薇會晤後，寧亞等聖王國使節團早早從王國出發。這是因為他們看透王國再也無人願意幫助聖王國，又聽說收集關於亞達巴沃真面目的情報需要花上數月，再加上他們掌握到了唯一可能戰勝亞達巴沃之人——飛飛的線索。

而最重要的是，想到在聖王國受苦受難的民眾，一行人心中焦急，總想做點什麼。

一行人只讓馬匹做最低限度的休息，有時還使用魔法，以一般旅人不可能有的速度，沿著道路往東前進。

通過王國最後一座村莊，不久就進入與魔導國的緩衝地帶。

小丘等地形遮蔽了旅人的視野，未經人手開拓的樹木密集形成原生林，不時出現在一行人眼前，魔物隨時可能從附近森林現身。雖說是前王國國土，但也不過如此，只不過是受到魔物襲擊的可能性較低，並不是真的安全無虞。

在這樣的土地上，寧亞讓自己具有的視力或嗅覺等感官變得敏銳，一邊往前進。

（道路旁看似沒有任何魔物潛藏，也沒有大型肉食動物通過道路的跡象。）

道路上地面泥土暴露在外，據說再往前走一段路，就會進入過去的國王直轄領地，道路也會變得經過整頓。整頓過的道路對旅人來說較好走；但對寧亞而言，這種泥土暴露在外的地表比較好，利於確認獸類足跡。

寧亞目光落在自己的手心裡。

她不喜歡這雙手。

不是因為持續鍛鍊讓手變硬了才不喜歡，她只是單純討厭自己沒有才能。

她繼承了父親的敏銳感官，但很遺憾，沒繼承到母親的任何天分。

寧亞的母親過去曾是頗有名氣的聖騎士，聽說劍術本領相當了得。然而她的女兒怎麼訓練就是沒有劍術才能，真要說起來，還不如父親使用的弓箭，她不用訓練就使得不錯。

不，光是能繼承到一半的優秀才華就很幸運了。但寧亞矢志成為聖騎士，這種職業使用的特殊能力只能加在近身武器上，因此以聖騎士為目標的話，遠距離武器的才能毫無用處。

寧亞將手放回轠繩，好好握住。

她稍稍抬腰，多少修正一下跨坐馬鞍的位置。由於離開聖王國後長時間騎馬，屁股與胯下開始痛了。

只要拜託聖騎士，是可以使用低階治療魔法消除疼痛，但她畢竟是女生，有點難為情。

再加上沒痛到影響拉轠繩，更讓她難以開口。

（……之後像平常那樣塗塗藥草就是了，得感謝爸爸才行。以前他提到屁股痛時怎麼處理，我還覺得火大……我那時候有道歉嗎……唉。）

她強忍住快滲出的淚水。

「——啊，團長，開始看到鋪石路了，看樣子很快就會進入魔導國境內。」

道路途中突然變成鋪石路，看起來實在有點奇妙。

「是嗎，那麼就這樣一口氣前往魔導國嗎？或是應該準備夜營？」

寧亞仰望天空。

「……只要不發生任何狀況，我想日落前應該能抵達，只是必須加速趕路。該怎麼做呢？」

「我去商量一下。」

蕾梅迪奧絲拉動韁繩，讓馬放慢腳步，開始跟古斯塔沃討論。

（不過，這裡開始就是魔導國的領土了，但……兵士都布署在哪裡呢？又沒有墩堡，像王國就有。）

一般而言應該會在國境線上設置墩堡等設施，這裡卻沒有。聽聞魔導國只擁有一座都市，會不會是將所有兵力集中於都市地帶了？

寧亞視線掃向鋪石路前方。

道路穿過低緩的山丘之間向前延伸，在遙遠視線前方，看到了樹葉落盡的冬季森林。

寧亞想起父親冬天曾帶她去露營。無論到哪裡，大自然都不會改變。她甚至覺得無論是這裡還是聖王國，冬日景色都沒有任何不同。

（……活在人世是件麻煩事，是嗎？）

父親簡短的一句話，化為小刺留在心頭。

聽說父親是因為有母親在，才會在都市定居。不然他寧可選個鄰近森林的小村，靠大自然的恩惠生活。

小時候她心想：在大自然中生活不是比較麻煩嗎？然而這趟旅程中，她徹底明白了父親那句話的意思，這是否證明自己已從孩童長大成人？如果是現在的自己，是否能與父母親聊更多不同的事？

寧亞想著這些，心裡又一陣刺痛。不過，這次的痛楚只有一瞬間。因為他們前往的方向——從東方道路前面，像避開山丘般蛇行的前方，那一帶看起來霧濛濛的。

（——難道是火災！）

寧亞稍微瞇細眼睛，更認真一點眺望該處。

乳白色的朦朧煙靄般現象，似乎不是煙霧而是濃霧。不只如此——

「抱歉打斷二位談話！前方似乎起霧了！」

「那又怎麼了？」

寧亞從背後向兩人出聲，蕾梅迪奧絲掀起頭盔面罩，一臉詫異。

「寧亞．巴拉哈，有什麼令妳在意之處嗎？」

「是，地圖上這附近並沒有巨大湖泊，卻起這麼大的霧，屬下認為是異常狀況。」

有如奶水般逐漸變濃的大霧，不停擴大其範圍，再過不久就會到達寧亞他們這邊。

父親在自然現象方面教了寧亞很多，就她所學到的來想，這種起霧的方式很奇怪。

「隨從巴拉哈，會不會是特殊環境變化？」

古斯塔沃比蕾梅迪奧絲更早掌握狀況，詢問道。

所謂的特殊環境變化，指的是廣範圍發生通常不可能發生的現象。例如強大儀式魔法失敗，造成某個地帶散播出腐敗毒氣；一年一次整個星期有強大龍捲風吹襲的沙漠；或是只有某個時期會下七色雨水的地點等等。

古斯塔沃詢問的意思是，這片濃霧會不會也是那類離奇現象。然而寧亞收集到的情報當中，沒有這種資訊。她覺得直接這樣說似乎會被責備，但也只能誠實回答：

「非常抱歉，屬下沒有收集到關於這種濃霧的情報。」

「意思是說妳情報收集不全嗎？」

又是個難回答的問題，誰敢斷言自己情報收集得夠齊全？

「——卡斯托迪奧團長，比起這件事，我想接下來怎麼做比較重要。」

馬匹已經停下腳步。

愈見濃厚的大霧絕非馬匹能前進的濃度，根據事前獲得的情報，耶．蘭提爾近郊沒有任何懸崖峭壁，只是策馬奔跑的話，就算遇到什麼問題應該也能應對；但這場濃霧的急速聚集有種怪異氛圍，令人裹足不前。

寧亞聞聞霧氣的味道。

只聞得到水的味道，沒有任何令人在意的怪味。但正因為如此，才更讓她在意。

「團長，這會不會是某種魔物造成的現象？屬下曾聽父親說過，部分魔物具有造霧的魔法力量，能藏身霧中襲擊獵物。」

「……所有人拔劍！還有，站在道路正中央很危險，大家移到道路外側！」

這種當機立斷，正證明了蕾梅迪奧絲在戰鬥中的優秀。

寧亞與聖騎士聽命策馬前進，離開道路，然後原地組成圓陣。這時濃霧已經大到彷彿包覆世界。

大霧濃到連近在身旁的同伴身影都只能模糊辨認，十五公尺以外的範圍已經無法辨識。

不安在寧亞胸中膨脹，就連霧氣的起伏看起來都像幽魂行進。

如果能聽聲音判斷還好，但周圍盡是身穿全身鎧的聖騎士。一點動作都會讓金屬摩擦，妨礙寧亞的聽覺。在這種狀況下，即使周圍有任何東西逼近也難以察覺。就寧亞所知，假如有人在這種狀況下也能維持聽覺，那恐怕只有自己的父親。

寧亞一邊親身體會到父親的偉大，一邊拚命凝神細聽。

「這片霧的確異常，就算在海邊，也不常發生這樣的濃霧。」

「不是再走一點路就到魔導國了嗎？在這種郊區會有魔物？還是說正好相反，因為是魔導國，所以會發生這種異常狀況？」

「這就不知道了，不過……會不會是魔導國的某種防禦魔法？」

「……別跟我講魔法的事，聽了就頭痛。你如果注意到什麼再告訴我，要簡單易懂。若是魔物的話能不能替他們消滅，拿這當人情債向魔導王交涉派遣飛飛？」

「這就難說了，雖說自己國內的魔物，理當由該國自行負責消滅，不過……」

可能是因為專心傾聽，團長與古斯塔沃的對話聽得一清二楚，但更遠的地方就沒自信了。這種時候，如果是父親的話會怎麼做？

（不可以依賴不在的人，我該獨立走自己的路了！）

只是待在這裡，寧亞的能力會遭到干擾也是事實。既然如此，也許應該請示團長，能否准許自己一個人移動到較遠位置。

（——也許還是算了比較好。）

寧亞原本想提議的心情逐漸萎縮。

不用多做提議，團長已經不怎麼喜歡寧亞了。要是再失敗一次，誰知道會受到何種處分。寧亞可不想惹上更多麻煩。

（況且要是因為這樣，害團長今後都不讓我帶路，那也很傷腦筋啊。）

寧亞拚命替自己辯護。只是遇上危機狀況，明明覺得換成自己或許能更有效應對，卻三緘其口也有害精神健康。

腦中某處傳來聲音說「如果一行人在此全軍覆沒，將會延遲營救聖王國受苦百姓的時間」，但寧亞聽了蕾梅迪奧絲那些酸言酸語，內心早已傷痕累累，無心旁顧了。

這時，寧亞視野邊緣捕捉到一個實在無法忽視的物體。

在濃密霧氣中，她在魔導國那個方向，隱隱約約看到某個龐然大物。

「不好意思，可以麻煩您看看那邊嗎？」

寧亞戳了戳身旁騎馬的聖騎士的身體。

「……呃，抱歉，霧太濃了我看不見，那裡有東西嗎？」

寧亞聽見聖騎士緊緊握住劍的「嘰」一聲。

「啊，沒有，只是覺得好像看到了什麼，或許是我的心理作用。」

「這樣啊，如果覺得看到什麼，什麼都可以，麻煩告訴我們。」

「是，到時候再麻煩各位了。」

寧亞表情嚴肅地道謝，將視線拉回前方。假如有分適合與不適合笑容的女性，寧亞就是後者。就連道謝時都是，與其露出笑容，表情嚴肅給人的印象比較好。

寧亞再次慎重地瞪著霧氣，距離有點遠，似乎只有寧亞看得到，但那絕非心理作用。可能是與聖騎士對話，讓心力指數稍微恢復了點，寧亞想出聲呼喚團長，但團長還在跟古斯塔沃交談。

「接下來如何是好？」

「在霧中行動有危險，再等一段時間，如果沒什麼狀況就下馬休息。對了，海裡有能夠造霧的魔物對吧？」

「有，不過這附近沒有海洋或湖泊，就像隨從巴拉哈說的。」

「有沒有可能她弄錯了，或是看漏了情報？」

「她不會犯那種失敗的，事實上，她不是將我們平安帶到這裡了嗎？逃出聖王國之際——遭到破壞的長城周圍有亞人類守衛，多虧有她，我們才沒被那些亞人類巡衛發現。光靠我們是沒有辦法的喔。」

「靠武力突破不就成了？」

寧亞的心力指數再次一口氣下降。

她以為寧亞耗費了多少精神，才將一行人帶到這裡？

寧亞讓一行人待機，在冰冷的雨中，由於她不會游擊兵等職業使用的潛伏術，只好在地面匍匐移動，弄得滿身泥巴，隻身前去偵察的回憶重回腦海。

一旦被發現，單獨前行的寧亞將會丟掉小命。即使如此，為了解救在聖王國受苦受難的民眾，她憑著這一個念頭，抱著必死覺悟行動。

（對啊，我不是想要別人稱讚才賣力。）

寧亞拚命勸誡自己。就算團長不認同，其他人一定也認同寧亞的努力，即使沒說出口。

（因為有努力所以要得到回報——想要得到稱讚是小孩子的任性。以己身為盾保護別人就是這麼回事，咬緊嘴唇，為了保護別人免於痛苦而以己身為盾，是聖騎士的職責，團長一直以來應該也是如此。只是……至少講小聲點嘛。不，他們倆大概覺得已經夠小聲了吧……）

兩人還在繼續交談。

另一個寧亞在說：別只顧著講話，你們也來做戒備啊。特別是蕾梅迪奧絲，憑她那近乎野獸的危險感知能力與戰鬥能力，應該比誰都擅長應付突發狀況。

寧亞壓抑住煩躁感，集中意識注意霧中影子。因為她不想聽兩人談話，氣力也沒恢復到能打斷他們說話。

然後——可能是霧氣被風吹開了，雖然只有短短一瞬間，但寧亞看見了影子的輪廓。

只是，那實在太令人不可置信，是絕不可能存在於這種地方的東西。

（咦？不會吧？那是……船？）

沒錯，寧亞捕捉到的影子真面目，就是漂浮於海上的船隻。

而且她看到的是一艘相當巨大，有如加萊賽戰船的船艦。事情發生得突然，厚重濃霧的紗簾隨即遮起了影子的真面目，因此如果問她敢不敢斷定，她沒那個自信。

當然以常識來想，這是不可能的。

不只她收集的情報，古斯塔沃不是也說這附近連湖泊都沒有？不對，就算有湖泊，也只有神經病才會在這種內陸打造大如加萊賽戰船的船艦。

假如這裡是臨海地區，或許還有可能將舊船拖上岸，挪用為堡壘等設施。事實上，聖王國就有這種例子。但在這種內陸地區，那也是不可能的。

（是我看錯了。）

這樣想應該是最正確的。

即使如此，寧亞的視線仍忍不住頻頻瞄向那邊。

「——妳是不是真的看到了什麼？」

寧亞剛才呼喚的聖騎士一問，她不禁地「咦！」地叫出聲來。

「妳好像在看剛才的方向，是不是真的看到了什麼？」

「咦，沒有，那個……」

寧亞要是說：「我看到像是船艦的影子。」人家會懷疑她發瘋了。換成寧亞就會這麼懷疑。那麼，該怎麼說才好？

「是心理作用也沒關係，妳如果看到什麼了，能不能告訴我們？這樣發生什麼狀況時比較好應對。」

講得真是一點都沒錯。

寧亞偷看一眼，只見大家都豎起耳朵聽寧亞與聖騎士的對話，視線集中在寧亞身上。變成這種狀況，已經不能說「只是心理作用」了。

「……那個，我只是好像看到某種巨大影子般的物體。」

「妳說的巨大影子，是魔物嗎？」

她最不願意讓這個人聽見，偏偏是這個人提問。討厭，不要問我。寧亞雖這樣想，但不可能說出口。

寧亞心中嘆了幾十次氣，然後回答：

「不，不是的，屬下覺得似乎是某種人工建造物。」

「——妳確定看到了嗎？」

「屬下不清楚，只是彷彿看到了那樣的某種物體，說不定心理作用的可能性比較大。」
「人工建造物？是魔導國的墩堡什麼的嗎？」
「屬下不清楚，不過至今道路上，的確沒有看見魔導國的墩堡等任何建築，村莊也是。既然是國境，有墩堡也不奇怪。」
雖然話是寧亞自己說的，不過與其說看到船艦，改成說看到船艦般的人工建造物，她自己也比較能接受。
「的確……你覺得呢，古斯塔沃？」
「很有道理，只是——妳並未清楚看見，不能確定那是人工建造物，對吧？」
「是的，真的只是一瞬間的事，因此說不定是完全不同的東西。」
「卡斯托迪奧團長，不管怎麼樣，我認為在霧中再待機一陣子應該是最好的選擇。我不認為魔導國的墩堡會願意放外國人進去。」
「說的是，就這麼辦吧。那麼全體人員，繼續提高戒備。」
所有人一齊表示遵命，寧亞也做出同樣回應。
即使要大家戒備，但眾人的意識總是忍不住集中在同一處，誰都想親眼確認那是什麼。
濃重霧氣阻擋視野過了一段時間，就在眾人對人工建造物的興趣漸漸淡去時，事情發生了。

「——！」

寧亞與站在她右邊的騎士，幾乎同時發出驚愕的喘息。

在濃重霧氣中，兩人清楚看見移動的影子。

「那……那是什麼？」

寧亞無法回答騎士的疑問，要是回答「船本來就會動」就完全是個瘋子了。

「那就是影子的真面目……它在動，不是建築物嗎？」

團長的疑問也是合情合理，然而剛才沒說出自己看到什麼的寧亞，只能一直堅稱自己覺得看起來像人工建造物。

「屬下看到時像是建築物……」

「但它真的在動耶？不只如此……影子越來越濃了，是不是在往我們這邊來？」

正是如此，如果那真的是船，就是往他們這邊駛來。換言之——那艘船是陸行船。

（怎麼會……不可能。）

不久，在濃霧中，那影子靠近到寧亞以外的人也能看出其真面目。

錯不了，那是一艘船。它就像航海般在路上行駛，又粗又長的船槳向前突出，真的就像划水般轉動。

「這是在開什麼玩笑？」

蕾梅迪奧絲目瞪口呆的一句話，代表了所有人的心聲。

「魔導國的船能在陸上行駛？內陸國還真會開發些驚人的設備……」

不，問題不在這裡吧。寧亞心中吐槽。恐怕也不只是她這樣想。

「行駛於霧中的船……好像在哪裡聽過類似的東西……」

「真不愧是古斯塔沃！好，快想起來。你教過我那麼多事情，我相信你辦得到。有了，要不要我幫你把頭搖一搖？」

「千萬別這樣，況且我又不是什麼賢者，是因為團長完全不肯學那方面的知識，我才代為多學一點罷了。」

「……我有你與妹妹啊，一問你們就會告訴我。」

「也就是說我們太寵您了，等我們把亞達巴沃那傢伙送回魔界，我可要請您多念點書，彌補至今的不足。啊！這讓我想起來了，就是那個，就是幽靈船，在濃霧中現形的船。我聽船員說過，理應已經沉沒的船會出現，船上有著不死者船員。」

「喔喔！我也聽過在幽靈船出現之前，會先起濃霧作為前兆……全體人員，形成楔形陣！既然是幽靈船，來者就是不死者！是敵人！」

聽到團長的命令，即使是聖騎士也不免一陣動搖。

「請！請等一下！卡斯托迪奧團長！我們接下來要前往的魔導國，是不死者之王統治之地，那會不會是魔導國的船？」

「什麼！你說魔導王將幽靈船拖上陸地，供自己役使嗎！……什麼意思啊。」

也難怪蕾梅迪奧絲無言以對了。

不死者會支配其他不死者，但是能把原本航行大海的幽靈船納入麾下，供自己使喚的不死者，究竟是何方神聖？

不久，船在眾人面前完全現形。

那正是一艘幽靈船。

整艘船破破爛爛，船體開了大洞，還有多處木板掀起。

那船碩大無比，無疑比聖王國的海軍旗艦「聖王鐵鎚」號更大。若不是船身破爛，想必是威風凜凜。

三根桅杆中後桅張開縱帆，其餘掛橫帆。只是一樣都破破爛爛，不像能達成原本的功能。

衝角異樣尖銳突出，彷彿擦過般光亮如新。而且其中蘊藏魔法般朦朧幽光，甚至讓人感覺船隻本身都引以為豪。

而最引人注目的，是高掛在主桅上的紋章。那正是魔導國的紋章。

船艦飄浮在離地約一公尺的高度前進。

不久船艦無視於被異樣艦體嚇呆了的一行人，經過他們面前。

就在所有人僵硬而無法動彈時，最後霧氣徐徐飄散無蹤。也許是那艘船一邊噴出霧氣，一邊航行吧。不對，若是這樣的話，在船艦最靠近眾人時，視野應該會最差，也看不見船身。那霧氣很可能就像薄膜般包覆船艦，在稍稍遠離船體的距離覆蓋周圍。

還是說這是不讓獵物逃走的牢籠？寧亞被自己的想法嚇得背脊發冷。

（魔導王……不死者之王，說不定是個相當可怕的對手。）

由於寧亞聽說魔導王召喚了來路不明的巨大山羊時，擅自想像成可愛的小山羊，所以可能有點小看了魔導王。

真令人不安。

如同不死者對聖騎士而言是敵人，聖騎士對不死者而言，會不會也是死對頭？若是如此，自己與其他人的下場將是——

即使如此，為了見到據說過去曾與亞達巴沃平分秋色的飛飛，他們非請求魔導王協助不可。寧亞擦擦手心滲出的汗。

「……霧似乎漸漸散了，我們走。」

不死者之王能夠支配那樣異常的存在。

寧亞也做好覺悟。

（身為不死者，卻准許人類存活的魔導王……實際上究竟是什麼樣的人物呢？不過，好吧，反正我一個隨從也不可能見到他。）

3

遠方漸漸可以看見魔導國的首都耶・蘭提爾那著名三重城牆中的最外牆，以及修築於該處的氣派城門。

只不過，奪去寧亞目光的並非其中任何一個。她目不轉睛地盯著的，是立於城門左右的超巨大雕像。

那是尊不死者的雕像，手持奇怪——形似蛇的某物交纏而成的杖。那應該就是仿照魔導王安茲・烏爾・恭尊容的塑像吧。

即使離寧亞這邊有一大段距離，仍能看出那雕像細節的精緻。恐怕就算走到正下方，也無法從造形中看出一點粗糙。

而在那雕像四周，有好幾個人型生物在做事。

（咦？奇怪？是不是有點大？城牆的高度是那樣嘛，我知道雕像很大，可是……那些在做事的人究竟是？）

其他成員似乎也跟寧亞抱有相同疑問，聖騎士也開始討論那人型生物的真面目。

「……那不是人類對吧？」

「應該不是，會不會是巨人？我覺得好像是跟山丘巨人(Hill Giant)不同種族的人……」

「巨人？不要緊嗎？我是知道有些巨人態度友善……」

寧亞只是個隨從，沒實際見過巨人，但在魔物知識講習聽過他們的存在。

巨人(Giant)就是外型如巨大人類的存在，不過他們不只肉體強韌，還具有種族特有的能力。這種亞人類種族藉由種族能力，能承受人類難以生活的惡劣環境，因此經常在那類地帶蓋房子居住，與只能生活於平原的人類社會關係不深。

有的種族魔法能力優秀，也有種族的文化水準比人類更高。

他們還有分善惡種族，像十三英雄中的一位就是巨人，在聖王國也有海巨人(Sea Giant)，有時會為了進行交易而現身。

話雖如此，一般而言巨人是粗暴危險的種族。

闖入人世的危險巨人，出名的有住在山丘的山丘巨人，以及可稱為巨人亞種的食人妖(Troll)。

那麼，巨人怎麼會待在這座不死者都市？

「……這附近是不是自古以來就有巨人？而魔導王將其納入統治之類的？」

「你說那個魔導王能役使巨人？目前為止沒聽過這項情報耶？」
一名聖騎士驚呼出聲也是理所當然。
在前往魔導國之際，他們收集了各種情報。當然，很多事情都沒能弄清楚，因此很難說達成了目的，但他們還是做了種種努力。結果又是幽靈船，又是巨人，真是越來越撲朔迷離。
魔導王會不會是不死者巨人？寧亞這樣想，但若有那種特徵，應該會收集到相關情報。
這時，古斯塔沃從後面呼喚她：
「隨從巴拉哈，差不多該變換隊形了，妳到後面。」
「是！」
旅途中由寧亞帶頭，不過來到城鎮附近，寧亞的位置就變成最尾端。而寧亞原先所在的隊伍前頭，改由蕾梅迪奧絲與古斯塔沃過去代替。
「卡斯托迪奧團長，要派出前導嗎？」
以全身鎧武裝自己的集團出現在城鎮附近，一般都會提高警戒。為此，他們進入王國村莊或都市時，順序是先讓一名聖騎士前往，轉達一行人的來訪，使節團再高舉聖王國的國旗入國，這叫禮儀。
蕾梅迪奧絲同意了，於是派出一名聖騎士。

出發的前導到達魔導國城門，然後回來。

「團長，屬下已轉達魔導國門衛，對方表示歡迎我們。」

「是嗎？我知道了。那麼我們走！舉旗！抬頭挺胸！注意不可做出有損聖王國聖騎士團名譽的行為！」

以這聲命令作為開端，一行人慢慢策馬往魔導國前進。

不久，他們靠近到能清楚看見氣派城門，以及在那裡幹活的巨人的距離。

巨人一面固定雕像一面做保養，似乎在把原本就夠漂亮的雕像弄得更光鮮亮麗。

觀察巨人的模樣，發現他們膚色蒼白，鬚髮盡白。他們身穿某種獸皮鞣製而成的野蠻服裝，外面穿著精巧的鍊甲衫(Chain Shirt)。

「那是哪種巨人？」

寧亞敏銳的聽覺，聽見了前頭兩人的對話。

「就我猜想，會不會是霜巨人(Frost Giant)？」

「是喔。」寧亞聽到蕾梅迪奧絲漫不經心的回答。「他們強嗎？有什麼樣的力量？」

「……真的幫幫忙喔……霜巨人是住在寒冷地帶的巨人，對寒氣具有完全抗性，相對地怕火。」

「原來如此，所以要戰的話就用火攻，對吧？」

「哎，可以這麼說。如果是祕銀級冒險者的話，戰勝他們應該不用多少力量。只不過，他們當中有些人跟我們一樣會進行訓練，有時還擁有戰士之類的力量，因此需要多加提防。」

這就是巨人。

戰士訓練、魔法吟唱者訓練、盜賊訓練；不是只有人類會這樣磨練技術。生為優秀種族的生物通常不會進行技術訓練，但部分人物會努力獲得技術，往往成為非常棘手的敵人。

寧亞的父親再三叮嚀過她：「獸類看外觀能知其能力，但看外觀無法判斷能力的強敵才可怕。」

「是喔，我沒跟巨人打過。呃不，食人魔之類的例外。」

「把他們跟食人魔相提並論，他們會不高興的。據海巨人的說法，這就像把人類與猴子相提並論。不過我是聽吟遊詩人說的，不知道有幾分真實就是。」

「哦——聖王國沒能聘請到海巨人，但魔導國聘請到了霜巨人，是嗎？哪種巨人比較厲害？」

「不，這我就不知道了……」

站在團長的立場，大概希望海巨人比較厲害，但現在的重點是，霜巨人是以何種待遇待在魔導國。

他們是基於友好關係來到此地，還是被武力征服？抑或是建立在金錢或物資等雙方利益的關係上？

看那些巨人默默幹活的模樣，無法解讀出這些資訊。

（不過這樣看來，巨人的確是很棒的勞力呢。聖王國也有在與亞人類種族互助合作，如果能與更廣泛的種族合作，能做的事一定也更多，只是在聖王國是絕對不可能的。）

人魚之類的種族有著自古以來與聖王國長久合作的實績，因此不成問題；但聖王國與其他亞人類有著長年交戰的歷史，絕不可能接納他們。

魔導國是否只接納巨人？還是說也接納其他異種族？假設在這裡遇上攻打聖王國的亞人類，自己能否壓抑敵意？

（不對，恐怕是非壓抑不可，可是……）

打個比方，如果蛇身人出現在這裡呢？如果這個蛇身人來自與聖王國毫無關聯的土地，在這個國度與人類融洽生活呢？只因為敵對勢力中有蛇身人就對那人拔劍，恐怕是一種危險思想。以情感論而言，或許不懷抱敵意才叫強人所難；不過在目前狀況下，無論如何都得壓抑住才行。

寧亞有點不安地看向蕾梅迪奧絲的背影。

她壓抑得了嗎？

寧亞心中搖頭，替蕾梅迪奧絲擔這種心太失禮了。她可是這個使節團的團長，為了救國而悉心戮力。這點小事她當然辦得到了，自己這種下人為她擔心，簡直冒犯之至。

「繼續前進妥當嗎？是否該取道其他大門？」

城門本身是敞開的，但巨人在做事，怕他們不會小心注意腳邊有人類經過。

「就這樣前進。若是被人知道聖王國使節團懼怕巨人而改走側門，豈不是貽笑大方？」

「……我明白了，那就遵從團長的指示。」

一行人直接往城門前進。

所幸巨人只瞥了他們一眼，就暫時停下手邊工作，讓一行人安全通行。寧亞覺得那態度與其說帶有對人類的好意，比較像是對造訪魔導國的旅人的某種反應。

本來一行人應該會在城門被攔下，不過也因為先派了前導，在看似城鎮衛兵的人類士兵引導下，一行人被領至魔法光照亮的門內。不同於太陽光的光源，似乎讓受過戰鬥訓練的馬匹感到不安，「咘嚕嚕」叫了一聲。

「歡迎來到魔導國都市耶・蘭提爾，各位聖騎士初次來到本地？」

「對，正是。」

「原來如此，那麼恕我冒犯，可否請各位下馬？」

是要檢查行李嗎？寧亞心想。面對自稱外國使者的集團說要檢查行李有些放肆，不過他們的行動有其正當性。
一行人沒有怨言，下了馬，遵照對方「這邊請」的話語，走到城門旁的大門前。就常理來想，這裡應該是敵台，就是士兵的屯駐所兼防衛據點。
「那麼現在我們入塔。這座都市在許多地方，與王國或帝國的一般都市有所差別，因此初來乍到的旅客，我們會請您先到這裡面的房間接受『講習』。」
「講習？」
「是的，這是為了避免不必要的騷動，必須接受整場講習，才能獲准進入都市。各位意下如何？」
都來到這裡了，不可能回絕說：「我們不進去。」理所當然地，蕾梅迪奧絲的答覆是：
「我們接受。」
「那麼首先，我可以為各位保管武器嗎？」
這也不可能拒絕，然而想當然耳，蕾梅迪奧絲面有難色。
蕾梅迪奧絲的佩劍乃是聖王國鎮國之寶，甚至可佩帶此劍立於聖王御前。蕾梅迪奧絲說明這是神聖寶物，除非晉見一國之君，否則無法交給他人後，士兵點點頭：
「是這樣啊，既然如此只能通融了，其他各位也請直接入內。保管佩劍是為了保護各位的生命安全，既然如此，請各位答應絕不在這裡面使用武器。如果不能答應，奉勸各位還是離開這座都市。」

「知道了，我們回應你們允許我們佩劍的信賴，在這裡面絕不使用武器。」

蕾梅迪奧絲將手抵在胸前——刻有聖王國紋章的部分——宣誓，這是以聖騎士的驕傲與對聖王國的忠義立誓。

「請各位多注意。那麼接下來，此處的守衛會先出來。」

這在聖王國是足以令人驚嘆的絕對誓言，但在國外只會受到這點程度的應對。士兵輕描淡寫地帶過，敲敲門。

於是門慢慢打開，然後無聲無息地現身的是——

寧亞忍不住發出又像慘叫又像喘息的「噫嗚」一聲。

慢慢現身的，是個高頭大馬，虎背熊腰的魁梧存在。

黑色全身鎧布滿血管般的鮮紅紋路，各處突出尖刺。頭盔長出惡魔犄角，臉孔位置敞開，露出幾乎腐爛的人臉。空蕩蕩的眼窩中，對活人的憎恨與殺戮的期待亮起炯炯紅光。

室溫一口氣降低，彷彿黑暗迎面撲來。

「請勿拔出武器！」

士兵的怒吼聲驚得所有人肩膀一震。

「只要不拔劍，絕對不會有事！一旦拔劍將會一擊喪命！然後受到萬劫不復的痛苦！請不要再讓我們看到那種下場了！」

悲痛的聲音，是親身經歷者特有的反應。他想必親眼目睹過那種慘狀。

那個不死者慢慢盯視寧亞等人，事實上，感覺就像在等人拔劍。

「……這個不死者是？」

蕾梅迪奧絲的聲音也有點發顫。

「是這座都市的眾多警備兵之一。」

「……這種東西是……」

蕾梅迪奧絲發出無法判斷是傻眼、恐懼還是動搖的顫聲。寧亞也是一樣的心情，這種光看就知道異樣強大的不死者多數徘徊的國度，只能說超乎想像。

「請……請問一下。這個不死者是魔導王——陛下的屬下嗎？」

寧亞忍不住詢問道，士兵點點頭：

「是的，正如您所說。陛下似乎還支配了比這更強大的不死者。」

「沒有危險嗎？」

對於古斯塔沃的詢問，士兵也回得很快，態度像是想一吐為快：

「是，到目前為止，這座都市的居民沒有人平白無故遭到殺害。」

不死者是憎恨活人的存在，假使魔導王能完全支配他們，命令他們不可殘害活人，那他必定是相當厲害的存在。寧亞強烈體會到了魔導王的神通廣大。

「……這樣……啊。那麼可以帶我們去講習室嗎？」

「那麼請各位跟我來。」

黑色不死者慢慢從門前退開後，士兵大剌剌地通過他身邊。相較之下，寧亞等人都在互相觀察，看誰敢第一個過去。

聽說這隻不死者是魔導王的屬下，但並沒有任何肉眼可見的束縛。好比有一隻沒受任何綑縛的肉食猛獸，即使事前聲明牠已經吃飽，不會襲擊人，要通過牠的面前仍然很可怕；而這比那還恐怖一倍。

蕾梅迪奧絲正要走上前，古斯塔沃制止了她，然後視線朝向寧亞。

（我當金絲雀就對了。）

考慮到哪一條命死不足惜，這個做法並沒有錯。話雖如此，寧亞也有點希望他們能保護弱者，不過隨從算是自己人，或許另當別論。

寧亞做好覺悟，緊緊閉起眼睛，邁開腳步。

她筆直走了幾步，慢慢睜開眼睛。自己還沒被砍。她加快腳步，急速通過不死者的攻擊範圍。

看到寧亞平安通過，其他聖騎士隨後跟上。最後沒有一人遭到攻擊，一行人抵達了要去的房間。

士兵打開門，只見室內有幾張長桌，擺了大量樸素的椅子。

「那麼請各位在這房間坐坐，稍候片刻。」

「知道了，感謝帶路。」

蕾梅迪奧絲揚揚下巴示意，於是古斯塔沃從懷裡掏出小皮袋，想交給為大家帶路的士兵，當作小費。

「請別這樣！」

對方大聲強硬拒絕，幾乎是慘叫了。

士兵雙手舉高到頭上，以免不慎碰到那個皮袋。

這反應把所有人都嚇了一跳，寧亞也是，她想不到士兵反應這麼大的理由。

「魔導王陛下有發給我們薪餉，這類心意我們不能收。」

「可……可是，我們受了各位照顧……況且這不是什麼大錢啊？」

「還是心領了。那麼我到外面等候各位結束講習。」

士兵迅速離開房間，剩下成員對士兵過度敏感的反應面面相覷。

「這樣好嗎？」

「是對方說不收，我們也不能怎麼辦吧？」

給小費是十分平常的行為，不給也不會有問題，不過身分地位較高的人大多會給。當然，實際上也是別有用心，為了節省時間而希望對方檢查行李簡單解決，但不會明確要求。硬要說的話，這種動作比較偏向符合身分地位的施捨。

如果是魔導王的指示，不知道用意何在？

「似乎沒有指定我們坐在哪裡，那就各自挑喜歡的位子坐吧。」

聽從團長的指示，所有人坐下後過了一會兒，房門終於再次打開。

寧亞轉頭越過肩膀一看，睜圓了眼。

進來的不是人類。

胸部以上是人，以下是蛇，這種種族稱為那伽。

這種稱為那伽的種族分成幾種——例如居住海中的海那伽等，有時會出沒於聖王國海岸——眼前的那伽不知屬於哪種。不過無論是哪種，這種亞人類對人類都不友善，然而寧亞並不特別害怕或驚愕。

這是拜那個黑色不死者所賜，比起那個，遇上那伽還能理性應對。

（啊！是這個意思？那個恐怖不死者不只是為了威嚇，還有一個目的是緩和對亞人類的驚愕？這個國家為了讓人類與亞人類能共同生活，這麼細心……）

看來魔導王並不只是擁有強大力量的不死者。

那伽在鴉雀無聲的房間中，似乎絲毫不在意一行人的反應，走上前來，然後稍為低頭行禮。

「讓你們久等了，希望進入這座都市的人類。老夫名叫魯拉魯斯・斯培尼亞・艾・因德倫，在這魔導國擔任一名入國管理官。不過你們不會常常見到老夫這職位，因此忘了無妨。那麼客套話不多說，這就開始吧。容老夫簡單為你們說明一下這座都市的生活，與鄰近都市的不同以及注意事項……首先，都市內禁止使用武器。」

這是理所當然的提醒，寧亞稍微放鬆了肩膀力道。

「唔嗯，看來很多人認為這沒什麼。」魯拉魯斯以細瘦手指戳了戳自己的臉。「都寫在臉上啦。不過希望你們謹記，在這魔導國當中，有著各類種族走在街上，也會看到不死者昂首闊步。即使在你們的記憶中是危險存在，先拔劍就是重罪，明白嗎？」

「等等，也就是說如果出現危險魔物，我們只能逃跑？」

「非也，這座都市裡就算出現危險魔物，想必也不會傷害你們。老夫的意思是，對方沒有傷害你們，你們不可因為害怕或擔心遇襲就貿然動武。」

「你能斷言沒人會襲擊我們？」

「能……你們心存戒備，而在城裡昂首闊步的危險魔物，大多是魔導王陛下的部下。」

魯拉魯斯有些疲倦地笑了。「只要在這都市生活一天，危機感應該就會麻痺而不再介意，不過嘛，第一天總是比較有問題。啊，當然可以為了自衛而拔劍喲？」

「原來如此，為了自衛就可以是吧？」

「嗯，正是。還有在這座都市發生的罪案，會使用精神控制魔法進行調查，這點你們必須接受。」

寧亞睜大雙眼。不只寧亞如此，聖騎士之間也開始交頭接耳，蕾梅迪奧絲代表眾人提出意見：

「請等一下，魔導國是如此劣等的國家嗎？竟然容許使用魔法手段？難道上了法庭也是如此？」

基本上，精神控制系魔法不會用來處理犯罪偵訊等情事。

例如使用「支配(Dominate)」能把任何人暫時變成罪犯，也能以「迷惑」製造代罪羔羊。就像這樣，由於精神控制魔法能任意陷人於罪，因此被視為可與暴君專制匹敵的野蠻行徑。

「聽說在法庭上也會用。喔，魔導王陛下已聲明絕不會讓受術者做偽證，不用擔心。」

這樣講有誰會信？使用精神控制系魔法，就表示國家若判定此人為危險分子，可以羅織罪名加以處分。沒有一個人類會信任素未謀面的不死者。

雖然沒人說出口，但大家想必都是同樣心情。

「在繼續說明之前，老夫先問一下吧……要不要放棄入境，回去你們的國度？」

「……不，辦不到，讓我們入境吧。」

「哦，從沒人像妳回得這麼快。商人的話會請老夫給他們一點時間，稍作討論……那好，就讓老夫繼續說下去吧。」

魯拉魯斯接下來說的像是「街上有不死者馬車通行」，大多是些讓人覺得瘋狂透頂的現象，特別是「有時龍會飛過都市上空，不要驚訝，注意別讓馬驚嚇失控」聽得寧亞表情都抽搐了。

若是有龍飛過都市上空，那可不只是一件大事。

面對龍這種對手，即使英雄做好萬全準備一決高下，還是可能打不贏而戰死。正因為如此，戰士才會嚮往屠龍。憑藉自己鍛鍊起來的力量，率領一群戰友，披堅執銳擊垮龍是種榮耀，是只有部分超級戰士才可享有的勳章。

這樣強大的龍族一旦出現在人類生存圈，不知會引發多大風波。

（不死者剛才已經看過門衛還好，竟然還有龍……沒……沒關係，如果只是一頭龍飛天進行空中防衛，或許還說得過去？而且聽說龍的力量會依成長階段而有很大落差。）

即使是剛出生的幼雛，名稱也一樣是龍。假如是那種小龍，或許比剛才那隻不死者更容易支配。

「這樣老夫差不多解說完了，感謝你們靜聽。那麼可以請你們離開這個房間，跟著士兵前往城門嗎？」

「抱歉，可以問幾個問題嗎？」

蕾梅迪奧絲舉手。

「唔？什麼問題？」

「你不會想殺我們或是吃我們嗎？」

「換成過去的老夫，大概會有這種念頭吧。不過，現在這種行為遭到禁止，況且只要見過魔導王陛下，就只會覺得下等生物之間相爭毫無意義哪。」

「魔導王陛下竟有如此強大的力量？」

魯拉魯斯笑得像是疲憊不堪。

「陛下擁有超出妳想像幾十倍的力量。不只那位大人，各位屬下也盡是些力量超乎常理的人物……老夫就明說了，世上恐怕沒有一個地方，比陛下保護的這座都市更安全。」

蕾梅迪奧絲若有所思，陷入沉默。

「老夫不知道你們所為何來，不過你們聽了老夫的講習，就告訴你們一件好事吧。老夫的茶友——遺孀夫人說過，只有至愚之人才會與那位大人為敵；二話不說俯伏腳邊，求大人大發慈悲才叫智者。」

那語氣驚人地充滿切身感受，這個名叫魯拉魯斯的那伽說是朋友所言，說不定其實是他自己的經驗談。

「感謝你的忠告。」

蕾梅迪奧絲站起來，全體團員也跟著站起來。

隊伍最尾端的寧亞向魯拉魯斯低頭致意，就離開了房間。

4

一行人走在耶·蘭提爾的街上。他們正要前往的，是向門衛打聽到的金光閃耀亭，說是都市內最高級的旅館之一。

寧亞看著路上行人。

聽魯拉魯斯說明時，她想像滿街不死者與亞人類，幾乎看不到幾個人類；然而實際上沒那回事，幾乎都是人類。

不死者頂多只有城門那邊看到的同種不死者幾隻一組巡邏，還有拉著馬車，骷髏身軀飄散霧氣的馬型不死者，其他就沒有了。

至於亞人類，盡是些獨特的種族。

散發沙場老將威風的哥布林，隊伍整齊地走在路上，他們一擊粉碎了寧亞所知的哥布林形象。不，恐怕不只寧亞。聖騎士當中也傳出了驚呼。

其他還看到相貌有如兔子的女僕裝亞人類，以及有如青蛙直立的亞人類等等，不過都只看到一次。

（比想像中普通……不能說普通，不過仍然是人類的國度，無法想像受到可怕的不死者之王統治。）

路上人群的表情也看不出懼色，寧亞不知道那是出自看開或習慣，還是認為跟不死者共存沒什麼好擔心的。不過，街上似乎沒有任何混亂，不時還能聽見小孩子的笑聲。

（或許可以說，比起亞達巴沃好太多了吧。）

蕾梅迪奧絲的馬突然停了下來。帶頭前進的團長停步，一行人必然也得原地止步。

「抱歉，那邊那幾位矮人，可以問你們一些事嗎？」

蕾梅迪奧絲叫住的，是正在進行道路工程的三名矮人，以及聽從矮人命令進行土木工程的三隻骷髏。

寧亞見到骷髏，非但無動於衷，甚至還因為看到勉強能打贏的對手而稍稍鬆了口氣，證明了來到這座都市以來，受到的衝擊有多大。

「怎麼了？你們是什麼人？來自哪個國度的？」

「抱歉騎著馬說話，我們來自聖王國，想前往名叫金光閃耀亭的旅館，可以告訴我們怎麼走嗎？」

「金光……金光閃耀亭？喔喔，那間高級旅館啊。」

一行人聽了矮人粗略的說明，跟門衛告訴大家的路線有若干不同，目的地好像也有點不對。話雖如此，團長真正的目的應該不是問路。

「原來如此，謝過了。古斯塔沃，給他們謝禮。」

古斯塔沃下馬，在對方面前拿出謝禮。

「只是問路而已，不用錢啊？」

「不要緊，因為我們打擾了各位工作。」

「這樣啊？不好意思咧。」

矮人過來從古斯塔沃手中收下謝禮，臉上有點笑嘻嘻的。

「老子用這些錢吃好料的時候，會感謝你們幾個聖王國人的。」

「好說，別在意……所以你們在做什麼？」

「唔？看不出來嗎？在整修道路啦，是魔導王陛下託咱們做的。主要是由這座都市的人們動手，咱們是受邀來做技術指導的。」

哇哈哈哈哈。矮人豪邁地笑。

「原來如此，那麼那邊的不死者是？」

「是魔導王陛下借咱們的骷髏啊，怎麼了嗎？哎呀，不死者在單純的肉體勞動上，真是太好用了。老子觀念有點改變了。」

「你們使用不死者嗎……」

「什麼好驚訝的……哎，旅人都難免吃驚吧。不過在魔導國，這是稀鬆平常的事喔。聽說不死者在村莊也大為活躍，耕田之類的麻煩工作，命令他們一聲就結束了。想想嘛，不死者既不會疲勞，不需要睡眠，也不吃飯。而且還聽得懂咱們說話，能照咱們的要求做事，真是太棒啦。老子已經回不去使用牛馬等家畜的生活嘍，連咱們的國家都慢慢引進不死者了。」

「你說的國家，是魔導國以外的矮人國嗎？」

「是啊，咱們是從那兒來的，現在在魔導國的亞人類區借宿。」

「亞人類區？」

「沒錯，人類以外的各類種族逗留的地區叫做亞人類區。那裡以前是這座都市的貧民區，國家把那一帶拆除，為了讓各類種族舒適生活，正在興建各種建築物。哎，雖然離竣工還遠得很，不過讓咱們這種比你們人類小隻的種族能舒適居住的房屋都蓋好了。」

「其實咱們被叫來，本來是負責那邊工程的！」

矮人的同事在一旁喊道。
「原來如此，不過，貧民區拆除了，那裡原本的居民到哪裡去了？」
團長的視線似乎移向了不死者。
「細節不清楚，不過好像是派到村莊去了喔。聽人家說這座都市周邊有幾處無人居住的廢村，國家修繕那些村莊，連同田地一起分給人民了。聽說那邊更是大力活用不死者，好像開始運用不死者進行著大規模農業。所以，這個國家的糧食價格挺便宜的。」
「便宜不重要，重要的是好吃的東西多！而且還有酒！在這座都市生活，會一口氣胖起來哩！」
「在這裡吃胖了回去，老婆會罵老子怎麼沒給她留點，所以得減肥再回去嘍！」
「哎呀~抽籤抽中真是太幸運啦！」
哇哈哈哈。矮人發出豪爽的笑聲。
「最後我想問問馬型不死者，你們知道那個叫什麼嗎？」
「不知道，雖然不知道，但也不會怎樣吧。牠們又不會傷害任何人，明明只有骨頭，力氣卻大，當成搬運工最好用喔？」
「是嗎……謝了！」
「咱們也是，祝你們好運臨頭！」

與矮人告別，一行人再次走上往旅館的路。
「團長，您為何問到那種馬型不死者的名稱？」
寧亞也想不透，她以為那是蕾梅迪奧絲最沒興趣的部分。
「……古斯塔沃，我是因為你自從看到那不死者，舉止就有點不對勁，所以才問的。」
「原來是這樣啊……」
「我問你，你知道那種不死者的名稱嗎？」
「……是有一點頭緒，或許是那個……但應該不是，不可能的。想必是我弄錯了，因為我所知道的那種不死者，不是能夠支配的。」
「是喔，如果你這麼想，大概就是這樣吧。」
話題到此為止。
一行人照門衛講的路走了不久，可能是金光閃耀亭的氣派旅館就映入眼簾。雖然掛著寫有文字的招牌，但王國文字與聖王國不同，只能用猜的。由於王國與帝國原本是同一國家，很多地方相似，但聖王國從未與兩國統一，因此大有不同。
「古斯塔沃，你先去訂房。」
「遵命。喂，隨便兩個人跟我來。」
古斯塔沃帶著兩名聖騎士前往旅館，幾分鐘後，只有一名聖騎士回來。

「團長，房間順利訂到了。旅館人員表示後面有馬房，希望我們將馬牽到那裡。」

「是嗎？知道了。隨從巴拉哈，牽馬過去。」

「是！」

寧亞將馬匹韁繩綁在旅館前的樹上，然後一匹匹牽去馬房。本來照顧馬也是隨從的工作，既然旅館表示可以代勞，寧亞也不推辭，就牽了進去。

旅館中香氣宜人，讓人猜想旅館代為顧馬，可能是想避免旅客帶著馬房臭味進旅館。是某種香木或香水嗎？

光看外觀覺得與王都旅館水準相等，但看過裡面，會覺得或許高出一級。寧亞甚至因為長途旅行使得全身髒兮兮——雖然用水擦過，應該不臭——而有點難為情。

寧亞走向旅館人員告訴她的房間，敲敲門。

「哪位？」

「屬下是隨從寧亞．巴拉哈。」

門後是一名聖騎士，仍穿著鎧甲。大概因為此地與旅途中想像的耶．蘭提爾實在差太多，他們連恢復旅途疲勞都嫌浪費時間，想盡快動身吧。

「妳回來得正好，接下來正要開會。」

寧亞雖然懷疑自己參加會議的必要性，不過多嘴沒好處。上級怎麼要求就怎麼做，這叫處世之道。

「那麼就照當初預定，求見魔導王。古斯塔沃，有勞你了。」

「當然了，團長。那麼其他人呢？原本預定要會見掌權者，請求提供協助……」

也因為飛飛是冒險者，一行人決定前往冒險者工會，不過照魯拉魯斯的說法，現在冒險者工會幾近歇業狀態，由魔導王的屬下代理相關事務。

「還是去一趟工會，然後如果看到有冒險者閒著沒事，又願意前來聖王國，就拉攏一下吧。」

「明白了，那麼——」

古斯塔沃向兩名騎士下令，他們即刻行動。

寧亞雖然會分派到何種工作？

自己是隨從，本來的工作是磨亮各聖騎士的鎧甲與劍等等，洗衣服、縫補衣服破洞也在工作之內。現任騎士大半都有過這類工作的經驗。

（不過團長是因為才能出類拔萃而一口氣升上騎士，大概沒做過吧……）

「那麼其他成員如何安排？留在旅館就行了嗎？」

「嗯，在王國打聽傳聞時，還以為是多黑暗的都市，結果比想像中更普通……你認為少數幾人出外走動安全嗎？」

「這我無法確定，不過應該沒有突發危險。」
「是嗎？那就派幾人前往神殿，問問能否請對方居中介紹我們給飛飛吧。」
「這座都市的統治者魔導王是不死者，有沒有可能與神殿勢力關係惡劣？」
「但我等乃是聖騎士，不前往神殿不是反而奇怪？」
古斯塔沃臉色有些陰沉。蕾梅迪奧絲的說法並沒有錯。
「這……說得也是。」
「除了魔導王讓我們看見的城市光景，聽聽在這都市生活的人怎麼說，不也是很重要嗎？」
「團長說得是，可是……」
但如果碰上作為聖騎士無法容許的場面，我們該採取何種行動？
古斯塔沃大概是想到這點，才含糊其辭吧。
寧亞自問自答。
聖騎士是體現正義的存在。既然如此，作為聖騎士的正確行為，或許會間接導致他們必須譴責魔導王。但如果造成魔導王不肯援助聖王國，而無法解救更多人脫離痛苦處境，那還能算是正確行為嗎？
寧亞想起父親說過，他不太能理解聖騎士的正義。她以聖騎士為目標持續接受鍛鍊時，沒想過那麼多；然而自從聖王國陷入水深火熱，也許是心靈變脆弱了，這陣子寧亞常常想到這種問題。

若是能問母親，或許迷惘能夠豁然開朗，然而母親恐怕早已亡故。

結果只能自己找出自己的答案。

寧亞想著這些事時，一行人繼續討論，決定派兩人小組前去四大神的神殿；另組成兩個兩人小組看看城市，獲得第一手情報；蕾梅迪奧絲與其他成員則留下，以備萬一。

寧亞一如預料，受命磨亮鎧甲。

會議結束，寧亞替每個人保養鎧甲。

她用冷水把布沾溼，擦掉泥巴。

不愧是魔法鎧甲，沒有刮傷或凹痕。如果有的話，必須用鐵鎚等工具從內側敲打，但手必須巧，否則會敲得凹凹凸凸，看起來更寒酸。寧亞對那類工程沒有自信，聖騎士注入了魔法的鎧甲對她而言最好處理了。

她萬分感謝有工作能讓她心無旁騖地處理，免得自己想東想西。

就這樣，寧亞滿頭大汗地把所有人的鎧甲擦得亮晶晶。

令人意外地，一行人很快就得以見到魔導王，讓寧亞難掩驚訝。因為古斯塔沃才去過，第二天就能會面了。

聖騎士團一行人——最尾端是寧亞——抵達的魔導王城堡寒酸得可以。的確，以這個等級的都市而言，這樣的領主官邸或許算是氣派了，但配不上自立為王的人當成據點。既沒有悠久歷史的靜謐，也沒有莊嚴感或是位高權重者的玩心，整個構造只追求實用性。

比起聖王國或王國的王城，這座王城實在引人同情。這就是魔導王的城堡。此地原本是王國的地方都市，大概是占據了既有的小城直接使用吧。

聖騎士看到這座城堡，摘下頭盔，側臉浮現只有寧亞才能注意到的微小輕蔑。大概是跟本國王城做了比較，才會露出這種神情。

誰能責怪他們呢？

然而，寧亞眼前浮現出幽靈船與街上看到的不死者等等。

能支配那樣大量不死者的不死者之王，為了什麼理由特地住在寒酸城堡？

（感覺似乎有某種理由……因為想要氣派城堡的話，讓那些矮人之類的工匠，或是不會疲勞的不死者工人蓋一座就是了……）

穿過大門，從未看過的不死者排成兩列相對而立。他們不同於城門看到的不死者，形狀更苗條，舉起長槍互相交叉。

長槍的前端，右側掛著魔導國國旗，左側是聖王國國旗。

國旗下形成一條路供他們通行。

然後音樂奏起，是沒聽過的樂曲，不知道能不能就當成典禮的流程之一，坦率接受？

寧亞的腦袋深處，浮起以前上過的課程內容。

課堂上說：對抗魔法最重要的，是保有堅強的心。

不，再怎麼說，這首音樂也不可能是魔法攻擊。如果這是陷阱，應該沒必要高舉聖王國國旗才是。

寧亞注意讓自己的走路姿勢看起來雄糾糾氣昂昂，只有視線左顧右盼。

儀隊加上聖王國國旗，可以肯定魔導國將使節團視為國賓歡迎，換言之寧亞等人已被承認為聖王國的正式使者，寧亞等於背負著聖王國的形象。

一方面高興，一方面卻也感受到令人胃痛的沉重壓力。

順著國旗垂掛的步道走，在前方的是——寧亞倒抽一口氣。

是位絕世美女。

（好美……美得令人驚嘆……）

那美貌晶瑩剔透，價值連城的白禮服毫無暗淡或汙漬。

女子的微笑湛滿了慈悲，恍如天使下凡。但腰際生長的漆黑羽翼，證明了她並非天使。

「歡迎，聖王國的各位使者。恕我冒昧，本人在安茲．烏爾．恭魔導國受賜樓層守護者與領域守護者全體人員之總管地位，名叫雅兒貝德。說得讓各位容易明白點，就是宰相。」

「感……感謝大人如此周到，我是聖王國使節團團長蕾梅迪奧絲．卡斯托迪奧，多謝大人今日為我等撥冗。」

「不用如此多禮，偉大的魔導王陛下對聖王國發生的災難深懷憂慮，表示撥冗接待各位乃是理所當然。」

「這……這真是感激不盡……」

蕾梅迪奧絲說話時，完全被面帶笑容的雅兒貝德震懾住了。看到那天姿國色，縱然是同性——不對，也許正因為是同性——也不得不驚得丟魂失魄。雅兒貝德的視線迅速移動，掃過眾人之上——當然也包括寧亞。

「那麼陛下正在等候，由我帶各位前往謁見廳，可以請各位隨我來嗎？」

「好……好的。那……那劍呢？」

「噢，對了。」

雅兒貝德笑了，好像覺得很有趣。

寧亞覺得奇怪，她為什麼露出那種笑容？照理說不可能帶著武器謁見君王，所以一般都會交出武器，同時也表示信任對方。

「一般來說我們會保管武器，不過這次沒有必要，請各位就帶在身上。」

寧亞不懂她這話的意思。

這點蕾梅迪奧絲也是一樣，她回問：「這是為什麼？」她長久以來隨侍聖王女左右，想必比任何人都更有疑問。

對於這合情合理的詢問，雅兒貝德又一次微笑：

「因為我們信賴來自聖王國的各位。況且我國不死者眾多，對各位而言是異端之國。因此，小女子只是以為帶著武器比較能讓各位寬心。當然，我們絲毫無意傷害各位。如果各位希望我們保管也行，如何？」

「那麼，也請讓我國回應魔導王陛下的一片美意……可否請您代為保管我以外成員的劍？非常抱歉，我的佩劍是我國之寶，無法託貴國保管，敬請見諒。」

「好的。」

雅兒貝德使個眼神，不死者出來逐一收下佩劍。

將身為聖騎士長久使用的劍交給不死者，想必有人心中不快，但這是團長命令，不得不從。

寧亞也一面交出武器，一面偷偷觀察雅兒貝德。

她面容浮現著美麗微笑，完全看不出心裡在想什麼。應該說從那表情，只能看出對寧亞等人的好意。她似乎是真心地親切對待寧亞等人，只是不知道寧亞的猜測是否正確。如果猜錯了——

（——准許我們帶劍去見自己的主人，是因為主上如此命令？還是說……她知道我們絕對無法傷害主上？）

魔導王是身懷強大力量的魔法吟唱者，也許因為他自負無論面對多少聖王國聖騎士都能取勝，才敢如此下令。

（也可能是君王身邊聚集了不死者護衛兵，畢竟雅兒貝德大人看起來毫無戰鬥力。）

彷彿全世界最與打鬥無緣的美貌宰相溫柔微笑：

「來，各位，魔導王陛下正等候大駕光臨，我們走吧。」

●

王座廳如同從建物就能想像到的，也不怎麼氣派。看來此處也是占領了直接使用，未經重新裝潢。

然而君王所坐的王座金碧輝煌，應該說金光閃閃，奢華氣派。總不至於整個以黃金打造，應該是貼了金箔；即使如此，考慮到它的大小，想必仍然所費不貲。

而王座後方的國旗也極為華美，不知是以何種絲線織成，帶有單調黑色無法呈現的深沉。只需一點光度變化，旗幟看上去甚至呈現濃紫色彩。

「陛下即將蒞臨。」

「所有人低頭恭迎。」

蕾梅迪奧絲喊出指示。

對於蕾梅迪奧絲竟選擇讓聖騎士對不死者低頭，寧亞抱有些許驚訝，但全無異議，下跪低頭。她是隨從，受過這類禮儀的嚴格訓練。話雖如此，她只在過去成為隨從之際，拜謁聖王時到過君王面前。她一面低頭，一面只動動眼睛，拚命偷看周圍聖騎士的姿勢。

（看起來……好像沒問題。）

當然，她只能從背影判斷，所以說不定從正面看來，只有自己有點奇怪。

（不要緊！拜見聖王陛下時也是這樣做，並沒有人講我不對，而且爸爸也稱讚我表現得很得體。）

「安茲．烏爾．恭魔導王陛下入室。」

站在王座略斜前方的雅兒貝德一出聲，隨著只有寧亞聽得見，彷彿將紙捏爛的極細微「沙」一聲，然後是腳步聲，伴隨某種硬物敲地板的連續叩叩聲，不久她感覺來者坐到了王座上。

「陛下已准，眾人抬起頭來。」

這時的時間拿捏不易，太快太慢都有失禮數。寧亞慢慢數個幾秒，然後靜靜抬起頭。

接著正面的存在，奪去了寧亞的目光。

（那……那就是魔導王，安茲．烏爾．恭。）

一張頭蓋骨暴露在外的臉，兩邊眼窩亮著紅光，正是不死者該有的外貌。然而，他跟寧亞所知道的不死者有著天差地別。

首先令寧亞吃驚的，是那身衣服。

他的穿著，比起寧亞在隨從任命典禮後的宴會上看到的任何貴族，外觀都要華貴。

那是件身長較長，衣襬開闊的寬鬆服裝，袖子部分驚人地寬大。純白布料毫無髒汙，袖子與下擺等部分做了金色或紫色的細緻裝飾。腰部附近似乎以腰帶束起，但是毫不突兀。風格奇妙，但卻散發出異國風情，只能說教人驚豔。

而與衣服同色的手套上，鑲繡著七色光輝的板狀飾品。那手持握彷彿七蛇交纏的杖，這應該就是硬物敲擊聲的來源了。

但最令人驚嘆的，是他身後蘊藏的黑光。

（……這是不死者？不可能……）

寧亞想像的不死者，是殭屍、骷髏或餓鬼一類。

那麼魔導王看在寧亞眼裡是什麼模樣？那絕非能用不死者一個字眼涵括的存在，骸骨臉孔不可思議地並不讓人作嘔，甚至到了潔淨神聖的地步。

那是更強大的——可畏的，不屬於人類所想的力量範圍的存在——換言之就是超越者。

寧亞連立於王座旁的雅兒貝德都忘了，目不轉睛地盯著魔導王瞧。

直到魔導王說一聲「好了」，才讓她回過神來。

「各位自聖王國遠道而來，辛苦了，卡斯托迪奧閣下，以及聖騎士團諸位。」

「謝魔導王陛下。」

「本來我可以舉國宴賀，歡迎諸位貴賓，但我想你們時間上並不充裕，因此百忙之中抽空會見你們。既然如此，就別浪費時間——講話拐彎抹角或是違心之論的奉承都免了，談重點吧。雙方要開誠布公。諸位有異議嗎？」

「沒有任何異議，魔導王陛下。」

「很好，那麼希望你們將聖王國的現況告訴我。只要你們毫無虛偽，無所隱瞞地告訴我，我想我們魔導國，也能提供一些對貴國有益的幫助。」

蕾梅迪奧絲表示了解，滔滔不絕地說起聖王國的現況。

寧亞不知道她有何想法，變得願意提供情報。最有可能的是她懶得想那麼多了。

描述內容如同古斯塔沃告訴蒼薔薇的那些，以國內勉強維持戰局做結。大概是不想告訴外國君王……尤其是不死者之王，聖王國危如累卵吧。

「原來如此，原來如此。那麼貴國今後有何打算？」

「是，因此我等有一事請求魔導王陛下。聽聞名為飛飛的冒險者現今效忠貴國，若能借用曾與亞達巴沃平分秋色的戰士一用，我國將無所畏懼。懇請陛下派遣戰士飛飛奔赴我國。」

蘊藏於魔導王眼中的紅光呼地熄滅，隔了一拍後再次亮起。

「正如我所料，所以我得給你們早已準備好的答覆——辦不到。」

「陛下為何有此回答？」

「說來這可算是國恥，飛飛在我國和平上發揮了不小力量。有他在，人民才能安心生活。」

「不是有魔導王陛下的不死者軍隊嗎？」

「呵呵呵。」魔導王平靜地笑了。「聖王國諸位看到不死者軍隊，似乎認為值得信賴。那麼代替飛飛，將不死者軍隊借與你們如何？我想諸位看過我支配的不死者了，盡是些精兵強將，消滅區區幾隻亞人類易如反掌。」

蕾梅迪奧絲語塞了。

大概是想像自己指揮不死者軍隊，歸返聖王國的模樣了吧。不，她腦中不可能浮現那種影像，指揮不死者是與聖騎士最不相符的行為。

的確，不死者作為軍隊有非常大的優點。他們不需飲食，還能在原生林的正中央待機，堪稱理想的軍隊。

然而不死者憎恨生命，是一切活物的敵人，要接納這種軍隊實在令人膽寒。更何況將外國軍隊招引進國內，這件事本身就充滿不安因子。等一連串事件結束，搞不好他們會直接開始策劃軍事占領。

「這……這個……」

魔導王取笑蕾梅迪奧絲的動搖：

「正是如此，卡斯托迪奧閣下。與閣下懷抱相同想法之人，我國一樣也有。一些參與不死者生產農作物、開墾、警備等工作的人已漸漸接受，但是沒有密切關聯的都市居民很遺憾地，都還不能接受現況。當然，比起當初成為我的臣民時，接受度已經高多了，不過恐怕還需要時間。我讓飛飛傾聽這些人的不安，對他們多方照顧。如果我現在送走飛飛，人民的不安不知會以何種形式爆發。」

「那麼我們聖騎士團留下，代替飛飛閣下促進民眾信任不死者如何？很多人都知道聖騎士是不死者的敵人，由我們聖騎士代為宣傳魔導王陛下的不死者值得信用，想必會很有效果吧？」

「唔……這提案有考慮的價值。」

短暫的深思熟慮後，魔導王的臉孔微微轉向未持杖的手。

「……唔嗯，由外國人士做這件事不妥。同甘共苦之人能得到信賴感，但突然出現一些人說不死者是自己人，人民恐怕也信不過吧？我想諸位還是無法取代在這都市聲名大噪的精鋼級冒險者。」

說得對極了。

因此沒人能用理論反駁他的說法，特別是像蕾梅迪奧絲這種衝動行事的類型，更是不可能。

面對無言以對的蕾梅迪奧絲，魔導王問道：

「——好。話說我想稍微換個話題，關於卡斯托迪奧閣下剛才未提到的一些人，我想問幾個問題。過去我聽飛飛說過，亞達巴沃似乎有一群相當強悍的女僕，在聖王國有人看到過她們嗎？」

「在聖王國沒有看到類似的人物，是等到在王國聽了蒼薔薇成員提及，我等才首次得知。」

「原來如此……這麼說來，女僕有可能是亞達巴沃的最終王牌了？或是她們在其他地方蠢蠢欲動？」

「我等不清楚。」

「……閣下說南境尚且平安無事，你們與南方聯絡密切嗎？」

「有一定程度的聯絡。」

「……南境還沒有惡魔的手下潛入？是我擔心過度嗎？唔嗯……」

魔導王的臉迅速朝向天花板。

「魔導王陛下認為南境也已經有亞達巴沃的手下潛伏？」

「我不會這麼說，只是覺得他有那樣厲害的部下，為何不用罷了……一開始我說大家開誠布公，閣下還記得嗎？所以我就開門見山地問了，聖王國對於我國的支援，能給出多少回報？」

當然會這樣問了，再理所當然不過。但卻很難回答。

「回以我國的友情、信賴與敬意。」

蕾梅迪奧絲的回答，得到魔導王的一陣嗤笑。

不過，也不全然是蕾梅迪奧絲的錯。有時候聖騎士能只憑這些理由，就為別人出生入死。例如受到付不出報酬的貧寒村落請求，前往挑戰一群亞人類，這種人會被視為聖騎士的典範。

「很像是聖騎士會說的話，換成我過去的友人很可能這樣就動身了，但很遺憾，這句話不足以打動我。我說過不用花言巧語了，能不能提出實質利益給我？」

（魔導王是稱飛飛閣下為友人嗎？魔導王叫他飛飛，並不因為他是部下？）

寧亞思考這些事時，蕾梅迪奧絲仍不發一語。

不對。

她是無話可說，蕾梅迪奧絲．卡斯托迪奧不可能與他做約定。

假使當真擊退了亞達巴沃，會怎麼樣？

當然就得擁立下一位聖王，但此人不太可能重用聖騎士。一旦與北境交惡的南境貴族介入，蕾梅迪奧絲等人將被當成沒能保護聖王女的罪人，被迫蟄居。

這麼一來，恐怕很難守住與魔導王的約定。不，追究起來，他們這個使節團究竟有沒有資格代表國家都有疑問。說到底，這個使節團的實情就是沒有穩固地位的一般市民，前來哀求外國君王大發慈悲罷了。

所以蕾梅迪奧絲無法確切做約定，要一個人背負整個國家幾乎是不可能的，只有君王才有那個權力。

「恕我失禮，魔導王陛下。在下是卡斯托迪奧團長底下擔任副官的古斯塔沃・蒙塔涅斯。請准許我代替團長發言。」

魔導王下巴一揚，催促他繼續說。

「謝陛下。我等無法保證獻上魔導王陛下想要的東西，即使奪回聖王國領土，遭到亞達巴沃破壞的國土也需要長年累月修復，竊以為無法立刻交出在這裡提出的回報。然而我只有一點想向魔導王陛下訴求，就是亞達巴沃的危險性。」

「唔嗯……繼續說。」

「是。那惡魔過去對王國造成傷亡之際並未率領亞人類，如今卻獲得了亞人類軍隊再度現身。假使現在不殺亞達巴沃，等他消聲匿跡，難以預料今後會做何種準備再次現身。」

「所以你想說的是，他現在現身是殺他的好機會，因此騷動的嫩芽應該早早拔除，是這樣嗎？」

「正是如此，不愧是陛下。為此，能否懇請陛下准許派遣飛飛閣下？」

「原來如此，我能理解你的意思，亞達巴沃的確該滅。」

「那麼——」

古斯塔沃正要面露喜色，魔導王作勢要伸出握著的手，但停下來，用杖敲出叩的一聲。

「但派遣飛飛還是有困難，即使能消滅亞達巴沃，若是飛飛不在導致我國政情不安定，那也很困擾。你看這樣如何？若諸位能再爭取一點時間，我國政情也能安定下來。屆時我就派遣飛飛——當然我是說他同意的話。聽你們剛才的說法，貴國還能抗敵對吧？」

「是……是這樣沒錯，但……可能需要等多久呢？」

「唔嗯……雅兒貝德，妳看呢？」

至今只在身旁待命的宰相初次轉向主人，告訴他：

「今後國內亞人類人數仍會繼續增加，將這點計算進去，比起原先預定可能會有所延遲。若能得到陛下許可，可能需要數年時間。我想想……若能給我五年時間，想必能解決所有問題。」

「她是這麼說的，你們有問題嗎？」

五年。古斯塔沃口中喃喃唸道，輕輕搖了搖頭。

「這可能有點久……」

「原來如此……的確，我是該考慮貴國的狀況，這可是友邦的請求。」

魔導王發音上特別強調友邦二字。

「我國也該竭盡全力，努力縮短時間。那麼雅兒貝德，若是將時間削減到最低限度，可以縮短到幾年？」

「那麼我想三年可以大致辦妥，只是我國可能會產生少許混亂。」

「那是無可奈何的，為了援救友邦，我國也該稍微流點血——我說流血只是比喻。」

魔導王開玩笑地說，但沒人笑得出來。

「……咳哼。好，那麼你們覺得呢？縮短了足足兩年喔。」

對方讓步了兩年之多，但三年還是太長了。無法預測其間會有多少損失傷亡，也不知道聖王國是否還能維持國體。這實在令人無法接受，然而當著對方的面講，說不定連三年後派遣飛飛一案都會告吹。

但是，聖王國得救的可能性就在眼前。

自己來到此地恐怕就是為了這一刻，該是賭命的時候了。

寧亞做好受死的覺悟，吸一口氣，出聲說道：

「小的罪該萬死，魔導王陛下。」

「……妳是什麼人？」

「小的乃聖王國聖騎士團隨從，名叫寧亞·巴拉哈。小的斗膽犯顏請求陛下，能否更早派遣飛飛閣下？」

魔導王做出考慮的態度。

「寧亞！區區隨從竟敢向魔導王陛下請願！」

聽到蕾梅迪奧絲的叱責，寧亞只有一個念頭：

（要揮劍砍殺行為無禮的我可以，但請您再等一下。）

「噢，無妨。妳說妳叫寧亞是吧？那麼妳希望我多早派遣飛飛？」

「能早一天是一天。」

「妳明知道派遣飛飛會對魔導國造成損害，仍然求我盡快派遣，是吧？」

「是！」

寧亞低下頭去。

她已經有一死的覺悟，假如這樣讓魔導王神色有任何不悅，就請團長就地處決自己，以命償還就是了。

寧亞閉起眼睛，做好隨時遭受千刀萬剮的心理準備。

「魔導王陛下！隨從出言不遜，還請陛下寬恕！我等絲毫無意對魔導國造成損害。」

「不，妳無須在意。身為祖國子民，寧可對他國造成損害也想解救母國，乃是天經地義……唔嗯，雅兒貝德，兩年有辦法嗎？」

「竊以為相當困難。」

「是嗎，不過——我要妳做。」

寧亞忍不住只動動低垂的雙眼，看看魔導王。

「是！遵命，陛下！」

一身承受強勢的，絕對君主該有的聲音下令，雅兒貝德的肩膀微微顫抖，或許是對強硬挑戰的不安。

「寧亞……巴拉哈，那麼兩年如何？也許對妳而言還是太長，不過只要南境軍隊尚在，應該挺得住吧？」

兩年還是太久了，但不能繼續依賴魔導王的好意。

「多謝魔導王陛下！」

想到比起剛才得救的可能性提高了，這句話的確出自內心。

接著蕾梅迪奧絲低頭：

「多謝魔導王陛下！深深感謝陛下實現我等隨從的心願！」

「無妨——卡斯托迪奧團長，妳有個好部下呢。我想隨從敢向外國君王請願，必須要深愛祖國才能有此勇氣……我這可不是諷刺話喔？」

「不，陛下金玉良言，隨從聽了想必也大喜若狂。」

「是嗎？那麼會談就此結束，我認為很有收穫。」

「——魔導王陛下駕返。」

對雅兒貝德的聲音做出反應，寧亞低頭行禮。

與進來時相同，腳步聲與手杖敲地的聲音傳來，並漸漸遠去。最後聽見門扉關上的聲音，想必是魔導王離開王座廳了。

「陛下已駕返。」寧亞抬頭一看，雅兒貝德臉頰微微泛紅，面帶微笑。「那麼小女子送各位出去。」

●

寧亞回到旅館，一如所料，蕾梅迪奧絲開罵：

「妳怎麼膽敢這樣擅作主張！」

蕾梅迪奧絲面紅耳赤地逼向寧亞，古斯塔沃張開雙臂岔入兩人之間。

「卡斯托迪奧團長！請等一下！隨從巴拉哈雖然的確獨斷獨行，但以結果而論縮短了一年時間，現在應該稱讚她才是吧！」

「這是什麼話！若是有個差錯，說不定一切都泡湯了！更何況獨斷獨行還能得到稱讚，豈有這種道理！」

「非常抱歉。」

寧亞真心誠意低頭賠罪。

「——妳真的知道自己做錯事嗎！這次或許有了好結果，但若是造成壞結果，妳負得了責任嗎！」

「——非常抱歉。」

「我在問妳話！回答我！妳能對聖王國受苦受難的百姓說，是妳害援軍來不了嗎！」

「不能，屬下負不了責任。」

「妳明知如此，為何還那樣擅作主張！妳在想什麼啊！」

寧亞抬起頭來，正眼直視團長：

「屬下那時想若是有個萬一，團長會用我的性命向魔導王賠罪。」

蕾梅迪奧絲雙眼瞪大，但隨即不悅地瞇細；站在旁邊的古斯塔沃佩服地點頭。

「妳以為這樣就能得到饒恕嗎！以為妳一條小命能賠得了罪！」

「屬下不確定，但屬下以為團長與各位有辦法解決。」

「要是我們辦不到，妳打算怎麼辦！」

說的沒錯，即使手刃寧亞，魔導王也大有可能不肯開恩。然而寧亞明知如此，還是不得不講，因為三年實在太久了。

（團長覺得三年可以嗎？憑什麼我得被一個袖手旁觀的人責備？我知道是因為我下了賭注，而且一邊天秤上放的是聖王國民眾性命。但我還是認為那時候該採取行動……）

結果代表一切，還是過程比較重要？大概誰也說不出答案吧。

只是無論如何，被什麼都沒做的人責備，讓寧亞很不服氣。

但是寧亞猜得到講出這種話會有什麼後果，所以她保持沉默，低頭賠罪。

「團長，差不多可以饒過她了吧。她的努力縮短了一年時間，我認為足夠將功抵罪，或是該受到與責備同等的讚美。」

「…………嘖！」

團長好像還沒罵夠，掉頭就走。

古斯塔沃呼出一口氣，然後轉向寧亞。

「妳的決心很了不起，團長嘴上那樣說，其實也認同妳的功勞。」

絕對是騙人的，這麼大的謊話，不管是誰都不會上當。

可能是這種心情寫在臉上了，古斯塔沃面露苦笑：

「總之，我會跟團長說的。妳現在碰上她會有各種麻煩，可以請妳出去走走嗎？」

「我明白了，請副團長多關照。」

寧亞走出旅館，在冬日寒氣中隨便走走。

「總覺得不太能釋懷……」

說是到外面走走，又能走去這個國家的哪裡？

寧亞在懷裡摸摸，找到一只小皮袋，裡面是她手頭僅有的錢。雖不是多大金額，不過也有聖王國銅幣與銀幣等等。就算這些不能用，她還有一枚交易通用金幣，吃頓飯不成問題。

只是，這枚珍貴的金幣是父母給她的最後一筆零用錢，在這裡花掉好嗎？

寧亞望著異國的土地。

「還麻煩呢，唉……」

「還真是沉重的嘆息啊。」

突然傳來一陣近在身旁的聲音，嚇得寧亞肩膀一跳。

「立刻進入那邊那條路，這裡會引人注目。」

寧亞還不至於這麼快就忘記聲音的主人是誰，她差點呼喚對方的名號，但極力忍了下來。於是她遵照指示邁出步伐，就聽見某人走在後面的聲音。看來對方並非只自遠處傳聲，而是本人就在這裡，只是讓寧亞看不見。

一走進那條路，她立刻聽到聲音說：「進入左手邊的窄巷。」寧亞默默從命。

巷子意外地乾淨，不過沒人經過。

走了幾步，寧亞回頭呼喚聲音主人之名。

「魔導王陛下，您為何會來這裡？而且我看不見您，是魔法所為嗎？」

「原來如此，我正在想妳為何這麼聽話，原來是認出我了。」

說完，魔導王迅速現出身形。

不過他的服裝換成了不引人注目的深黑色長袍，只是這件長袍也帶有天鵝絨般光澤，看得出來是一流的高級品。

寧亞即刻跪下。

「是，正如陛下所言。請問……陛下的隨員……都在哪裡呢？」

「沒有，我沒帶人，帶隨員會把事情弄得很複雜。」

「陛……陛下有什麼事？」

「嗯，我想與妳的團長祕密會談，希望妳請她出來……不，我去房間……可以幫我打開房間窗戶嗎？我從那裡進去。」

真是奇怪的請求，一般這種情況是不會開窗的，不過既然是該國國君——而且還是答應支援聖王國的君王請求，寧亞不能做蠢事惹惱對方。

暗殺二字閃過腦海，不過若有那種打算，在謁見時就能動手了。

只是，也有可能是某人模仿魔導王的外形。然而對方至尊統治者般的風貌，的確一如當時的魔導王，一舉一動都是天生王者才有的風範。

該信，還是不信？

寧亞想過之後，選擇前者。

「遵命，那麼小的這就過去。」

「唔嗯……對了，妳是否正受命去什麼地方辦事？如果是這樣，我會代為向妳的團長致歉。」

「咦？」

「——咦？」

寧亞與魔導王不禁面面相覷。

「……不是有事在身，而是自由時間嗎？這樣的話，我在妳重要的——對，十分重要的休息時間勞煩妳，應該道歉……」

「呃，不，小的沒事，只是……總……總之小的這就去團長房間開窗。」

寧亞即刻穿過魔導王身邊跑開。

令寧亞驚訝的是，這第三者的親切話語宛如含有油分的保溼藥品，溫柔塗在長出肉刺，傷痕累累的手上一般，滲透整片心田。

她全速奔跑，立刻就到了旅館。

她實在不便在這種高級旅館中乒乒乓乓地奔跑，但又不能慢吞吞地走，只好勉強用不至於無禮的速度——雖然旅館人員的視線似乎有點冷淡——前進，然後抵達團長的房間。

寧亞立即敲門，想開門，卻發現門上了鎖。只有自己被鎖在外面的狀況一瞬間令她心灰意冷，不過現在不是想這個的時候。

「隨從寧亞．巴拉哈回來了，請開門。」

伴隨著喀嚓一聲，一名聖騎士露出臉來。

「失禮了。」寧亞連照禮儀行事都嫌浪費時間，直接對房間裡的蕾梅迪奧絲出聲道：

「魔導王陛下駕到，表示想祕密會談。」

寧亞感覺得出房間裡所有人驚愕的視線移向自己背後。

「不，不是，陛下不從那裡來。」

寧亞只說這麼句話，就快步走向窗戶，打開它。

不愧是高級旅館，窗戶沒有一點摩擦就打開了。

「妳做什麼！」

站在第三者的角度來看，這種行為等於突然行凶。也難怪一名聖騎士要大叫出聲了，對於曾護衛過聖王女的騎士而言更是如此。

然而，寧亞不予理會。她從窗戶探出身子，對著不知身在何處的魔導王揮手。

有人從背後用力拉住她的後領。

「妳在做什麼，隨從巴拉哈？竟然隨意開窗，而且哪裡有魔導王的蹤影？」

回頭一看，聖騎士漲紅了臉。生氣是應該的，只是——

「到此為止吧，她違反你們的規定，是因為聽了我的請求，要怪就怪我好了。」

平靜的聲音響遍室內。

有人踏在窗臺上慢慢現身，正是魔導王。

聖騎士不由得伸手去握劍，寧亞急忙阻止。

「唔……似乎嚇到諸位了，抱歉。我來此是想與你們祕密會談，從窗戶進來雖是違反禮儀的行為，希望諸位諒解這是迫不得已……難為她了。」

魔導王腳踩到地上，以王者風範環視室內。

「……我乃安茲．烏爾．恭魔導王。」

一報上名號的瞬間，寧亞搶先所有人單膝跪下。慢了一點，她聽見背後傳來——其他聖騎士一齊單膝跪地的聲音。

「免禮……起身吧，時間有限。卡斯托迪奧團長，可以與妳講兩句話嗎？」

「我等絕無異議。那麼陛下，這邊請。」

寧亞站起來，呼地嘆一口氣——與一轉頭看向背後的魔導王四目交接。當然，魔導王沒有所謂的眼球，所以或許只是寧亞自以為四目交接了。

「那名隨從不參加嗎？」

「因為她畢竟只是隨從。」

「剛才謁見時她不是在場嗎？」

魔導王問得好像真的大惑不解——講話語氣極其自然，其中暗藏的諷刺卻夠尖酸。

「隨從巴拉哈，妳也參加會談。」

「是！」

寧亞不太想參加，不過她想知道魔導王究竟為了什麼目的而來。

蕾梅迪奧絲、古斯塔沃與魔導王在桌旁坐下，寧亞等人站在牆邊，如同迎接蒼薔薇成員時的姿勢。

「那麼魔導王陛下，請恕我——開門見山地問了。陛下突然來到我們的住宿處，所為何來？」

古斯塔沃當先開口，蕾梅迪奧絲點了個頭。

「當然可以，當時我也說過，我不太喜歡拐彎抹角說話，因為可能遭到曲解或誤解。」

那口吻有種難以形容的感慨，彷彿親身經驗。

「雖然已經決定兩年後派遣飛飛，不過在那之前，只要你們能答應我一個要求，我也不是不能立刻派遣可與飛飛匹敵的人物前往聖王國。」

「匹敵？」

蕾梅迪奧絲嗓子尖了起來。

「……陛下有何要求？有些我們可能無法立刻回覆。」

聽到古斯塔沃接著這樣說，魔導王笑了。

「當然了，我大致能想像你們的現況……抵抗勢力說得好聽，實際上就是藏身於洞窟裡的少數武裝集團吧？」

在場所有人的呼吸聲彷彿消失了一瞬間。

寧亞也是其中之一。

魔導王怎麼會說中事實？他是怎麼看穿的？尤其洞窟更是一語道破，令人驚駭。

只有團長與古斯塔沃的視線移向寧亞，必定是懷疑寧亞說出了大家的現況。所以寧亞輕輕搖頭表示「不是我」。

魔導王無視於寧亞等人的驚愕，繼續說下去：

「南境勢力明明平安無事，卻不協助北境行動，是因為南北貴族之間相爭。既然如此，沒能保護聖王女的你們很難在新聖王之下重掌舊職。這樣一來，領土、爵位或貿易等相關特權，你們是給不了我的。你們若是這樣做，依下屆聖王的判斷，有可能與魔導國爆發戰爭。」

魔導王簡直是朗朗上口，正確無誤地指出寧亞等人的狀況與未來。

「同樣地，國寶也是不可能的，像是卡斯托迪奧團長持有的聖劍。比較有可能的，是將國家財寶當成被亞達巴沃奪走而交給我，但這樣也有危險。一旦我告訴下屆聖王你們給了我金銀財寶，諸位聖騎士的信用將一落千丈。因此你們只能像剛才會面時那樣，向我訴之以情——嗯，看來我的想像大多猜中了，都寫在你們臉上了喔？」

講到這裡，魔導王靠進椅背。

寂靜支配室內。

完美，太完美了。

寧亞對魔導王的正確解讀欽佩不已。

這就是魔導王嗎？寧亞心想。

寧亞過去曾近距離一睹聖王女風采，但只得到一頓表面話的寒暄，可以說寧亞從未有機會接觸「君王」這種存在。對這樣的她而言，這是她第一次見到至高無上的統治者——擁有領導群眾的遠大目光，具備威嚴，且身懷比這些更強大的力量，堪稱完美的存在。

「話雖如此，這點程度誰都想像得到。講得這麼得意，連我自己都難為情……你們也是，不會以為我連這點程度都推測不出來吧？」

「這……這是當然，陛下。」

古斯塔沃臉上掛著僵硬笑容回答。

「那就好，若是被當成連這點程度都看不透的蠢貨，我可沒臉去見為我賣力的部下……那麼就這點而言，我告訴諸位我想要什麼——女僕，我想要女僕。」

魔導王冒出這句令人實在無言的話，使得所有人——也包括寧亞——都傻眼了。

「……噢，抱歉，我講得太簡短了。呃，是這樣的。我們在謁見廳提過，亞達巴沃有著實力超群的女僕手下，對吧？我想要那些人。你們對魔法知道多少？」

「一竅不通。」

蕾梅迪奧絲堂而皇之地說，魔導王的視線求助似地移動。

「這……這樣啊……這樣我不知該從哪裡解釋起好……呃，我想想……啊——我認為亞達巴沃可能是以契約或類似方式束縛女僕，因此我想擊敗亞達巴沃，將束縛術式據為己有，以支配女僕。這麼一來，我國就能獲得強悍的部屬。」

「可……可是，在我國並沒有人目睹到亞達巴沃的女僕……」

聽到古斯塔沃的回答，魔導王吃吃笑道：

「在王國有人看到她們，我不認為女僕不存在。只要將亞達巴沃逼入絕境，說不定就會出現喔？」

「容我重申一遍……還不能確定女僕是否真有其人。假使女僕並不存在，陛下打算如何是好？」

「那就到時候再說，不過我不會要求你們另外給我什麼。也就是說，我是做白工了。不過對方不見得會做女僕打扮，所以範圍就限定在亞達巴沃的手下好了。噢，對了。亞達巴沃或許是以某種特定道具支配女僕，因此另一個條件就是：亞達巴沃持有的道具當中，不能斷定為聖王國所有物的必須歸我所有。搞不好女僕在聖王國內作亂後會由魔導國接收，屆時請你們將女僕視為向我投誠，過去恩怨一筆勾銷。」

「您要我們饒過可能在我國作亂的賊人？」

蕾梅迪奧絲有些不快地一說，魔導王聳了聳肩。

「畢竟除此之外，聖王國也沒什麼能給我的了。還是說你們能提供其他回報？」

蕾梅迪奧絲無話可回，咬緊嘴唇。

「陛下，團長的意思應該是：我們不是當事人，很難要求受害者盡棄前嫌。」

「這點程度你們應該努力，說服他們。」魔導王發出冰冷透徹的聲音。「……不，那這樣吧，你們可提出聲明，就說女僕已被魔導王以魔法支配，押送回國了，這樣大家怨氣總會消一點吧？」

很難說吧。寧亞聽著心裡想，但魔導王都這樣讓步了，要是還一句「不行」強硬拒絕，一切很可能功虧一簣。說得明白點，這項提議對聖王國而言已經是破例優待了。這麼好的機會都不掌握，只能說是愚蠢。

「那怎麼行，在聖王國作亂的——」

「——魔導王陛下！」古斯塔沃打斷了蕾梅迪奧絲所言。「能否讓我們稍作討論！還請陛下稍候片刻！」

我都這麼讓步了，還需要討論？就算魔導王如此責怪兩人，寧亞覺得也是莫可奈何的。

沒想到——

「可以。我不希望你們花太多時間，也懶得移動，所以希望能在這裡等你們回覆，可以吧？」

魔導王的寬宏大量讓寧亞大吃一驚。

「謝陛下。那麼我們兩人稍微討論一下，恕我失禮，請陛下在此等候片刻。」

「當然行，慢慢商量吧。」

兩人一同離開房間，回來得意外地快。不，大概從一開始就有結論了。

「久等了，魔導王陛下。」

「不會，你們可以再討論一下的。那麼結論呢？」

「是，我們的結論是：全面服從魔導王陛下的要求。」

「我並不是要你們服從我，是想與你們做交易，不過，也罷。那麼照理應該起草一份契約，不過我沒把所需用具與印璽等帶在身上，日後再行簽訂吧……你們同意以王國語立契嗎？」

「我們有人看得懂王國語，沒有問題。那麼陛下，能否請您介紹那位可與飛飛閣下匹敵的人物？」

「噢，就在諸位眼前——就是我。」

寂靜支配現場，寧亞等人瞠目而視。

眨了幾下眼後，頭腦才終於開始運轉。

「魔導王陛下與飛飛一樣強嗎？」

蕾梅迪奧絲的發言讓寧亞當場凍結，但也有個男子反而像被電到般採取行動：

「不……不對，請等一下，團長，我有件更重要的事必須請教魔導王陛下。」古斯塔沃轉向魔導王。「請……請問陛下離開本國移駕聖王國，不會出問題嗎？不知道要花多少時間。」

「這不成問題，不像飛飛，我能使用傳送魔法。只要到了諸位的據點，就能在據點與魔導國之間往返。」

「呃，不，就算是這樣，您貴為一國之君，我們實在不便請您蒞臨！」

「聽我說了半天，你們都沒想到我會親自前往嗎？要打倒亞達巴沃，還要將女僕納於我的支配下喔？從魔導國處理這些實在有點遠。還有關於卡斯托迪奧團長閣下剛才的問題，我比飛飛更強。」

「那就沒問題了吧，古斯塔沃。」

「大有問題！魔導王陛下！請別開這種玩笑困擾我們！」

副團長摀住胃的位置大叫。

「我沒在開玩笑，除了我，沒人能打贏亞達巴沃。還有，我將隻身前往，不打算率領軍隊，所以我才會獨自前來與你們密談。」

「若是亞達巴沃讓陛下受到治不好的傷，我國與魔導國之間將會引發大問題！」

「我們隊裡的古斯塔沃是這麼說的，魔導王陛下，這方面有辦法嗎？」

「不成問題。」

「不——」

「——古斯塔沃！我在說話，不准插嘴！」蕾梅迪奧絲收回伸向古斯塔沃的手，深深低頭行禮。「那麼陛下，請多關照。」

●

宛如颱風過境一般——事實上剛才真的像一場颱風——房間裡氣氛一片鬆弛時，古斯塔沃大吼大叫：

「您在想什麼啊！招引！一國之君！讓他跟亞達巴沃交戰！」

寧亞也同意他的意見。
未免太缺乏常識了。
在這當中，蕾梅迪奧絲輕聲低語：
「我問你，你不認為不死者有什麼下場，都不關我們的事嗎？」
周圍鴉雀無聲。
「……惡魔與不死者，哪一邊滅亡，我們都不痛不癢，不是嗎？」
古斯塔沃睜大雙眼，不是因為恍然大悟，而是不敢相信她居然說出這種話。
「兩邊都是人類公敵，既然如此，最好的結果是兩者同歸於盡……話雖如此，我不會貪圖漁翁之利。魔導王如果與亞達巴沃戰鬥時受了瀕死重傷，我們也不會下手，就這樣。」
蕾梅迪奧絲說的話聽起來異樣大聲。
「……團長，支配那樣大量不死者的魔導王一旦潰滅，那些不死者不會獲得自由，引發駭人騷亂嗎？」
「屆時王國、帝國與教國將會首當其衝，為我們抵禦邪魔吧。當然，我國想必也會提供支援，無奈亞達巴沃對聖王國造成的傷害太大。直到我國恢復國力之前，只得請他們多賣力了……這麼想來，假使魔導王能與亞達巴沃兩敗俱傷，我國將能大大獲——」
「——團長！」古斯塔沃臉色嚴峻地說。「這種行為豈能算是正義！」

「能，這是為了我國，為了解救最受苦的民眾。我並不打算在外國之間散播不幸，我也希望支援聖王國的魔導王能戰勝啊。」

看著平靜說話的蕾梅迪奧絲，寧亞覺得自己不認識她了。

這就是聖王國聖騎士團團長，蕾梅迪奧絲・卡斯托迪奧嗎？

寧亞對她了解不深，幾乎都只是遠遠看到一眼。然而，她甚至開始覺得這人不是她聽說的那位團長。

「古斯塔沃，沒有異議了吧？同意的話，得想想下一件事了。」

「您說下一件事？」

「……得想想如何壓榨魔導王才行。」

寧亞寒毛直豎。

我怎麼會在聽這種對話？寧亞心想。不，恐怕不只她。偷看周圍，站著的聖騎士全都面露同樣表情，寧亞臉上一定也是那種表情。

「古斯塔沃，你有好主意嗎？」

「呃，不，沒有。先別說這個，我們將魔導王陛下帶回本國後，應當採取何種行動？」

「如果魔導王不是光說不練，真的擁有能與亞達巴沃匹敵的力量，那就奪回首都如何？然後請他一口氣打倒亞達巴沃。」

「……這是最糟的選擇。魔導王陛下說過他打倒亞達巴沃，將女僕弄到手後就要回國。因此，將討伐亞達巴沃擺到最後的最後，才能獲得最大利益……照團長的意見，會沒有因應手段打倒剩下的亞人類軍隊。」

「那麼該採取何種戰略？」

古斯塔沃略做考慮後，說出了他的點子：

「先召集夠多的人手，也就是救出困在俘虜收容所的那些人。」

「原來如此！好主意，況且我有幾位大人想救。」

「您是說諸位王室成員吧？」

「對。」蕾梅迪奧絲表示同意。

雖然聖王女已駕崩，但並未收到王室成員全數死亡的消息。只要有一人存活，騎士團或許可擁戴這位王族，以獲得南境貴族的全面協助。

「還有貴族我也想盡量搭救。」

由於眾多貴族向來對聖王女沒有好態度，團長本身並不喜歡他們。但北境貴族當中想必有部分人士與南境貴族有血緣關係，若能賣個恩情，應該能光明正大地向南境貴族請求積極支援。

蕾梅迪奧絲目光銳利地瞪向寧亞。

「隨從寧亞・巴拉哈，我命妳擔任魔導王隨侍，巧妙誘導他派上我們的用場。」

「啊？啊！請……請等一下！我一個隨從如何能侍奉國君！」

「這點小事自己努力。」

「這不是努不努力的問題！」

換作平常，寧亞已經領命了，但這次她拚死抵抗。這不是能輕易答應下來的職務，蕾梅迪奧絲是不是瘋了？

「說……說得對！團長。」古斯塔沃幫寧亞說話。「侍女必須派身分較高的人擔任，否則陛下必定會認為我們輕侮了他。」

「……目前的解放軍除了她，還有其他女人嗎？」

不具戰鬥能力的女性幾乎都放往南境逃生了，但並不是一個都不剩，解放軍中還是有少數女性。古斯塔沃正要開口舉出她們的名字，但團長搶著說：

「我是說隸屬聖騎士團的女人。隸屬神殿勢力的女人由我擅自下令，神殿勢力會做何感想？我妹妹已經不在了喔？況且此種任務應該由身在現場，聽過我想法的成員中選拔。你要我不容分說就把事情塞給第三者？」

現在不就要塞給我嗎？寧亞心想，但不說出口。

「這麼一來……」

古斯塔沃看著團長。
「我必須在最前線戰鬥喔？有任務在身，你還要我陪魔導王？還是說都直接塞給魔導王去做？」
「就算要利用，也不能利用得這麼明顯吧。除了信用問題，魔導王若是判斷我們無力應戰，也可能著手準備征服聖王國……」
看到古斯塔沃支吾其詞，寧亞領悟到援軍已潰敗。
「——屬下明白了，我雖力有未逮，但願意努力。」
「嗯。我先聲明，妳的工作是讓魔導王容易為我們所用，儘管講些奉承話拍他馬屁。」
這已經不是強人所難，是亂來了。寧亞沒自信能做到這種事，但她已經死心，知道講什麼這個人都不會改變自己的想法，於是低頭領命：
「是！屬下會努力，望各位大人也能提供協助。」
「嗯，想要什麼就跟古斯塔沃（這傢伙）說。」
寧亞懷著強烈絕望感，同時又發現自己心中產生些微興奮，她感到有點驚訝。
（魔導王陛下，是嗎……）

第三章 反攻作戰開始

Chapter 3 | Initiating an operation "Counter-attack"

1

馬車輕搖輕晃。

這輛馬車屬於魔導王所有，與平凡的外觀正好相反，內部高雅精巧，功能方面也優異出色。特別是久坐屁股也不會痛的柔軟坐墊，讓寧亞大為感動。

寧亞偷看坐在對面，視線投向車外的魔導王。

對方雖是可怕的不死者之王，但沒有謁見聽晉見時的威懾感。

這可能起因自至今旅途當中，寧亞有了更多時間與魔導王對話。

而寧亞得到的幾項新知之一，就是魔導王極為寬宏大量。

魔導王的態度極具君王風範，威嚴端肅，每個舉止都流露出王者品格。

然而他跟寧亞像這樣乘坐馬車時，有時會表現出無異於一般人的態度，而且這陣子越來越多。

想必是顧慮到寧亞同坐馬車，心情緊張，因此寬大地扮演庶民的態度吧。最近頻率越來越高，必然是因為演技有所進步。

與其他成員相處時沒有類似舉動，想必是因為聖騎士身分地位較高。

（如此顧慮外國的一介平民……多麼溫柔敦厚的大人啊。）

他在看哪裡呢？想必不是在看與馬車並排奔馳的聖騎士，而是更不同的——與寧亞不同的什麼——

「唔？我臉上沾了什麼有趣的東西嗎？」

「咦！——沒有，失禮了，陛下！並沒有什麼問題……」

看樣子自己是發起呆來，不小心盯著魔導王看了。魔導王好像很困惑，用他的白骨手掌撫摸自己的臉。

「的確坐馬車悶不吭聲的會悶壞人，好吧，就來講講話吧。」

雖然習慣了不少，但是要陪魔導王說話，仍讓寧亞有點胃痛。

「我們關係並不親近，因此至今我沒談過私人話題；不過我們已經同乘了幾天馬車，既然如此，差不多可以敞開心胸了吧。寧亞．巴拉哈，可否講講妳的事情給我聽聽？」

「我的事情嗎？」

一句話「自己的事情」實在有點不具體，而且寧亞完全不知道講什麼能取悅魔導王。

「對，正是。例如說妳為何成為隨從，隨從又有哪些工作，可以講講這些事情給我聽嗎？」

「這點小事小的絕不推辭，陛下。」

寧亞低頭領命，開始講起魔導王要求的內容。話雖如此，並不是什麼聊得起來的話題。不過就是關於自己的家人，還有隨從的工作內容等不怎麼有趣的話題。

（雖然受到命令不要把國內情報告訴魔導王，不過這點事情應該沒問題吧。）

應該說如果連這方面都不能聊，就沒話可以說了。

最後，平淡無奇且毫無起承轉結的話題結束，魔導王深深點頭。

「原來如此，原來如此。也就是說巴拉哈小姐在隨從中，是罕見的弓箭手了。」

「小的不敢抬頭挺胸說自己是弓箭手，陛下。我只是比起劍還比較會使弓罷了，還挨罵沒把劍練好呢。」

對寧亞而言，像偉大父親那樣的人物才配稱弓箭手，自己不過是比一般人稍稍擅長一點而已。

「……別這麼說，擅長遠距離武器的聖騎士候補生，是嗎？真是非常稀有。換作是我，我會建議妳繼續鍛鍊弓術。若是有其他人擅長使劍，劍術交給那人去精進就是了。」

「──謝陛下。」

魔導王說得認真，足夠讓寧亞感覺到他在說真心話。不過魔導王冒出一句自言自語：

「獨特組合是通往稀有職業的途徑。」寧亞聽不太懂但感覺是暗喻，彷彿含意深遠，讓她有點好奇就是。

「妳被迫負責照顧我這種棘手工作，讓我心裡過意不去。不只是妳，諸位聖騎士也是。要活用妳的能力，布署於車外應該才是正確答案。」

聲音溫柔地說出的這番話，讓寧亞睜圓了眼。

就是因為這樣，跟這位國君說話才對心臟不好。

這位大人不但是一國領袖，個體而言還擁有壓倒性力量，但卻絕不高高在上，而是紆尊降貴來到相同的視線高度，善意與下人對話。

（不行！不可以依賴陛下的溫柔！我得退讓一步才行。）

寧亞繃緊神經。

「小的受命擔任陛下隨侍，是眾所皆知的事，請陛下萬勿介意。更何況沒有什麼事比擔任陛下的隨侍更重要。」

「是嗎……但我還是想以某種形式支付報酬。」

之前魔導王也提過要支付報酬，那時寧亞當然拒絕了，沒想到現在老話重提。寧亞已經開始斟酌字眼想婉拒，然而魔導王話還沒說完：

「話雖如此，向外國國君收取了什麼，會影響妳的立場。所以容我只口頭致意吧，今後想必會給妳造成各種困擾，還請妳多照顧了。」

然後魔導王低頭致意。

堂堂國君，竟然對自己一介隨從低頭。

國君的肩膀上，當然壓著自己國家的重量。如同輕視國君者會被視為輕視該國，國家是透過君王而存在，是很普通的觀點。

換言之國君低頭，如同舉國低頭。當然，若是面對地位崇高之人，也不是不可能。

但寧亞不過是外國一介平民，真要說起來，魔導王根本沒有必要向寧亞這種小人物道謝。

（真不敢相信，那樣聰明絕頂的魔導王陛下，不可能不知道低頭的意義。即使如此，他仍然對我這種小老百姓低頭，難道陛下對我如此——不對，不可以自大。我不可能有那種價值，這只是證明了魔導王陛下度量有多大，即使對平民也盡到禮數而已——啊！糟糕！）

「請別這樣！魔導王陛下！請抬起頭來！」

沒錯，這才是第一優先該講的話。

魔導王終於願意抬起頭來，寧亞小小嘆了口氣。坦白說，剛才這一幕要是被別人看見，事情就嚴重了。

「陛下——」

寧亞在狹窄地板上單膝下跪。

「小的雖為凡庸之人，但直到陛下功成名就之日，誓將盡忠職守，誠心誠意為陛下效力。」

既然君王對自己表示敬意，寧亞當然也該回禮。

寧亞無視於心裡的聲音說「這人不是聖王國之王」，垂首致敬。

「不不，抬起頭來吧……好了，坐到椅子上繼續剛才的話題如何？到目的地還有一段路程吧？」

「不。」寧亞坐回椅子上，看向外面。「昨天幸有陛下幫助，我等平安通過了長城遺跡。我們挑不易被人看見的地方走，因此需要點時間，但我想明天或後天就能抵達據點。」

說是據點，實際上只是個洞窟罷了。

「是嗎？但就算如此，也還有時間吧？繼續說剛才的故事給我聽聽，還沒聽妳說妳為何為立志成為聖騎士呢。既然擅長弓術，應該也可以往這方面發展吧？怎麼會走聖騎士這條路？為了維護正義？還是因為這是國家的驕傲？」

「不——」寧亞一瞇起眼睛，自身的成長經歷浮現眼前。「——家母原本是一名聖騎士。」

而且是一位劍術了得，與寧亞截然不同的聖騎士。

「原來如此……母命難違，或是敬慕母親，是吧？」

「啊，不是的。家母經常告訴我，不要去當什麼聖騎士。而且家母不怎麼擅長母親的職責，洗衣裁縫是做得來，但燒飯之類的完全不在行，做什麼都很草率，烤個肉常常是半生不熟。」

所以家裡都是父親負責燒飯，寧亞小時候還以為別人家也是這樣。

「……原來是這樣啊，她雖然這樣說，卻沒有阻止女兒成為聖騎士，想必是位慈母了。」

「啊，不是，我跟家母說要成為隨從時，她連劍都拿出來了，還跟我說：『打贏我再說！』是因為家父拚命幫我擋劍，我才得到允許。要是照正常方式打鬥，我是絕對贏不了的。」

在那個瞬間，寧亞第一次知道何謂殺意。

「……………噢，嗯，不錯，該怎麼說？真是和樂的……一家人啊。」

「是，雖然附近鄰居都用異樣眼光看我們，不過我認為我們家庭很美滿。」

「……………這樣啊，那真是太好了……那……那麼妳怎麼會立志成為聖騎士？沒想過以令尊的職務為——唔嗯，令尊是家庭主夫嗎？」

「不，家父也是為國效命的軍人。只是，我之所以沒有以家父的職業為目標，是因為……為什麼呢？我的凶惡眼神是父親遺傳的，也許我曾經因為這樣而怨恨過家父吧。」

寧亞將食指抵在兩邊眼角上，揉了一揉。

孩提時期，她常常被朋友說：「妳為什麼要瞪我？」、「妳在生氣嗎？」那時她常常向父親抱怨，然後結果就是被母親聽到挨揍。

寧亞一邊緬懷鄉愁的記憶一邊說。

「只是，可能是當上隨從，視野開闊了，有一天我明白到，這其實也是家父送我的禮物。不過我還是不想要這麼凶惡的眼神就是。」

「那麼妳父母如今何在？」

「家父在長城與亞達巴沃軍交戰捐軀了。我聯絡不上家母，不知道下落如何，不過我想應該是守衛都市而戰死了，因為我認為她會抵抗到最後一刻。」

「看來我不慎問到妳的傷心事了。」

魔導王迅速再次低頭，由於是第二次了，衝擊不再那麼大，但仍足以令寧亞焦急。

「請……請快快抬起頭來！您不用向我道歉的！」

「我缺乏顧慮地問到了妳失去的家人，雖說不知者無罪，但還是該致歉才合乎道義吧。」

魔導王抬起頭來，偏了偏頭。

（不……不對吧，那是要立場對等的人才有這必要，國君與外國平民絕對稱不上對等，況且我方還向人家求救……）

「呃——有很多時候例外。我想想，若是被人看到陛下向我低頭——那個——陛下會被人看輕的，因為我只是一介隨從。」

「……唔嗯，原來如此，不，妳說得對，身為國君就是如此。」

真不容易。魔導王喃喃道。

大概是指以為已經跟對方拉近關係，其實想跟外國人混熟還是很難吧。

「有了，那麼雖然不算作為賠罪，我就把這個借給巴拉哈小姐吧。」

魔導王迅速伸手探入長袍，取出一把弓。

（——啊？）

那弓遠超過能藏在衣服裡的大小，寧亞眨了幾下眼睛，但事實不變。

「這是魔法武器，請妳用這個保護我。」

這把弓有些部分像是直接使用動物組織製成，但並不顯得腥臭，反而醞釀出一種神聖。用看的就知道，講得明白點，這是該稱為超超級的一級品。

「這叫終極超級流星，是以名為盧恩的古老技術製成。出於一些原因，我將它帶在身上，專門用來借與他人使用。噢，這邊本來是刻有盧恩文字的，不幸磨損得看不見了，真是可嘆哪。」

寧亞死命壓抑想大叫出聲的衝動。

就常識來想，應該拒絕。這很可能是魔導國的國寶級武器，但是那樣名貴的寶物，有可能隨便借給外國隨從嗎？

（說不定只是看起來厲害——最好是！這絕對是驚世級的武器！）

「怎麼了？妳不肯收？不是要隨侍我身邊，還負責保護我嗎？既然如此，我認為妳應該用更好一點的武具鞏固防守，不是嗎？」

「嗚！」

言之有理。

寧亞莫名地開始頭暈。

「噢，抱歉，是不喜歡外觀華麗的嗎？那麼我另有一把比較內斂的，叫做特別巨弓，同樣以盧恩的驚人技術製成……」

魔導王邊說邊再次伸手探入長袍——

「請……請別再拿了！這把就夠好了！恕我婉拒那一把！」

眼看魔導王還想拿出其他武器，寧亞帶著尖叫阻止。一旦看到下一把武器冒出來，寧亞覺得自己應該會發瘋，而且搞不好一整天都得用來擦借來的武器。

「陛下！小的感恩戴德，借終極超級流星一用！」

寧亞雙手發抖著接過弓。

它比普通的弓做了更多裝飾，看起來十分沉重，然而拿在手上卻驚人地輕。拿到手上的瞬間，有股力量流入體內，似乎強化了肉體。不過拿著覺得輕大概並非因為這個原因，而是這把弓本身就輕巧。

（啊，完了。本來還抱著最後一線希望，想說這把弓或許只是華而不實的魔法道具，這下看來絕對不是普通東西。要是一個弄不好……比聖劍還厲害的話……咦？等……等一下……不……不至於吧……）

「是嗎？容我找個藉口，這把弓還不算特別華麗喔。如果妳想要其他——性能更好的武器，儘管跟我開口。」

慘了，再繼續聽下去會非常慘。如果比起聖王國的巔峰戰士，一介隨從的裝備竟然更精良，說出去根本不能聽。

「多謝陛下，竟為了小的設想如此周到……」

這絕不能讓其他人拿到，否則後果不堪設想。寧亞用力握緊了弓。

魔導王不住點頭，對寧亞露出笑容。她整張臉險些抽搐，不過自認為有盡力巧妙隱藏。

「拿給其他人看時，記得說一聲是我借妳的。」

（還得拿給別人看嗎！如果可以，真想拿塊布包起來藏好——但為了保護陛下而借用的武器，總不能藏著不用吧——啊——好像開始頭痛了。不過話說回來，這還不算華麗嗎……應該是陛下標準太高了吧……要是在這把弓上留下一點傷痕，是不是得賠？誰來賠？啊啊，胃好痛……我不想再想弓的事情了……啊！）

寧亞想起來還有一個很棒的話題沒提到。

「陛下！我在陛下的國度，看到了陛下巨大又雄偉的雕像！」

「——哦。」

聽到魔導王一反剛才的態度小聲回答，寧亞開始不安，不知是不是犯了什麼錯。

魔導王都拿自己的名字當國名了，寧亞以為他愛出風頭，所以才會打造自己的巨大雕像，好讓自己的力量在鄰近地區廣為人知。

（是不是稱讚得不夠？）

「那雕像不但顯示出魔導王陛下的偉大，又讓陛下的力量廣為人知，在聖王國沒有那樣雄偉壯麗的雕像。」

這絕不是謊話，那雕像不只巨大，還兼具栩栩如生的寫實性，堪稱建築藝術的極致。有個地方叫燈塔角，雖然那裡的海龍雕像也是同等大小，但那個粗糙多了，而且被海風吹蝕得破舊寒酸。

「部下也常這麼說。」

（噢，我懂了！因為聽部下的讚美聽習慣了，所以他的意思是說，這點程度沒什麼！）

「部下似乎在推行計畫，想在我國各處建造那個雕像。」

「原來如此，為了讚揚魔導王陛下的偉大，或許的確是個好主意呢！」

魔導王好像很吃驚地看著寧亞。

「……唔，嗯。不過，我覺得在全國各地設置我的雕像，不是很好的點子。但我那些部下卻說要在都市中央打造超過一百公尺的巨像，藉此揚名世界……以為越大越好，這種想法太短淺了。」

「……為什麼呢？」

魔導王乾咳一聲。寧亞腦中忽然閃過疑問：明明是不死者，喉嚨還會卡到東西嗎？不過魔導王正要說話，不能打斷。

「王者的偉大不是以物質宣揚的。」

「啊！」

寧亞幾乎是震愕了，他說得一點也沒錯。

寧亞忘了魔導王是不死者，真心尊敬起這位人士。

這位大人真的是位王者。

無意間，寧亞的視野角落看到魔導王握緊了手。

「當然，若是以人民豐衣足食的物質生活來宣揚王者的偉大，那是另當別論；但用我的雕像來做宣傳又能怎樣？我是希望能以安定和樂的統治廣為人知。」

「陛下所言正是！」

寧亞吞吞口水，然後問道：

「陛下身為不死者，為何能如此為民著想呢？」

魔導王對人民的慈悲為懷，怎麼想都不是演技。寧亞甚至開始懷疑他究竟是不是不死者了。

「……我沒有特別為人民著想，這點程度很正常吧？」

寧亞大受衝擊。

所謂的君王，都是這麼偉大的存在嗎？

聖王女與高級貴族，也都是抱著這種想法統治人民嗎？

還是說——正因為他是不死者？因為是不死者才有這種觀點？

寧亞想不出答案。

「而且怎麼說呢？高達一百公尺，恐怕日照什麼的會是一堆問題吧。」

魔導王接著說出的玩笑話，讓寧亞重新體認到偉大君王的謙虛為懷，惶恐不已。這位大人才是王者中的王者。

如同魔導王所指出，聖王國解放軍當成據點的，是一座岩石山上穿出的天然洞窟。

其中一角湧出地下水，天頂不高但橫寬很寬，還有大到可容納馬匹的空間。此外還長著散發青白幽光的蕈菇——有半個人那麼高，不需燈火。

他們之所以知道有這麼個地方，是因為過去聖騎士團曾被派遣至此，討伐以此處為巢穴的魔物。

不只如此，自從逃進此處後，他們做過整修，現在洞窟內依用途分成幾區，供人就寢的地方甚至搭蓋了類似房間的設施。他們又從這座山的山麓——往下鋪展一百公尺以上的森林砍樹收集木材，做了簡單家具設備。

話雖如此，終究只是洞窟。

逃進此處的人員有聖騎士一百八十九名、神官——包括見習或相關人士——七十一名，以及無處可去的平民八十七名，合計三百四十七人。自然別想一人一個房間。

即使如此，畢竟還是不能讓外國國君睡大通鋪。

身為不死者的魔導王，跟聖王國人民面對面的時間越短越好，聖王國這邊也不希望他接觸到據點裡俯拾皆是的機密情資。

但又不好請他使用傳送，平常回魔導國待著。

結果無論如何都得硬是搬開一些物品，為魔導王準備個人房間。

換做平常，會先派前導通知魔導王到來一事，預先準備；然而現今聖王國受到亞人類轄制，聖騎士不擅長發現敵蹤，無法擔任前導；因此現在，寧亞與魔導王仍坐在馬車上，在洞窟外等候。洞窟裡的大家想必正在拚命挪開東西，搬運床鋪或櫃子吧。應該還會把借來的魔導國國旗掛起來。

「……唔。」

「怎麼了，魔導王陛下？」

「……我無意侮辱你們，但我有幾個疑問。方便回答的話，希望妳可以告訴我，你們似乎沒有掩蓋足跡，不要緊嗎？之後會有人去做嗎？」

魔導王用平坦的——彷彿唸書一樣的口吻提出疑問，聽得寧亞睜大雙眼。

說得一點都沒錯。

爬上這座人跡未至的山，會留下不少痕跡。

若再補充一點，聖騎士帶的馬會留下馬蹄印，明眼人一看就露餡了。那麼至今沒被敵人發現，純屬偶然，還是——

「陛……陛下，我們至今沒掩蓋過足跡，難道敵人是故意放過我們……究竟為什麼？」

寧亞顫聲向魔導王問道。

乘坐馬車來到此地的旅途中，寧亞已經知道眼前這位君王智慧過人。她心想魔導王也許會立刻給她答案，結果正如她所料。

「……有很多種可能性，不過一般而言最有可能的……」

寧亞一瞬間想到也許自己不該一個人聽，而是該請魔導王在團長面前說明；然而她無法制止來自恐懼的好奇心。

「應該是為了掌握你們解放軍的行蹤吧？」

「掌握解放軍行蹤？」

「呃——這樣譬喻可能有所冒犯，不過假如你們找到了搗蛋老鼠的巢穴，若是讓牠們四散逃逸，豈不是很麻煩？敵人大概是打算等所有老鼠聚集起來，再一口氣解決掉吧。」

（原來如此！陛下說得沒錯，不會有其他可能了。才來到這塊土地幾分鐘，就推測出這麼多狀況……好像連對手的思維都被他摸透了，真厲害……）

「只要情況沒有生變，我想不需要擔心。只是麻煩的是，不只是我方狀況，敵方狀況的改變也會提高我方遭受攻擊的可能性。」

魔導王英明到能確切指出這麼多問題點，寧亞只能佩服得五體投地。

「多謝陛下！小的這就去通知團長此事。」

「那麼我也一起去吧。」

「咦？可是，陛下長途跋涉應該累了。我們準備了房間，您還是到房裡休息比較好吧？」

「妳忘了嗎？我可是不死者喔，我不需要休息。」

真的，寧亞完全忘了。

不死者是不會疲勞的存在，所以寧亞學過，逃離能以同樣速度移動的不死者不是一件容易的事。這種知識實屬理所當然，但魔導王完全破壞了她對不死者的刻板觀念，有時候她甚至懷疑此人會不會只是戴著骸骨面具的人類魔法吟唱者。

「謝陛下，那麼可以勞駕您一起前來嗎？」

「當然了，還有妳不用謝我。因為在打倒亞達巴沃這個目的上，我們是同一陣線的。」

寧亞明白他說的「我們」指的是「聖王國與魔導王」，但聽起來又像是在說「寧亞與魔導王」，心裡有點慌張。

不久，有人從外面敲馬車門。

「魔導王陛下，房間已備妥。」

寧亞先開門。

站在車門前的一名聖騎士看到寧亞手中的弓，可能太驚愕了，眼睛睜得好大。

至今寧亞從未將魔導王寄放在自己這邊的弓帶到馬車外，因為自從借了弓以來，魔導王正好都沒下車。結果她直到現在，都還沒拿給任何人看。

（……嚇到了呢，嗯。我很能體會你的心情，這實在不是隨從該拿的武器……）

寧亞集眾人視線於一身，但仍轉向馬車，低頭行禮。

寧亞只看著腳邊，確定魔導王下車踏在地上才抬起頭來，向聖騎士問道：

「抱歉，屬下有事想稟報卡斯托迪奧團長，可以請您帶路嗎？陛下表示也想同行。」

「呃，喔，好的，我明白了，那麼請跟我來。」

三人以聖騎士、魔導王、寧亞的順序進入洞窟。

高大蕈菇發出青白幽光，感覺挺陰森恐怖的。特別是蕈菇叢生的地方，一堆蕈菇在壁面形成怪物般的影子。肌膚也被照得慘白，簡直像成了死屍一樣，但不可思議地，寧亞現在並不覺得討厭。

在洞窟裡走動，不時還會看見洞窟裡當警衛的聖騎士，以及平民或神官的身影。

他們應該已經聽先進洞窟的團長他們說過了，即使如此，仍無法掩飾對魔導王的驚愕視線。

（這樣很失禮耶……）

魔導王想必不會動怒，因為這位國君個性十分溫厚。不過就是這種人，生起氣來時特別可怕。

因此寧亞應該警告大家不可表現出失禮態度，但一個一個叮嚀也不是辦法，況且說了也不能解決問題。因為對聖王國人民以及有生命之人而言，不死者就是敵人。

（不過還是要跟團長說一聲……好吧，至少他們沒拿出武器，或許已經不錯了。）

無意間，寧亞發現走在前面的魔導王拿出一張小紙條在看。寧亞很想知道上面寫了什麼，但魔導王將它藏在手心裡，看不見上面寫的文字。

不久，在聖騎士的帶路下抵達之處，前方有一塊布垂掛著，布簾內傳來議論紛紛的吵雜聲。

「卡斯托迪奧團長，魔導王陛下帶領隨從巴拉哈駕到。」

室內一口氣安靜下來。

這時，魔導王手中的紙條已經消失不見了。

「請他們進來。」

聽到團長的聲音，聖騎士掀起布簾。

聖騎士與神官等人——未參加使節團的人——起身迎接魔導王，眼中充滿各種情感。

連寧亞都看出來了，魔導王想必也察覺了。然而從他的背影看不出任何情緒變化。

（這位大人不可能注意不到現場氣氛……也許身為王者之人，都不會把小人物放在心上吧……）

「大家聽好了，這位大人正是魔導王安茲．烏爾．恭陛下。這次陛下對我國國難仗義相助，特地隻身前來救援，切勿有所怠慢！」

聽了蕾梅迪奧絲這番話，房間裡所有人一齊向魔導王低頭致敬。

等大家抬起頭後，魔導王威風凜凜地開口：

「初次有幸見到諸位，我乃安茲．烏爾．恭魔導王。我這次不是代表國家，而是以個人身分想幫助各位。那麼容我先提一件事，來到此地我注意到一點，想問問諸位有何看法，就由聖騎士派給我的隨從向各位說明吧。」

魔導王稍稍往旁讓開，於是寧亞穿過他身邊，走上前去。

「列位大人，失禮了。屬下這就開始說明方才魔導王大人告訴我的事情。」

寧亞將魔導王告訴自己的事情轉述給所有人聽。簡短說明結束後，室內受到一片死寂支配。

「……那麼陛下有何高見？」

蕾梅迪奧絲向站在寧亞身旁的存在問道。

「不，在問我之前，諸位是怎麼想的？我只是來對抗亞達巴沃，不是來指揮你們的。我主導太多部分，等擊退亞達巴沃完了後，不會有麻煩嗎？」

房間裡一陣動搖。

「……還是說諸位願意受我指揮？若是如此，我必以最好的手段解救這個國家。」

(這應該是最好的辦法吧，魔導王陛下雖然是不死者，但說的話全都很對，也會遵守約定。只要是為了拯救現在這個瞬間還在受苦的百姓，暫時擁戴外國君王或許也是正確的判斷？)

「只有聖王女陛下能領導我們，抱歉，我們無法接受外國君王的指揮。」

蕾梅迪奧絲即刻否定。

「——！」

(為了拯救受苦的人民，什麼手段都該用。團長不就是這樣想，才會同意利用他國，而且還是利用這麼可敬的君王嗎！)

寧亞的臉低垂下去，以免胸中累積的汙穢思緒溢於言表。

「能否請陛下將您的看法告訴我們，以作為參考？」

「我的看法？也許可以每次採取行動後，就即刻將據點移至他處吧。」

「換個新據點是嗎……」

以蕾梅迪奧絲為首，聚集在房間裡的人都一臉苦澀。因為除了這個據點之外，他們想不到還有哪個地點可以藏身。

「看樣子你們是想不到其他地點了，既然如此，只能以每次行動都會加快亞達巴沃軍進攻的時間為前提，商討作戰計畫了……好了，話就講到這裡，容我回房間去吧。」

寧亞也打算一起離開，但魔導王伸手阻止她：

「不好意思，希望巴拉哈小姐能留在這裡，代替我聽討論內容。」

「遵命，陛下。」

魔導王應該沒把寧亞當成自己人，但是認可她作為代理了。既然如此，一定要完成這份職責，否則魔導王會對她感到失望。一想像魔導王對自己失望的樣子，寧亞心中就莫名地騷動不安。

「那就有勞嘍。可以吧，卡斯托迪奧團長？」

「只要陛下同意，我等沒有異議。」

聽了這句回答，魔導王就轉身背對眾人，與帶路的聖騎士一同出了房間。

等他走過轉角看不見了，一名神官開口說道：

「那就是魔導王……卡斯托迪奧團長閣下，那人不會有問題嗎？可不能為了抵禦餓狼卻引狼入室啊。」

「說得有理，為了逃離眼下苦難而飲鴆止渴，實在不妥……這樣完全是破產者的典型案例喔？」

「剛才我已經說過了吧，不要舊話重提，毒藥已經吞下肚了。」

（直呼魔導王，是吧？不加敬稱就對了？）

魔導王人一離開，大家的態度轉變讓寧亞心中惱火。

身為聖王國臣民，她能理解大家對不死者的反感，他們的態度也很正常。反而是寧亞感到不快才叫奇怪，自己怎麼會這麼氣惱呢？

「只要他還有利用價值，就只能忍忍……實際上他已經表現了自己的用處……但即使是我們這些神官，都不見得能治癒那種劇毒喔？」

什麼叫做利用價值？陛下不但提醒我們注意疏失，還提供因應辦法，你們不但不心存感謝，還想著能不能利用？

（──啊，我懂了，什麼是我從魔導王陛下身上感覺到，而現今聖王國所缺乏的……就是高潔的人品。所以我心裡才會這麼……）

自己是多麼有福啊。

能與魔導王共乘馬車，有機會親眼判斷魔導王雖為不死者，卻是值得尊敬的君王。

所以自己對這些人該懷抱的情感，或許是憐憫才對。

「話說回來，隨從巴拉哈，妳手上那把弓是？」

「啊，是！這是魔導王陛下只限任務期間借與屬下的武器，命我使用。」

「……能不能拿來給我看看，隨從巴拉哈？讓我檢查檢查這把弓有沒有施了什麼有害魔法。」

神官伸手過來。

寧亞理當交出來，然而——

「恕我拒絕。」

神官一臉呆相，一副想都沒想到會被拒絕的表情。

「此乃魔導王陛下借與屬下，命我用來護衛陛下安全的武器，絕不能交給我以外之人。」

就算只是一時，誰要借給這種只想著利用協助者的傢伙啊。寧亞一邊壓低目光以免內心怒火映在眼中，一邊回答。

「——卡斯托迪奧團長，這是怎麼回事？」

「嗯。隨從寧亞·巴拉哈，將那個——」

「也就是說，我將此事稟告陛下也沒關係了？」

室內空氣凍結。

「知道了，夠了，繼續討論吧。」

（哦——自己知道講這種話被魔導王陛下聽到會有麻煩啊。）

「在那之前，卡斯托迪奧團長閣下。是否該將隨從巴拉哈派回魔導王——閣下的身邊比較好？」

寧亞察覺到一名神官的視線一瞬看向弓。

寧亞很清楚那人想說什麼，雖然心裡火冒三丈，但表情絲毫不變地斷言：

「非常抱歉，魔導王陛下命我在此聽各位討論。希望能讓我留下，感激不盡。」

「也是……古斯塔沃，你認為怎麼做比較好？」

「魔導王陛下剛才是當著我們的面說的，支開了她，往後很可能會有問題。」

「是嗎？那就讓她繼續參加吧。」

當著我的面講這種話？寧亞雖如此想，但只是默默低頭，表達感謝。

「那麼，關於魔導王的說法，諸位認為怎麼做才好？他建議我們移動，有人想得到什麼安全的地方嗎？」

如果有人像父親帕維爾那樣身懷游擊兵技術，或許能建設供這麼多人長期夜營的處所，或是知道好地點。然而這裡沒有那種人才。

「魔導王——陛下說過只要我方不行動，亞達巴沃也不會行動。既然如此，是不是可以先尋找能居住的地點，直到對手採取行動？」

對於某個聖騎士的提案，有些人表示贊同。但寧亞知道，這類問題延後處理絕不會有好結果，到時只會亂成一團。

「除了地點之外，糧食也是一大問題喔。現在是冬天，糧食還比較好保存，但也只能勉強度過這個冬天。在王國似乎沒能獲得協助，但怎麼沒從當地買些糧食回來？」

「很遺憾，王國的糧食比想像中更昂貴。況且就算買得起，養活這麼多人幾個月的糧食會是一大包袱，難以搬運。」

「副團長閣下，我明白你想說什麼，但沒有糧食什麼都免談。我看還是得設法請南境運糧給我們吧？或是將據點移得更接近海岸線，從王國經海路運來如何？」

「資金沒那麼充裕。我們試過婉轉請王國富商提供支援，但反應不理想。至於南境這條路……」古斯塔沃苦笑了。「他們大概不覺得危機已經迫在眉睫了吧，如今海軍徐徐耗損的狀況，明明等同於步上斷頭台的台階。」

「看來要獲得南境協助，還需要點條件了。」

「據點、糧食，問題堆積如山。」

「……聖王女陛下有可能復活嗎？只要這事能辦到，問題都能迎刃而解。」

「很遺憾，我們問過蒼薔薇，說是憑第五位階魔法，如果沒有遺體或是損傷嚴重，還是很難復活。」

「……如果靠魔導王陛下的力量呢？」

「要借用不死者的力量？」

「事到如今，也別無他法了。只要聖王女陛下能復活，再來就只剩最大的問題（亞達巴沃）了。」

所有人視線集中在板著臉的蕾梅迪奧絲身上。

「——這個問題日後再行商議，我在走訪外國時想過，不如先襲擊俘虜收容所，解放那裡的人民。」

幾人點頭表示同意。

「原來如此，畢竟聖王國人民全都受過軍事訓練。只要解放一座村莊，就等於能得到一支軍隊……前提是他們願意為國作戰。不過這麼一來，糧食問題就更棘手了喔？」

「所以才要襲擊俘虜收容所，那裡應該會有糧食。」

「原來如此！不愧是卡斯托迪奧團長。」

聽一名聖騎士如此說道，蕾梅迪奧絲咧嘴一笑。

寧亞眼神冰冷，注視著蕾梅迪奧絲好不得意的嘴臉，因為她知道這是誰出的主意。

「我們還要與那些百姓互相協助，襲擊更多俘虜收容所，一路解放人民。這麼一來，必然也會找到能聯絡上南境的貴族。趁亞達巴沃尚未動兵擊滅我軍之前，我們要組成大軍，給予重擊。這麼一來那些傢伙的動作也得喊停。」

「原來如此！」

這次很多人都這麼叫道。

「就以此為方針吧，那麼隨從巴拉哈，轉告魔導王——」

「——團長，請等一下。我想還是由我轉達較好，要對一國之君解釋作戰計畫，竊以為還是該盡到禮數。」

古斯塔沃說得的確沒錯，但寧亞又覺得似乎不只如此。

只是寧亞不知道他還有什麼用意，無法反對。

「是嗎？那就這麼做吧，拜託你了。」

「是！」

●

寧亞與古斯塔沃一起回到魔導王的房間。房間只掛了一塊破布充當房門，一名聖騎士立於門前。戒備的是企圖傷害室內貴賓的人，還是室內的貴賓本人？

古斯塔沃命令聖騎士迴避，聖騎士離去了。

寧亞心中皺眉。

既然屏退了護衛，可見他來到這裡除了解釋作戰，絕對有其他用意。寧亞不認為他會圖謀行刺，不過假如真有萬一，她將必須挺身為盾，拿出武器保護魔導王。

「魔導王陛下，古斯塔沃・蒙塔涅斯，以及隨從寧亞・巴拉哈請求入室。」

得到許可，古斯塔沃帶頭進入房間。

想起在王都或魔導國看到的旅館，這室內真是四壁蕭條，讓人心酸。應該說這根本不是能供一國之君休憩的房間。

牆壁就是洞窟的岩壁，這是無可奈何，但連家具都很寒酸。

這是因為聖騎士雖然在還是隨從時會學習裁縫等技能，但家具製作就實在沒學過了。

然而魔導王坐著的床卻十分豪華，黑色光澤簡直像以黑曜石打造的，上面鋪著雪白的被褥。

換做平常，寧亞應該會大吃一驚，不知道這麼氣派的床是從哪裡拿出來的；然而就寧亞現在的認知，她認為這點小事難不倒魔導王，驚訝程度不大。況且他也可能是先用傳送回國，從那裡拿來的。

但古斯塔沃沒有寧亞了解魔導王，反應就不同了：

「陛……陛下，這……這是？」

「這個嗎？」魔導王指指自己的床。「這是我用魔法做的。這套被褥嘛，也差不多。記得是百分之百純什麼棉，躺起來挺舒服的。要是我能睡，想必能有個好眠吧。」

魔導王特地回答了問題，古斯塔沃卻心不在焉地應了聲：「呃，喔。」不過寧亞怪不得他，因為她也一面目光飄遠一面想：「魔法真是萬能啊～」

「那麼，我明白巴拉哈小姐為何回來，但副團長閣下有何要事呢？」

「呃，啊，是！我無意輕侮隨從巴拉哈，只是認為身為副團長的我進行說明比較好，因此前來。」

「唔嗯……如果你們是這麼想的，我一個外人也不會說什麼。不過只有一點我得講清楚。」

這時，魔導王眼中蘊藏的紅光開始夾雜黑色雜質。

「我是認為她辦得到才派她做事，你因為自己是上司就從旁插嘴，好像懷疑我看人的眼光，讓我多少有點不快喔？」

魔導王無論受到何種眼神，遭到何種態度，看起來都沒有半點惱色，此時卻初次在寧亞面前表現出些許怒氣。想到這是因為信賴寧亞而生的氣，她胸中不禁發熱。只有陛下這麼看得起自己。

「在下有失禮數，請陛下恕罪！」

「要道歉的話，不該對我，應該對她，不過，也罷。那麼說明給我聽聽吧？」

古斯塔沃講完整件事後，「哦——」魔導王反應平平。

「原來如此，那麼——你們有求於我嗎？還是真的只是來說明的？」

「不是，那麼魔導王陛下對這項作戰計畫有何高見？」

換言之就是這麼回事。

大概是想借用魔導王的智慧，因此硬掰說不放心交給寧亞，找藉口過來吧。之所以屏退聖騎士，可能是因為怕被人聽見副團長找魔導王商量，讓人知道他們對外國君王……而且還是不死者低聲下氣。

（事到如今，隱瞞又能怎樣……）

不借助魔導王的力量就無法可想，這是誰都心知肚明的事。既然如此，這事遲早會人盡皆知，只是時間早晚的問題。

聖王國陣營最正確的做法，難道不是把魔導王的慈悲心腸告訴這裡的人，往後都用心懷感激的態度面對他嗎？

（因為是不死者所以不值得信任或是戒心較強，這我能理解，但我覺得魔導王陛下不是那種人……）

就算寧亞這樣說，恐怕也沒人會信。說不定大家還會以為她中了迷惑等魔法。

（如何才能讓大家信賴魔導王陛下？說到底，恐怕還是得改變刻板觀念，但又不能請陛下跟更多人相處，那樣說太失禮了……）

寧亞正在思考時，兩人還在繼續談話：

「……不，我已經說過不會插嘴管你們的作戰了。」

「還請陛下破個例，我們已經沒有後路了，任何一點失敗的可能性，在下都想避免。」

「正因為如此，假使採用了我的意見，結果失敗了，那該如何是好？我可負不起責任喔？」

「是，所以在下認為，這件事就只記在我、魔導王陛下以及隨從巴拉哈三人的心裡就好。」

「巴拉哈小姐也要在場嗎？不讓她知道不是比較好？」

「不，除了我與陛下之外，我想有個第三者在場，各方面來說都比較好。再說像她這樣身懷特殊技能之人，或許能想到更不一樣的主意。」

「……呼，那就稍微談談吧。巴拉哈小姐不介意吧？」

「啊！是，小的不介意。」

「那麼，首先，就我聽你剛才說的作戰計畫，有幾點令我在意。首先關於糧食，我同意俘虜收容所多少有點糧食，但不認為會有很多。真要說起來，敵軍會不會正常供應俘虜食物都有問題。如果是我，我會減少平時的供餐份量，消耗俘虜的體力，以免他們造反喔？還有你們提到救出俘虜可以當成士兵，但他們的武器從哪裡來？已經搬進這座洞窟了嗎？」

「不，沒有。關於這部分，我們也打算從俘虜收容所弄到手。」

「這項作戰什麼都仰賴俘虜收容所，你了解其危險性吧？」

「是，但是解救在那裡受苦的人民，是非常重要的事。」

「這我同意，因為時間過得越久，他們的愛國心可能會越來越低。只是，我看糧食還是得想法子解決喔。老實說，我認為最好的辦法是請南境多方協助，要怎麼做才能容易獲得協助？」

「要靠王族。雖然聖王女陛下已經駕崩，但應該不是全體王室成員都喪命了。只要救出南境貴族推舉的王室成員，透過該位大人請南境貴族協助，我認為應該可行。這樣一來也有地方避難……對了，陛下，話說聖王女陛下已經駕崩，能否請陛下用您的力量想想辦法？」

「什麼辦法？」

「就是復活。」

「原來如此，並非不可能。」

魔導王講得太簡單，寧亞短短一瞬間懷疑起自己的耳朵。復活魔法堪稱信仰系魔法的奧義，只有少部分中的少部分人能夠使用。這世上有幾個人能輕易說辦得到？

「當然必須收取報酬。那麼遺體在哪裡呢？狀態如何？」

「遺體目前所在地點不明，狀態也不清楚。關於報酬，我們願意盡可能支付陛下要求的金額。」

魔導王在自己面前揮揮手。

「沒有遺體就難了，就算有，也要看受到多少程度的損傷。沒有完整的遺體，我以魔法進行復活時，也有可能變成不死者喔。」

「那……那就傷腦筋了。」

要是把聖王女變成了不死者，可不只是傷腦筋而已，恐怕會引發聖王國的總體戰。

「聖王國沒有魔法吟唱者能運用第五位階的復活魔法嗎？」

「在下孤陋寡聞，不知道有沒有，非常抱歉。」

「哦……那麼倖存的王室成員人在何方？」

「很可能在某個俘虜收容所，時間過了這麼久，不可能還躲在都市內部。」

「俘……俘虜……沒收到什麼情報，知道他們在哪裡嗎？」

古斯塔沃搖搖頭表示一無所獲，魔導王仰望天花板。

「唔──一切只能聽天由命就是了。」

「正是如此，聖騎士團沒有擅長收集情報之人……」

「這樣啊……」魔導王不住點頭。「看來讓每個部下都能應對各種狀況，培養雄厚的組織力量，的確是組織成立上不可或缺的一點。但也不能因為這樣，就設置那麼多個諜報機構啊……」

「那……那麼在下希望能借助魔導王陛下的力量，有辦法用魔法解決嗎？」

「魔法也沒那麼萬能……不過首先，我們需要關於俘虜收容所的詳細情報，拿描繪詳細的地圖讓我看看。」

「非常抱——」

「我想應該不在這裡，小的這就去拿來如何？」

寧亞中途插嘴。

地圖是一國之寶，內容越詳盡，攻打或防禦時也越容易。讓將來可能為敵的鄰國知道本國內的詳細地形有百害而無一利，所以古斯塔沃本來大概想拒絕。

但是。

寧亞可不會容忍到這個地步。

她無法忍受這些人把魔導王利用完就了事。

既然要借用智慧，自然該付出代價。

古斯塔沃眼神尖銳地看向寧亞，但她裝傻。

「噢，這樣的話，等會兒再拿給我看吧。那麼不好意思，巴拉哈小姐，麻煩把妳所知的附近地理環境都告訴我。」

「是！」

兩人一齊回答，古斯塔沃掀起布簾走到外面。等聽不見他的腳步聲了，魔導王輕聲低語：

「妳不用在意沒關係喔。我來此也是為了獲利，亞達巴沃的女僕惡魔有這個價值。」

「是。」

應該是在說地圖的事吧。

寧亞胸中發熱，自己做的事受到讚許，是多麼讓人高興的事啊。

「不過呢，你們還真是一點退路都沒了。真佩服輕易就被一分為二的組織能撐到現在。」

「——非常抱歉。」

「不，妳沒必要向我道歉……不過組織上下不團結，實在是件麻煩事。當意見產生對立時，你們都不用多數表決之類的方式決定嗎？當然，要先規定事後不可有怨言之類的。」

「要是組織用這種方式就能管理起來，那該有多美好啊，簡直是夢想中的組織了。」

「唔……美好嗎？」魔導王很快抬頭仰望天花板，但雙眼似乎在看某個更遠的地方。

「是啊，的確是夢想中的組織。」

「莫非魔導王陛下的國家中，有這樣的組織？」

「啊，噢，沒有，我不是這個意思喔。很遺憾，我國沒有這樣的組織。不過呢……呵呵。」魔導王平靜地，且穩重地笑了。「要是有，一定很有意思。」

「有意思嗎？」

「——好了，可以將這附近環境講給我聽了嗎？」

2

一行人乘著夜色，往俘虜收容所前進。

聽從魔導王的提案，眾人決定襲擊離據點越遠越好，位於海邊的俘虜收容所。理由是海邊容易掩蓋足跡，而且距離遠的話也能拖延時間，讓敵方花更多時間確定襲擊者是解放軍。

只是有個問題。

就是距離太遠，可能在移動途中被敵方偵察隊發現。

結果，眾人決定在可能範圍內，盡量襲擊最遠的俘虜收容所。

寧亞向身旁騎馬的魔導王問道：

「陛下，我們即將騎著馬一口氣接近村莊，陛下是否已準備妥當？」
「嗯，當然了。不過……沒人告知我作戰內容，不知你們訂立了何種戰略，讓我有點期待。」
「期待？」
「哼哼，這可是觀摩聖王國一部分戰略的機會。你們會用何種能力破門？還是飛越城牆入侵？不至於連這種時候都要藏一手，總能讓我看看了吧……想到其中說不定有人擁有我知識當中沒有的技術，就令我滿心期待。」
魔導王一定會大失所望。寧亞心裡過意不去。
聖王國基本上的攻城戰術，就是派天使從上空進攻，同時士兵衝鋒陷陣。這次八成也是如此，應該說也沒戰力採取其他手段。
寧亞視線飛往蕾梅迪奧絲等人。
解放軍幾乎全體戰力正在前進。
團長一舉旗，繫於其上的聖王國國旗隨風飄揚。
「我們走！」
「走！」
團長踹馬奔馳，聖騎士跟上。離村莊還有距離，因此還不用全力跑，只是加快腳步。

「聖騎士剛才在搬運砍倒的圓木，莫非那是衝車？」

「是的，我們解放軍只有聖騎士與神官，沒有善於開門或潛入等能力之人，因此只能正面突破大門。雖然團長劍術一流，不過要破壞大門，還是用那種工具比較快。」

「不是用魔法，而是以衝車進行物理性突破嗎……你們都不用梯子之類的嗎？聖騎士的魔法當中，有能翻越城牆的法術嗎？」

魔法系統分成魔力系、信仰系與精神系等幾種，而聖騎士使用的魔法屬於其他類別，是憑藉加護之力使用的。例如墮落的聖騎士也就是黑暗騎士等等，也是使用同樣的加護魔法。

寧亞所見所聞的知識中，沒有製作梯子的魔法之類。

「非常抱歉，小的孤陋寡聞，不曾聽說。」

「我也是，聖騎士使用的魔法當中是有飛行魔法，不過那是相當高階的魔法。」

「是這樣啊，陛下連聖騎士的魔法都如此熟知……」

不愧是魔導王，除了自己使用的魔法系統，其他知識也如此淵博。

「因為敵人有可能使用，我曾努力盡量將所有魔法記起來。我天資平庸，所以只能靠努力彌補。知道越多情報就離勝利越近，這是朋友教我的，嗯——」

寧亞無法相信魔導王天資平庸，不過比起這事，有另一件事得先做。

「陛下，若您有任何策略，小的可以轉達團長。」

魔導王有天縱之才，可能已經察覺到更有效運用解放軍這張牌的策略，才會有這種態度。

「咦？呃，不，算了吧。嗯——哎——怎麼說呢？解放這個收容所不是我的責任，是你們的責任。接下來要襲擊好幾座俘虜收容所，這是你們摸索更有效手段的第一步。你們必須自己找到策略，這麼做就對了。」

魔導王說的對，應該說這位大人說的永遠是對的。

可是，只有今天寧亞希望魔導王能幫助他們。因為這次是為了解救受苦的無辜人民而戰，她想選擇時間越快，救越多越好的一條路。

「小的明白陛下所言極是，但還是懇請陛下助我們一臂之力。」

寧亞知道騎著馬講話很沒禮貌，但仍低頭向魔導王求情。

魔導王望著前進方向半晌，然後開口了：

「唔嗯……寧亞．巴拉哈啊，不要讓我一再重複。失敗乃成功之母，不要依賴我，照你們自己的想法去做，結果就算失敗了也不用畏懼，只要接受。這是成功所需的失敗。」

魔導王的一番話，讓寧亞感到胸中竄過一陣刺痛。魔導王不會永遠幫助我們。魔導王的意思是，為了我們今後能自立復國，只要是我們自己的想法帶來的結果，難免會有必要的犧牲。

的確沒錯。

可是，只要有魔導王的力量，或許能立刻拯救更多性命。

為了讓我們自立自強而接受犧牲，這算是正義嗎？

正義是什麼？

拯救多數就稱為正義，抑或是──

思考原地打轉，完全找不到答案。

「好了，期待團長他們的表現吧。」

現在寧亞只能祈求結果不會是犧牲慘重，或是以流血悲劇做結。

一行人一直線往俘虜收容所進軍。

到村莊的路上地形多少有點起伏，但村裡蓋了類似監視塔的塔樓，從正面前進必定會被發現。然而他們只能採取這種進攻方式，卻也是事實。

不久，村莊漸漸進入視野。

果不其然，大門上的監視塔似乎不忘布署夜巡，馬上有人敲響鐘聲，村莊內部吵鬧起來。

寧亞瞇細眼睛，瞪著監視塔。

在那裡的亞人類，像是後腳站立的長毛山羊，身穿鍊甲衫，以大型長槍武裝自己。

如果寧亞記得沒錯，亞人類的種族名是山羊人。

他們是住在山岳地帶的亞人類，健步如飛正有如山羊，一點凹凸就能當成立足點衝上城牆，是令人畏懼的戰士；不只如此，其長毛還能纏住砍去的劍，令劍刃徐徐變鈍，因此每打倒一隻就得清除纏在刀劍上的毛。寧亞還記得父親是這麼教她的。

山羊人持握的長槍，長到待在大門上也能攻擊下方通行的對手。

寧亞本來擔心對手若即刻鞏固防禦將會難以對付，不過他們似乎沒那麼訓練有素，只是東跑西竄，讓己方爭取到足夠時間做準備。

神官下馬後，立即召喚天使。

聖騎士也紛紛下馬，拿起盾牌。想必是為了保護抬著衝車的那些人，免於來自上方的攻擊。

只不過，不是所有聖騎士都上陣。約有十名還騎著馬，開始往村莊側面移動。

「巴拉哈小姐，他們的任務是在周圍布署少數兵士，阻止收容所裡的亞人類帶著我方情資逃跑嗎？畢竟若是讓他們逃了，就算這裡打贏，大局而言仍算敗北。」

「正……正是如此！正如陛下所言！」

這麼輕易就看穿聖騎士團的戰術，寧亞只能說「不愧是魔導王」。

只是，她有個疑問：魔導王是在哪裡學到這個戰術的？

像亞人類那樣，擁有硬質皮膚的人不會穿什麼鎧甲，擁有利爪的人想必不會拿劍。人類披堅執銳，是因為肉體脆弱。

如果不需要靠小手段，也就用不著這些東西。那麼被認為法力無邊的魔導王會知道攻城等戰術，是出於何種理由？

「陛下是從何處獲得這類知識的呢？」

「嗯？妳說的知識是……喔！妳說剛才的預測嗎？唔嗯，我剛才提到的朋友教過我很多那類戰術，再來就是在實戰中確認或是……哎，總之方法很多。不過，真沒想到在這裡也能適用。」

「……既然是陛下的友人，想必也是一位強者了？」

「是啊，不過，他的強大實力不在於拳腳或魔法對戰。就這層意義而言，我恐怕還不及他。」

魔導王似乎很是開心，呵呵笑了。那是回憶過去之人特有的笑法。

簡直就像眼前的是一個人類。

（該不會魔導王以前也是人類……？）

人類靠魔法力量成為不死者的說法令人存疑，那是不可能的。大家所學到的，都說不死者不是自發誕生的。可是——

（畢竟世界很大……）

與使節團一同旅行後，寧亞體會到自己所知道的世界實在太渺小。

海的彼端、山的對面、森林深處。這些地方有著什麼樣的事物？會不會有個賢者對寧亞的煩惱嗤之以鼻，能為她指點迷津？

「妳在想什麼？」

「啊，失……失禮了。」

「不，我不是在責怪妳。只是看妳騎著馬發呆，有點擔心罷了……戰鬥即將開始，我也能體會妳的不安。」

「多……多謝陛下。」

這時──蕾梅迪奧絲將旗幟插在地上，拔出聖劍。

「各位！拯救此地脫離亞達巴沃之手的第一場戰事，現在開始！展現正義！」

「展現正義！」蕾梅迪奧絲的呼喊獲得大聲回答。然後所有人團結一致，衝進敵營。

「走了嗎？巴拉哈小姐如果要參加攻擊，是不是該再到前面一點？」

「不，我有陛下隨從的任務在身，怎能拋下陛下參加戰鬥──」

寧亞搖頭，表示那太離譜了。

「唔，嗯，是嗎？那……那麼換個話題……妳沒把那件武器借給別人過嗎？」

「小的從未做過這種大逆不道的事！這是陛下借與我的武器，怎敢借給別人！」

「啊……這樣啊。嗯，也是，謝謝妳。」

魔導王的聲調感覺好像低了一點，但寧亞無法參透箇中含意。

（是不是哪裡冒犯到魔導王陛下了……雖然搞不清楚，是不是該道歉比較好？）

寧亞還在猶豫時，魔導王改變話題。

「啊——難得有這機會，環顧周圍，並沒有亞人類用透明化魔法躲藏起來。不如再往前走一點，移動到能把戰場看得更清楚的位置吧。將神官留在這裡，我們自己過去應該也不會有問題……妳覺得呢？」

「遵命。」

對著力量遠比自己強大的魔導王說「走到軍陣前面太危險了」才叫失禮。

寧亞跟隨著魔導王靠近鐘聲鏗鏗猛敲的收容所，就在這時候，戰火引燃了。

天使襲向大門上的監視塔，塔上的山羊人以長槍迎擊。

瞭望臺上有人放箭，射的不是天使，是帶頭奔跑的蕾梅迪奧絲。這樣才不會射中自己人，況且她奔跑時沒拿盾，敵人當然會挑她下手。

然而她的本領可與別人不同。

她以劍輕易砍掉飛來的箭，維持著速度繼續跑。

像要進行反擊，本來攻擊監視塔的天使當中有幾隻殺向瞭望臺。很快就有三具山羊人的屍體從瞭望臺摔下來。

這時聖騎士已經到達門前，開始用衝車撞門。

圓木門震動著，微微傳來吱嘎一聲。「再一次！」聖騎士說。

大門再次震動，這次震得更大了。

他們接著再撞一次。

構成大門的一根圓木大大彎曲，聖騎士的歡呼聲一路傳到寧亞這邊。雖然還不夠讓人通過，但只消再撞幾次，大門想必就會完全毀壞。

天使當中的幾隻進入大門內側，從寧亞這邊當然是看不見的，但可以想見天使必定是去拖住那些趕來守門的山羊人腳步。

「——退後！」

突然傳來一聲大吼，讓視線都集中到那邊。

那是大門上方的監視塔。那裡應該由天使占據了，不知是怎麼爬上去的，有一隻山羊人在那裡。

問題是這個山羊人手裡抓的東西。

「退後！」

山羊人重複一遍。

那個山羊人右手抓著個小女孩——年約六七歲的小孩子，喉嚨抵著一把刀。

「你們如果不後退，我就殺了這個人類！」

穿著骯髒衣服的女孩——臉似乎也很髒——身子任由山羊人左右搖動。她雖然還活著，卻毫無生氣，彷彿告訴大家人類在這個收容所裡遭受到何種對待。

「太卑鄙了！」

一名聖騎士怒吼。

「快後退！看著！」

聖騎士一陣喧嚷。究竟發生了什麼事？寧亞視力再好，距離這麼遠又是晚上，實在無法看清楚所有細節。但魔導王就不同了。

「……小孩的喉嚨似乎流血了。」

「難道……！」

「只是讓她受皮肉傷，沒殺她。作為人質的價值會下——」

「——全體人員後退！」

聽從蕾梅迪奧絲的聲音，聖騎士往後退。

後方的神官很難掌握狀況，但似乎仍感覺得出情況有異，天使也被命令退後。同時神官從寧亞他們身旁跑過，大概是想靠近點，確認發生了什麼事吧。

「再後退！再退遠點！」

聽到山羊人的聲音，聖騎士開始一點一點後退。

可以看到監視塔上的山羊人正慌亂地換班，與天使交戰受傷的人換成了毫髮無傷的人。

「不妙啊。」

「是的，不妙。」

寧亞慢慢取出借來的弓。山羊人把女孩當成盾牌，因此可狙擊的範圍很小，要一擊必殺更是困難。

即使如此，自己不做還有誰能做呢？

早知道就多做一點弓術訓練了。寧亞邊想邊從箭筒中拿出箭。

這時，魔導王伸出手擋住射線。

「我不是這個意思，總之妳先罷手，已經沒意義了。」

什麼意思？寧亞還來不及問，魔導王已經往聚集一處的聖騎士那邊走去。

他們正在為了如何營救女孩，吵得不可開交。

神官有一種魔法能封鎖對手的動作，多數意見認為應該使用它；但魔法有所謂的有效距離。能不能接近到夠近的距離？還有如果遭受抵抗，人質會不會喪命？眾人各持己見，遲遲沒有答案。

魔導王與寧亞來到他們身邊。

「你們要吵到什麼時候?情況不妙啊。」

聽到魔導王的聲音，眾人視線一齊轉向他。

「這我知道——」

「——團長……請冷靜下來，那邊才是敵人。」

蕾梅迪奧絲失去從容，口氣變得粗魯起來。古斯塔沃好言相勸。

「不，卡斯托迪奧團長，妳沒弄懂。一旦被敵人知道挾持人質有效，為了證明不是虛聲恫嚇，他們會殺——」

簡直就像在等這句話，人質女孩的頭顱被砍了下來，從這裡都能看見腥紅鮮血噴出來的樣子。山羊人放開女孩的身體，那具軀體虛軟地倒下。

鴉雀無聲。

就好像大腦拒絕理解突然之間對方做出了什麼事一樣。

蕾梅迪奧絲第一個回神怒吼，寧亞聽到，神智也恢復過來。

「可惡的東西!竟敢對人質出手!我們不是照你的要求做了嗎!」

「哼!」山羊人這次將一個男孩抓到前面來。「所以我才再帶一個過來啊?好了，快繼續後退！」

「卑鄙小人！」

「哼，那妳就是蠢蛋！非要逼我再帶一個過來，妳才懂嗎！」

蕾梅迪奧絲緊握的拳頭劇烈抖動，然後她唾棄般的下令：

「所有人退後！」

「周圍騎馬奔跑的幾人，也命他們集合！動作快！」

寧亞聽見蕾梅迪奧絲咬牙切齒的聲音，大聲到牙齒好像都要咬碎了。

「副團長，命令他們過來……」

「可……可是！」

「不這麼做小孩會遭到殺害，快點！」

「壞了，敵方已經理解到人質的有用性，現在又給對方更多時間的話，敵方將會利用這招使我方喪失戰意，造成更多傷亡喔？」

蕾梅迪奧絲面紅耳赤，像看敵人一樣瞪著魔導王。

「這樣下去，當初的奇襲將失去意義，況且我還聽見某種聲音，像是敵方將某種東西運到大門那邊。一旦對方搭起屏障，將會需要更多時間破壞，使事情變得更麻煩——」

「——住口！」

蕾梅迪奧絲的怒吼封住了魔導王的嘴。

「誰有什麼好主意嗎！不會讓任何人喪命的方法！」

誰都不發一語。

哪裡會有那麼好的方法，假如這裡有人擅長潛入等能力，情況或許就不同了；但沒有那種人。

這點蕾梅迪奧絲應該也很清楚：在戰鬥時的狀況判斷上，擁有野獸般直覺的她都想不到了，就表示沒有那種辦法。

即使如此，為何她還是不肯承認？

為什麼要固執於不讓任何人喪命？

魔導王的一句話閃過腦海——這不就是必要的犧牲嗎？除非有極大的實力差距與幸運，否則不可能有辦法保住所有人的性命。

「卡斯托迪奧團長。」寧亞的聲音異樣地響亮。「現在下決定，不是還能以最小犧牲結束此事嗎？」

蕾梅迪奧絲酷烈的眼神朝向了寧亞。

強悍戰士發出的激情，讓寧亞險些渾身發抖。不過，自己應該沒說錯話。

「這當中沒有正義！」

蕾梅迪奧絲大喝一聲。

（正義？什麼是正義——）

周圍的聖騎士都閉口不語，看來沒有人打算說什麼。寧亞的心境彷彿四面受敵，禁不住後退時，有人伸手放在她背上。

一看，站在那裡的——果然是魔導王。

「——我支持巴拉哈小姐。」

他語氣平靜地表示贊同，然而那對寧亞而言，可與億萬幫手匹敵。

「住口！」

蕾梅迪奧絲再次大喝一聲，但這不是對千里迢迢趕來救援的外國君王該說的話。有些行動該做，有些不該做。

寧亞心中湧起了憤怒之情。

「我認為此刻需要的是改寫局面，不是互相出氣……不過好吧，由我來改變狀況吧。」

魔導王喃喃說道，邁步走向與一行人相反的方向——大門那邊。突如其來的行動讓眾人還來不及叫住他，就先聽見山羊人警告的怒吼聲：

「那邊那個戴面具的！我叫你們後退！」

「無聊！你以為一條人命能有多少價值！」

魔導王也用不輸對方的宏亮嗓門回應。

「什……什麼！」

「我等目的乃是殺光這收容所裡的所有山羊人！區區人類怎樣，對我而言都無足輕重！

——『擴大魔法效果範圍．火球（Widen Magic Fire Ball）』。」

魔導王大聲怒吼後筆直伸手，手中浮現出的火焰球，往大門上的山羊人與男孩飛去。

於是巨大的爆炸火焰以兩人為中心，覆罩了監視塔。

塔上的幾人一擊喪命，抓住男孩的山羊人也跟男孩纏成一團，頭下腳上墜落在眾人這邊的地面。

「『魔法最強化．衝擊波（Maximize Magic Shock Wave）』。」

緊接著的魔法攻擊炸開了半毀的大門，不只如此，連後方山羊人堆起的屏障也被轟散，似乎開出了個大洞。

「好了！聖騎士！突擊！殺光裡面的山羊人！」

這聲音似乎讓蕾梅迪奧絲回過神來，她有了動作：

「你這混帳——！」

「——團長！」

「唔嗚嗚！——突擊！」

蕾梅迪奧絲一聲令下，聖騎士展開行動。應該說他們是放棄思考，一切只管聽從命令比較正確。

「魔導王陛下，感謝相助！」

古斯塔沃只說了這句話，也向前奔去。接著聖騎士或神官——一些稍微懂點道理的人感謝地看向魔導王。只有蕾梅迪奧絲一人，對魔導王明顯表示出不快之意。

魔導王語氣平靜地對寧亞說道：

「——巴拉哈小姐，妳是否以為我會用你們想像不到的魔法營救男孩？」

寧亞是有一點這種想法，但魔導王那樣做，必然有某種理由。

「啊，是……是的，正如陛下所言。」

「嗯，我想也是。」

魔導王點了好幾次頭，寧亞保持沉默傾聽。

「我的確辦得到，憑著我習得的多樣魔法，營救一個男孩輕而易舉。但我不能那麼做，因為我不能讓山羊人看到我營救男孩。」

寧亞臉上初次浮現疑問，魔導王溫柔地解釋給她聽：

「繼續讓敵方知道人質有用，村裡的俘虜將被當成肉盾，戰鬥時抓來擋劍。這麼一來，聖騎士這邊也可能出現傷亡。既然我方兵力較少，少任何一名聖騎士都是巨大損失……據說一種稱為蘭徹斯特的法則是這麼寫的。」

魔導王往大門走去，寧亞隨後追上。

「反之，若能讓敵方知道人質不具效果，對山羊人而言，俘虜就成了礙事的存在。但是在遭受攻擊，敵軍即將翻越城牆之時，還會有時間慢慢屠殺俘虜嗎？殺害無力抵抗的人，應該是優先度較低的行動。」

「陛下所言正是。」

「就是這麼回事，與其到處殺人白白浪費時間，我想他們寧可花精神準備抵擋敵軍進攻。所以我有必要用明確方法奪走他們的性命，以顯示人質不具效果。」

說的對極了。

也就是說照蕾梅迪奧絲的行動方式，可能到頭來一個人也救不到。

魔導王慢慢抱起躺在腳邊的男孩遺體。

「陛下，小——」

「——這應該由我來做吧。」

寧亞跟魔導王抱著的男孩，一起回到蕾梅迪奧絲插旗的地點。

魔導王將男孩安放於地上，寧亞用皮袋裡的水沾溼了布，一點一點擦掉男孩臉上的髒汙。

男孩臉頰凹陷，手腳驚人地枯瘦。
清楚顯示了這孩子待在多惡劣的環境裡。
「這些可惡的山羊人……」
「也許我不該這麼說，但還是先說清楚吧。我是魔導國之王，不是你們國家子民的國王，所以才能冷靜下判斷，決定犧牲一條命，以解救上千人命。假設只有這個男孩是我國臣民，我將優先拯救這孩子。若妳覺得難以接受——」
「——不會，多謝陛下。陛下的心思，小的都理解了……陛下就代表正義呢。」
「……嗯？這話什麼意思？」
「抱歉，啊，呃，我是說陛下是在行使正義，對吧？」
寧亞自己都覺得自己在胡言亂語。
她以為魔導王會傻眼到無話可說，然而慈悲為懷的魔導王，回答了寧亞的問題：
「……咦？啊，不，我想我不代表正義。首先，正義與否應該是由他人判斷。我的所作所為再單純不過了。好吧，我當然也希望能讓我的名聲廣為人知……」
雕像那件事重回寧亞的腦中。
（他說想讓名聲廣為人知，所以魔導王陛下果然還是很愛出風頭？）
「話雖如此，我現在是覺得這件事已經不用勉強了……實在不該說這些廢話的。我的目標是我與孩子們能過得幸福，這是唯一，也是一切。」
寧亞不認為身為不死者的魔導王會有小孩，意思大概不是自己的骨肉，而是更廣泛意義的孩子吧。或者他是將自己國家的臣民視為子女？
（無論是哪種意思，這位大人真是溫柔……的確，孩子們是最脆弱的存在，他們能幸福生活的世界該是多麼美好……這樣的一位大人，是以何種心情奪去小男孩的性命……）
望著大門的骷髏側臉，看似浮現出殺害兒童的悲痛。
「廢話說多了，好了，這事到此結束。巴拉哈小姐，雖然我沒有資格說大話，不過還是希望妳能找到屬於妳自己的正義。」
「……可以准許我問最後一個問題嗎？假使陛下您自己的屬下被挾持為人質，您會採取剛才那種行動嗎？」
「……容我埋怨一句，我的屬下就另一層意義來說，讓我很傷腦筋。」
「這是什麼意思呢？」
「過去，我曾經出於好奇心問了：假如你們被當成人質用來與我談判，你們會怎麼做？那時所有人立刻斷言，他們會自裁以免妨礙到我。我當時想：呃，不，你們就不能等我派人營救之類的嗎……我很高興大家忠心赤膽，但能不能再……這個，該怎麼說呢……我的屬下都有點太偏激了。」

魔導王的手好像在抓什麼東西，一臉倦容地說。

作為一名領袖，這應該算是奢侈的煩惱吧？寧亞正這樣想時，身上聖劍與鎧甲滿是血汙的蕾梅迪奧絲出現在大門那邊，頭盔拿掉了，瀏海被汗水黏在額上，一副疲憊不堪的模樣。

蕾梅迪奧絲對身後待命的古斯塔沃做了某個指示，寧亞感覺自己只一瞬間與她四目交接。不對，與其說是跟寧亞四目交接，不如說是蕾梅迪奧絲在看魔導王時，寧亞正巧站在她的視線前面。

蕾梅迪奧絲沒說什麼，面無表情地再次回去大門內。

取而代之地，古斯塔沃跑向兩人這邊。

「魔導王陛下，感謝相助。雖然多少有所傷亡，但我確信是多虧陛下的幫助，才能將傷亡壓抑到最小限度。本來應該由團長致謝，只是民眾的慘狀讓她失去冷靜，由我代為致謝，還請陛下寬恕。」

古斯塔沃視線稍微瞄向男孩，然後垂下目光。

「無須在意，好好安撫團長閣下吧。」

「謝陛下。」

「話說回來，你說的慘狀是？」

「是，我們救出了幾人，一問之下，據說那些傢伙會剝俘虜的皮。不過下手的似乎不是亞人類，而是亞達巴沃送來的惡魔……」
寧亞本以為看到慘狀失去冷靜，是為了掩飾團長的無禮捏造的藉口，看來並非如此。
寧亞正吃驚時，魔導王不解地偏了偏頭：
「為什麼要剝皮？目的是什麼？吃嗎？就像雞皮？」
「不，我們完全不能理解……亞人類似乎並未參與……不知魔導王陛下知不知道些線索？像是惡魔的儀式之類的？」
「不，抱歉，我也完全不能理解，毫無頭緒。亞達巴沃為何要這樣做？」
魔導王像是由衷不解地回答，所有人面面相覷，滿腹疑團。話雖如此，反正是惡魔所為，也很有可能只是想折磨人類。
「……之後問問看神官好了。那麼魔導王陛下，我們想掃蕩亞人類，正在搜索有無任何人躲藏在別處，望陛下能給我們一點時間。」
說完，古斯塔沃就回到大門去了。
後來大約過了十分鐘，大門那邊開始零星看到幾個人影。
是受囚的民眾，跟之前被當成人質的男孩一樣，他們衣衫襤褸，實在不像冬天嚴寒該穿的衣服。似乎有聖騎士一路護送他們到大門來，只一瞬間露面，就再次回到大門裡。由於人數少，不知道是採用往復方式送迎，還是因為尚未完全鎮壓結束，或者兩者皆是？

受囚的民眾顯得欣喜若狂，往寧亞這邊走過來。

然而他們的步伐在走到一定距離時，陡然停住了。

恐怕是因為他們看到了魔導王的模樣。過了一會兒後，他們重新邁步往這邊走來，或許是認為魔導王戴了面具或什麼吧。

走來的民眾當中，有一名男子跑了出來。

男子氣喘吁吁地跑來，在寧亞他們腳邊躺著的男孩身旁跪下。不對，或許應該說是雙膝發軟了。

然後他摸摸男孩的臉頰，知道軀殼中不再具有生命，開始發出悲鳴般的哭聲。

錯不了，應該是做父親的。

寧亞緊咬下唇。

對著哭喊男孩名字的父親，魔導王平靜地出聲說：

「這孩子是我殺的。」

寧亞大吃一驚，看向魔導王。這話有必要現在說嗎？

但魔導王聰明絕頂，不可能毫無目的就突然冒出這句話。

「你……你為什麼要殺他！」

父親抬頭看他，眼中亮起憎惡之火；相較之下——

魔導王發出了嘲弄的笑聲。

「當然是為了救你們的命。」

「你……你說什麼！」

僅僅一瞬間，父親眼中浮現了懼色，想必是因為他明白到魔導王的臉絕非假造出來的。

然後父親求助般的左顧右盼，目光朝向了寧亞。

然而，寧亞還來不及說什麼，魔導王先發問了：

「那麼讓我問你，你為什麼沒保護自己的孩子？這孩子可是被當成人質，帶到我們面前喔。」

「我有啊！但是被搶走了！那些傢伙比我強，我一點辦法也沒有！」

魔導王再次發出嘲弄的笑聲。

「那我再問你，你為什麼還活著？」

父親愣住了。

「我在問你為什麼沒有保護孩子而死。人命不是等價的，從你剛才的態度看來，將這孩子的性命視為最有價值的，應該是你本人才對。既然如此，你怎麼沒有死命保護他？」

民眾遠遠觀望寧亞這邊的狀況。

他們心裡懷抱的，大概是不安或恐懼，再來就是對於魔導王奪去孩童性命的憤怒吧。

「你……你在說什麼……」

「是你沒保護好孩子，不要推卸責任，這都要怪你太弱小了。還有，你可能搞錯了一點……你說那些山羊人比你強，但我可是比他們更強喔……看在你失去骨肉值得可憐，幾句放肆的話我就不追究了，但要是太過分，我就殺了你。」

白骨食指伸出去，指著父親的臉。

「那……那是因為你厲害——你厲害才能說這種話！並不是所有人都有那個能耐！」

「說得對，因為我是強者，所以能說這種話。而既然你們是弱者——被剝削不是當然的嗎？弱者遭到強者剝削，乃是天經地義。」

魔導王的視線轉向周圍民眾：

「你們也在那裡體驗過了不是？山羊人這種強者給你們的體驗。」

「難道只要力氣大，就能為所欲為了嗎！」

「沒錯，只要有力量，做什麼都可以。這就是這個世界的真理，而且也適用於我。就算是我，遇上比我有力量的對手也只能被剝削。所以我才要追求力量。」

寧亞這才明白魔導王想要亞達巴沃女僕的理由。

（這位大人是為了保護自己的國家，為了保護國內的孩子們才想要力量。到頭來……還是力量嗎……）

「哎，所以你們這些弱者才會接受本應屬於強者的聖王國庇護……但我真可憐你們，受到這種弱國的庇護。假使是受到我——魔導國這個強國的庇護，這種悲劇就不會發生了。因為我定會竭盡全力保護人民，擊退山羊人。」

周圍所有人都一聲不吭。

魔導王的意見雖然冷靜透徹而殘酷，但告訴了大家這個世界的真實。要對抗這種意見不能靠理性，只能憑感性。然而對魔導王的恐懼之情，令大家不敢開口。

「這……這傢伙是不死者吧！不死者這種東西怎麼會在這種地方！」

父親害怕魔導王而不敢再說什麼，把矛頭指向寧亞。

但寧亞還沒回答什麼，又是魔導王先說話：

「這還用說嗎？是為了拯救你們的國家。而事實上，你們也受到不死者這種東西所救。不滿意的話，就光憑你們的力量拯救國家如何？」

聽到這番宣言，男子用眼神向寧亞詢問，但她無言以對。

因為這都是事實。

如果光靠國民就能打倒亞達巴沃，魔導王也不會在這裡了。

男子畏怯地緊緊抱起男孩的遺體，轉身背對兩人跑走了。在男子跑去的方向，民眾臉上浮現懼色。

不知是對那男子的背影說話還是自言自語，寧亞聽見了魔導王的低喃。

「我若是弱小，也會變成受剝削的一方，所以我不能忘記追求強大力量。必須謹記必然有其他存在，與我擁有程度相當的力量。」

3

解放軍襲擊了第一座俘虜收容所，救出受囚的人們後，翌日就前往下一處俘虜收容所。

這不是為了乘勝追擊，而是出於幾個更吃緊的理由。其中最急切的實際問題，是俘虜收容所儲備的糧食，比當初憂心的更少。

原因出於亞人類事實上沒有給俘虜足夠的糧食，而且亞人類採取的體制，是每經過規定的日數，就從鄰近的小都市運來糧食。

從該座小都市運來糧食的亞人類想必同時也擔任監察團，注意俘虜收容所有無發生任何異常狀況。

即使聖騎士團殺光這些亞人類搶走糧食，一旦亞人類沒回到小都市，那裡的人必然會判斷這座俘虜收容所發生了問題。

當然亞達巴沃必定很快就會得知這件事，這麼一來，極有可能派來寧亞等人無法戰勝的大軍。

經過一段站在魔導王後方參加會議——雖然一句話都沒說——站到寧亞的腳都痛了的議論時間，得到的提案有二：

一個是帶著解放了一座收容所的戰果，到南境避難，請那邊的軍隊收留眾人。

另一個是先下手為強，前往小都市攻陷該地。

這兩項正好相反的意見各有各種問題，然而在聖騎士團團長蕾梅迪奧絲的咆哮之下，他們選擇了後者的意見。

蕾梅迪奧絲選擇強襲小都市，有著機密理由。

他們向亞人類問過話，結果得知——當然問完後就殺了——接下來要前往的都市，可能有疑似繼承王室血統之人成為階下囚。

假若真是王室成員，事情很可能因此好轉。就算不是王族，是地位頗高或具有親朋關係的大貴族，也是一大收穫。他們可以拿救命之恩當藉口，請對方對南境軍隊施加壓力，或是要求提供支援。

只是寧亞無法抹除心中疑問。

「陛下，您認為那裡真的會有王室成員，或有力貴族嗎？」

她向身旁騎馬的魔導王問道。

寧亞之所以獲准騎馬，是為了配合魔導王。要不然寧亞只是卑微隨從，她的馬匹早就第一個被奪去當馱馬了。

「我是覺得是陷阱，就算不是，也會以相應的兵力鞏固防守，說不定還會有惡魔駐守。這方面卡斯托迪奧團長等人似乎也明白，即使如此，他們或許還是抱持著覺悟要打這一仗吧，因為有時下點賭注在所難免。」

不向南境求援，不久的將來必然會有人餓死。寧亞也知道這樣一來，解放軍又要維持不住了。

不久，前方漸漸可以看到目的地的小都市。

騎馬殿後的寧亞，看著在自己前面徒步前進的民兵。

他們是從上一處俘虜收容所救出的聖王國人民，本來他們應該休息，如今卻手持武器跟著行軍。這是因為聖騎士團判斷小都市的亞人類數量，會比之前那處俘虜收容所更多。

很多人比想像中更衰弱，無法期待他們上戰場。即使如此，基於總是聊勝於無的想法，還是動員他們從軍。

由於光憑寧亞水準的技術，想讓這麼浩大的軍隊不被亞人類的偵察部隊發現很難，因此他們以時間為優先，急著趕路。
結果導致民眾更加疲憊，隨著時間經過，抬上無篷馬車的成年人數增加了。他們連在匡啷匡啷顛簸得讓人暈車的運貨馬車上都能熟睡，可見累積了多少疲勞，相對地，就算是小孩，只要還有力氣就得走路。
神官似乎不習慣走這麼多路，不時羨慕地望向運貨馬車。
（在這種狀態下，一抵達還得立刻開戰，真的不要緊嗎？）
半路上的作戰會議中，已經決定抵達當地後就要馬上開始都市攻略戰，因為時間與糧食都不充裕。
天還亮著就攻進敵人嚴陣以待的城牆內側，的確是很危險。
要接近敵人最好趁夜，但是對不具夜視能力的人類來說不利。特別是只在徵兵時受過軍事訓練的平民，夜戰的風險太大。
也因為這些理由，他們安排決定白天就進攻。
前方戰鬥隊列漸漸整頓起來。最前線是聖騎士；後面是平民，手持打壞收容所房屋做成的木盾；最後是神官。
作戰方式來說與前次相同，就是暴力戰術：趁天使壓制城牆上的防衛兵時，聖騎士破門而入。平民的用途是充數，主要是用來威嚇敵人「我軍兵力充足」。因此他們指示平民避免戰鬥，假如非得戰鬥，要幾個人對付一個人。

「……好了，領教一下你們的本領吧。」

魔導王心不在焉地喃喃說道。

魔導王只當個觀察者，不參與戰鬥。

就是這種攻城戰才希望魔導王助一臂之力，但在會議上沒人開口。魔導王應該感覺到請求的視線了，但他想必是刻意忽視，現在待在最後面。

跟那時候一樣，戰爭開打。

說是小都市，但也是這附近最大的都市，因此有著用鐵補強的吊閘與投石口，牆壁材質不是木頭而是石頭，具有比村莊改造成的收容所更堅固的城牆與城門。不過這座都市人口不到一萬，因此都沒高大或厚重到能稱為堅不可摧。

或許該評為「敵軍難以攻陷，守軍心存不安」吧。

由蕾梅迪奧絲帶頭，聖騎士發動突擊，天使襲向城牆上的亞人類。

只是——可以看到天使當中有幾個受到亞人類攻擊，化為光粒一一消失。

亞人類跟之前俘虜收容所看到的一樣，還是山羊人，不過畢竟是城市守軍，似乎還有幾個不易對付的強將。

其中最顯眼的是城牆上——雖然被垛口擋得看不太見——手持雄壯長槍的山羊人。那人似乎宰殺了許多天使。

這個山羊人發出了高吼。

高吼中很可能具有某種特殊力量，不過天使或下方試著打碎城門的聖騎士都沒受到影響。不知是範圍狹窄，或是只對友軍有效。不過最好還是記住那種高吼具有某種特殊力量。

視線往下一降，只見兩軍在大門爆發激烈衝突。

山羊人從吊閘內側──都市內──刺出槍矛，但聖騎士上前，手持下半部附有長釘的盾牌擋下這擊，阻止敵軍攻擊抬著衝車的聖騎士。不只如此，蕾梅迪奧絲更是揮劍砍斷刺出的槍尖。

滾水從投石口澆下，蒸氣騰騰。然而聖騎士軍早已料到會有這類攻擊，事前施加了「火屬性防禦（Protection Energy Fire）」，所以就像被涼水潑到一樣，不痛不癢。

當然，由於時值冬季，滾水溫度降低後恐怕會非常難處理，但目前還沒問題。

假使敵軍以滾燙熱油代替滾水，還能讓手溜滑握不住劍。然而對亞人類而言，油類可能比較珍貴，似乎沒做那種準備。

慢慢前進的民眾放下從收容所搬來的木牆，充當盾牌。的確本來應該用金屬盾比較好，但他們弄不到那麼好的東西，只得將就使用。這面擋牆雖然不可靠，但總比沒有好；民兵躲在牆後，開始甩動投石索。他們的目標是天使正在對抗的亞人類。當然，他們並不習慣戰鬥，因此投出的石子也常常打中天使。

雖然這樣成了友軍攻擊，不過天使對沒施加魔法的攻擊具有抗性，不成問題。當然，抗性只是能減輕傷害，並非完全無效化，但民兵投出的石子並不會給予多大傷害，所以被石子扔中的亞人類受到的傷害較大。

每當天使被打倒，神官就召喚新的天使投入前線。數量雖少，但是不會疲勞或受傷的新戰力不斷加入戰場，從寧亞這邊也看得到亞人類的抵抗稍稍轉弱。

「……唔嗯，以對手施加了防禦魔法作為前提，灑冰水似乎比較有效，因為能利用冬天的冷空氣一口氣降低體溫……況且一般來說，應該都是施加對火焰的保護。」

魔導王看著戰場輕聲低喃，淡定地分析戰況。

這番話真難回答，雖然沒人捐軀，但畢竟正在打仗，有人受傷，所以寧亞不便附和「就是啊」。

「話說，巴拉哈小姐妳不用參戰嗎？以我交給妳的弓，應該能打下不錯的戰果喔？」

寧亞的職責是在魔導王身邊待命，以己身為盾，因此沒有人命令她參戰。

只是，上次也是這樣，魔導王似乎很想讓她用弓。

（是希望我使用他借給我的武器嗎？我可以從這裡射射看，可是向陛下借來的武器，第一擊如果沒射中總是……）

寧亞猶豫著正要回答，大門傳來大聲喊叫。一看，吊閘似乎被撞得變形了。

大聲喊叫可能是聖騎士軍的歡呼，或許是亞人類軍的焦慮慘叫。

一破壞大門，聖騎士一擁而入。

目睹到蕾梅迪奧絲的精妙劍術，動搖的山羊人想必更加焦躁。

然後——聖騎士團吵鬧著後退了。

寧亞敏銳的視力，從殺向大門的聖騎士人群縫隙捕捉到了狀況。

是跟那時相同的景象。

山羊人抓著一個比當時的小孩更年幼的孩童，從大門內側對聖騎士下了某個命令。

從這裡雖然聽不見，但想像得到他在說什麼。

聖騎士往後退，其中特別是蕾梅迪奧絲與古斯塔沃率先掉頭，然後對神官下令道「讓天使後退，否則那些傢伙打算殺了小孩」。

「又來了。從這裡聽不太清楚他們說什麼，我想過去參加討論，如何？」

「您不用徵詢我的意見，魔導王陛下。」

寧亞隨同魔導王，一起前往稍遠處——大門與魔導王的中間位置——在民兵不安的視線聚集下，進行討論的蕾梅迪奧絲身邊。

「我還是認為應該與那些傢伙談判。」

只有蕾梅迪奧絲這樣說，其他團員摘下頭盔，顰眉蹙額。他們知道第一座俘虜收容所發生過什麼狀況，因此根本無法贊同，這些想法都寫在臉上。

魔導王都來了，卻還得不出答案。

不對，應該是面對主張應該設法救人的蕾梅迪奧絲，其餘團員正在試著說服她這是不可能的。

眾人拿不出具體對策，只是毫無意義地互相爭論，就在幾人交換眼神後，最後古斯塔沃眼中蘊藏起力量，「團長！」高聲說道。

「我們已經討論過半天了，不是嗎！不管有多少時間，想多久辦法，就是無計可施，我們救不了那個小孩！」

聽到古斯塔沃這樣說，寧亞才知道魔導王離開進行作戰會議的帳篷後，團長他們仍繼續重複開會。同時也知道憑聖騎士的力量，絕不可能不流血解決那件事。

蕾梅迪奧絲咬緊嘴唇，一語不發。然而——

「團長！如今已經不可能毫無犧牲就贏得勝利！應當捨棄一人，解救多數！」

寧亞看見這句話在蕾梅迪奧絲的眼瞳中，點亮了紅蓮之火。

「——這不是聖王女陛下的聖戰！我等乃是聖王女陛下的劍！為了聖王女陛下期望我國所有子民安居樂業而戰！」

「但是聖王女陛下……」

古斯塔沃差點說出「已經駕崩」這句話，但蕾梅迪奧絲先怒吼道：

「下屆聖王陛下尚未登基！既然如此，我們的劍就是獻給聖王女陛下的，難道不該遵守陛下的理念嗎！已經發誓效忠卻又毀誓，豈有此理！」

啊，原來是這樣啊。寧亞恍然大悟。

蕾梅迪奧絲是受了束縛，受困於發誓效忠的對象的願望。

她認為騎士團侍奉愛民如子的聖王女，絕不可採取捨棄人民的行動。

能打破這項誓言的，恐怕只有她下一個效忠的人物。

「不對嗎！你們將劍獻給了什麼！經過了何種儀式，受到欽點成為聖騎士！你們以為我等騎士團侍奉的是誰！」

當上隨從階級之際，新人必須拜謁聖王，進行獻上佩劍的儀式。同樣地，每當新舊聖王更迭，聖騎士都得進行拜謁，將劍獻給當代聖王，發誓忠貞不二。因此隸屬於這支聖騎士團的所有人，都將劍獻給了聖王女。

「還是說怎麼？」她的聲調一下變了，熱情一口氣冷卻，變成蘊含冰凍般酷寒的聲音。

「你們認為聖王女陛下期望讓柔弱子民安居樂業，建立無人飲泣的國度，這種理念是錯誤的嗎？」

「哪裡有錯！但是，依據狀況不同……有必要做變通。」

「誰來變通？誰來改變？你倒是說來聽聽，有什麼是比無人喪命更崇高的正義！」

古斯塔沃噤聲了

寧亞發現自己剛才的想法是錯的。

蕾梅迪奧絲不是受效忠的聖王女的理念所支配。

她是在說應當執行正義，無論那是多麼困難的道路，多難貫徹始終，都不能走偏門，只可向前邁進。

犧牲少數解救多數的想法，與多數少數都想救的想法，哪邊才能稱為正義？

不用說也知道。

寧亞能斷言是後者。只是那太過理想主義，平常人早就放棄了。蕾梅迪奧絲雖然漸漸理解到這點，但仍極力訴求應該拯救所有人。

高舉著換作一般人絕對放棄的理想。

正因為如此，她才會是聖騎士團的團長，成為最高階的聖騎士。

沒能理解蕾梅迪奧絲是孤獨一人追求孤高正義的自己，才是值得哀憐的存在。

可能是有了相同感受，幾名聖騎士的臉羞恥地低垂下去。

捨棄一人拯救千人的正義，是魔導王身為君王的正義；蕾梅迪奧絲一人與千人都想救的正義，則是理想的——光輝的正義吧。

兩者都是正義，都沒有錯。即使如此——

（——沒有力量就成不了正義？）

假設蕾梅迪奧絲擁有更強大的——寧亞無從想像的神力，想必能一面解救成為人質的孩童，一面還能解救都市居民吧。這麼一來，一定不會有任何問題。

然而，現實並非如此。

正因為想不到能不犧牲任何性命的方法，才會在這裡進退兩難。

（行使正義需要力量。唉，好想要力量……這麼一來，我國也就不會被亞達巴沃玷汙了……）

「……抱歉打斷你們的論戰，不過這樣下去是沒有結論的。」

極其冷靜的聲音，使得現場的熱氣煙消霧散。

「魔導王陛下……」

「卡斯托迪奧團長閣下，繼續這樣下去，又會像上次一樣讓人質的效果廣為敵方所知。我是認為要攻陷那座都市，傷亡是在所難免喔？」

「沒有那種事，其實應該有更美好的辦法才對。不犧牲任何性命，不讓任何人悲傷的辦法！」

對於這泣血般的聲音，魔導王語氣平板地回道：

「我是不認為有……花太多時間了，這樣下去會重蹈前次的覆轍。」

蕾梅迪奧絲用力咬緊嘴唇，嘴唇看起來微微滲血。

「……那麼……團長，我們得讓那個小孩犧牲了。」

「這——！」

「唔嗯，再來就交給我吧。已經過了這麼長的時間，現在就算諸位抱著必死決心進攻，恐怕也無法以少數犧牲了事。」

「這樣好嗎！」寧亞禁不住叫出聲來。「陛下應當溫存魔力，以備對抗亞達巴沃。現在使用，對抗亞達巴沃之際不會陷於不利嗎！」

「正是如此，巴拉哈小姐。但這是為了解救眾多人民，情非得已……雖不可能毫無傷亡，但比起你們來做，犧牲應該較少。如何？願意交給我嗎？」

「會有人……犧牲嗎……」

「很遺憾地，卡斯托迪奧團長。」

蕾梅迪奧絲面朝下，一語不發地走開，朝著都市那邊——神色不安地旁觀的民兵那邊走去。

「失禮了，魔導王陛下，由在下古斯塔沃代替團長請求您。」

「唔嗯……問個無聊的問題，你們會感謝我嗎？」

聽魔導王這樣問，團員一臉不解，但隨即表示肯定。不過寧亞沒看漏大家感到有點不安，不明白魔導王為何要問這種理所當然的問題。

「是嗎。那就由我獨自攻占都市，你們若是發現有人逃跑，要殺要俘都行。以我個人來說是想問出詳細情報，如果你們能俘虜那些人更好。還有，我要使用不死者，你們可別太激動了。」

只告訴眾人這些，不等大家回答，魔導王逕自往大門走去。

「『高階魔法封印（Greater Magic Seal）』、『捕獲全種族集團（Mass Hold Species）』。」

魔導王不曾停步，開始施展魔法。

唸了約兩種咒語後，他手一揮，搖曳的影子隨即誕生。

其數量有十隻。

影子散發出不死者特有的，不為活物所接受的氣息。那是半透明的存在，面露苦悶的表情。

是死靈（Wraith），寧亞在魔物講習課程中聽過，他們會呈現跟觀者相同種族的模樣。然而眼前的死靈卻呈現三個人影混合的異樣外貌，與講習內容有異。

「高階死靈（High Wraith）啊。」

幾隻異形影子追隨不停前進的魔導王，他們腳下的雜草一路蜷曲枯萎。由於正值冬季，雜草本來就帶點茶色，此時急速失去水分，漸漸變得乾燥。

「去吧，等我的指示。」

不死者用感覺不到重力的迅捷動作，整齊劃一地飛上空中。不過短短幾秒，不死者已溶入藍天中，寧亞驚訝於自己引以為傲的眼力，竟然捕捉不到他們。

寧亞心想：不用對召喚出來的不死者做詳細說明沒關係嗎？不過魔導王訂立了那麼完美的作戰，想必不會有任何遺漏。

「那……那是……」

「是高階死靈，這種存在由於沒有實體，可以穿透牆壁等處行動……當然，並不是什麼都能無限穿越……不過妳應該不是想問這個吧？哎，總之就是都市攻略的布局之一。那麼巴拉哈小姐，妳在這裡——」

「——小的願意隨行。」

「唔嗯……那麼把這件道具戴在脖子上吧。」

「這……這是？」

魔導王從懷中，掏出一條中間串著大顆紅玉髓（Carnelian），周圍圍繞五芒星的項鍊。

「這件道具能賦予對恐懼的完全抗性。高階死靈具有散播恐懼的力量……只有一點我得先聲明，我即將闖進大混亂之中。那些受到恐懼支配而來襲之人，有時會發揮駭人的力量。我也許不能保護到妳，即使如此妳還是要跟——」

「——小的願意隨行。」

「唔……唔嗯。這……這樣啊，知道了。」

寧亞把項鍊掛在脖子上。

「不過話說回來……傷腦筋，他們可是在進行戰爭，豈有不死人的戰爭？」

魔導王半開玩笑的話語，令寧亞面露苦笑。

當然，蕾梅迪奧絲不是這個意思。魔導王不可能聽不懂那番話的含意，所以應該是他個人風格的笑話吧。話雖如此——

（魔導王陛下好像……不是很會講笑話。）

這或許是魔導王唯一的弱點。寧亞正在想這些事時，兩人已走到大門近前。

「退下，聖騎士。接下來我要攻打這座都市，你們退到後方……這樣吧，要退到那附近，知道嗎？」

魔導王用手勢對最尾端的聖騎士下指示，然後往大門走去，如入無人之境。

「快退後！再不聽話，我就把這小鬼——」

不久，魔導王與拿孩童當人質的山羊人碰上了。

亞人類的表情很難辨別，不過對方看起來像是吃了一驚。拿人質要脅的山羊人周圍，其他亞人類也是同樣表情。不，換做是寧亞，看到魔導王突然現身想必也會吃驚。

「……不……不死者？」

以這一聲為契機，「不死者」三個字像漣漪般在亞人類之間擴散。

「正是，啊——好像叫做活死人？我只聽人家以前教過我一次，所以沒自信。」

「什……什麼？怎麼會是你出現？真的……不對，人類？」對方視線瞄了一下寧亞。

「妳！妳在役使不死者嗎？令人作嘔的一群人！」

寧亞心想「我可不是死靈法師（Necromancer）」，又想「對魔導王這麼沒禮貌」，但她保持沉默。

「抱歉打擾你的混亂——」

「——退後，不死者！否則我殺了這個小鬼！」

山羊人用力握緊了男孩的咽喉。

男孩活屍般的臉孔了無生氣，混濁瞳孔似乎看見了魔導王這個不死者，但毫無半點反應。即使如此，喉嚨被掐住還是讓他小聲地吞了口氣。

「呵哈哈！面對我這個不死者，居然拿活人當人質！這可真是有意思……」

山羊人兩眼睜大。寧亞之所以還有那個冷靜心情想著「表情有點噁心」，想必是因為背後有著魔導王這個巨大的存在。

「人類！叫這個不死者後退！」

（又不是我在役使陛下……）

「唔嗯，那麼可以開始了嗎？」

「什麼？退後！快退後！」

可能是感覺到了些什麼，山羊人仍舊抓著人質，往後倒退一步。一看，會發現那裡還有其他孩童，可能也是被抓來當人質的。即使如此，他們並沒有試圖殺害人質，來個殺一儆百。這可能是因為面對不死者這種與生物為敵者，就連他們都懷疑拿活人當人質究竟有沒有效。

寧亞感覺到一種黑風吹過的氛圍，霎時間，山羊人的動作停住了。自從魔導王出現以來，他們所有人的視線本來就對準魔導王，不願看漏任何一舉一動；然而此時，他們產生了急劇變化。他們眼口張大，臉孔醜陋歪扭。然後——不只山羊人，連原本絲毫感覺不出求生意志的孩童，都發生了劇烈反應。

寧亞看不懂亞人類的表情，但人類的表情就看懂了。孩童顯露出的是恐懼，而且是超乎想像的壓倒性恐懼。

「咿嘎啊啊啊！」

山羊人發出奇怪叫聲——

「——哼，解放。『捕獲全種族集團』。」

隨著一個魔法陣浮現出來，某種魔法從魔導王身邊飛出。說時遲那時快，一大群亞人類與被當成人質的孩子維持著歪扭的表情，簡直像成了可怖雕像般一口氣停住動作。不過，看起來似乎沒死。可以聽見些微呼吸聲——而且是紊亂至極的呼吸。

繼而從上方——城牆附近也傳來許多人的慘叫。然後寧亞的後方一齊發出肉塊砸地般的「咚咚」聲響。

「好了，走吧。」

寧亞只一瞬間被聲音引開注意力，隨即往前一看，只見吊閘——

「『高階道具破壞（Greater Break Item）』。」

——發出了震耳欲聾的巨響，是吊閘被打成碎屑，如雨灑落的聲響。

「……用這招破壞建築物，魔力消耗量果然很大……而且實在無法連那邊都顧及……只能說以小兼大，勉強接受了，畢竟大不能兼小。」

魔導王嘟噥著自言自語，越過小山般堆積的吊閘碎片，穿過無人攔阻的大門。

狀況瞬息萬變，寧亞滿腦子亂成一團，無法動彈。等稍微恢復冷靜，她甚至忍不住露出一絲微笑。

那麼辛苦撞歪的門，魔導王一出手，幾秒就搞定了。

（強者好奸詐。）

寧亞用小跑步追上魔導王，他站在僵直的山羊人面前，回頭看向寧亞。

「好了，這些人……」魔導王以手勢指向發僵的亞人類與受囚的孩童。「我只是暫時停住他們的行動，麻煩妳把這些人一個個綁起來。」

「那麼小的去找聖騎士來。」

「謝謝妳願意幫忙，不過我現在正在發出散播恐懼的靈氣。進入範圍內的所有人，都會受到恐懼支配。為此，請妳讓他們做好預防措施。神官的話可以使用『獅子心(Lion's Heart)』，聖騎士的話……記得是『在神的旗幟下(Under Divine Flag)』之類的？」

「陛下博學多聞……」

魔導王一面留下小小笑聲，一面邁步在山羊人之間穿梭而行。這時——

「吼喔喔喔喔！」

伴隨著低吼聲，手持長槍的那個山羊人強者從上方轟然降落，應該是從城牆跳下來的。

他兩眼通紅，嘴角泛著泡沫，失去理智，簡直像發了瘋一樣。

「原來如此，狂戰士化……不對，是狂亂狀態吧。這樣的話，恐懼等精神作用的確——喔。」

長槍刺出，魔導王身手矯健地躲掉。其中毫無多餘動作，是受過訓練者特有的身手。然而魔導王一躲，化為雕像的一隻山羊人被自己人戳個正著，貫穿了身體。山羊人一邊噴灑腥紅鮮血，一邊重重倒下。

對狂亂狀態的山羊人而言，似乎連自己人的概念都消失了。

「真傷腦筋。」

山羊人高舉長槍，可能是想來記橫掃。這麼一來，魔導王特地解救的孩童也可能遭殃。寧亞心裡焦急，想準備弓箭；但她沒能射箭。

因為魔導王簡直像要擋住射線般走到前面，接近了山羊人。

的確，就槍矛長度來想，拉近距離是對的。只不過，魔導王的下一個行動完全脫離了常軌。

他以超快速度，從左右按住了山羊人的頭。

魔導王似乎孔武有力，山羊人怎麼掙扎，就是逃不出魔導王的手掌心。最後山羊人放棄了，改為握住長槍前端，刺穿了魔導王。不對，只是寧亞看起來，以為刺穿了。

然而魔導王毫無反應，是用防禦魔法擋掉了嗎？

「畢竟你跟那隻食人妖不一樣。」

隨著噁心的「啪啾」一聲，山羊人的兩眼蹦了出來。

一眼就能看出是致命傷。不對，要是變成那副德性還沒死，就太可悲了。

志。

魔導王一鬆手，山羊人直接倒到地上。他雙手雙腳亂拍亂打，但其中難以感覺出個人意志。

「您……您做了什麼？」

寧亞從背後怯怯地問，魔導王甩甩兩手，若無其事地回答：

「我壓碎了他的頭蓋骨，因為狂亂狀態之人縱然給予致命傷，有時還是不會倒下。即使如此，一旦大腦遭到破壞，似乎就無計可施了……不過話說回來，還真脆弱啊，只比蛋殼硬一點──我是開玩笑的喔？」

寧亞僵硬的臉孔擠出笑容。

（這位大人果然不會說笑話……）

「好了，巴拉哈小姐，請妳去叫聖騎士過來吧。等他們壓制此地，我──我們就先往前進吧。」

「是！」

寧亞打算用最快速度回到聖騎士那邊，來到外面一看，幾隻山羊人倒臥在聖騎士的腳邊。因為沒有人能通過大門，所以想必是城牆上的山羊人為了逃離魔導王這個恐怖來源而跳樓，結果就變成這樣了。

寧亞到達聖騎士身邊後，十萬火急地交代魔導王的指示。然後她再次以最快速度跑回魔導王身邊。

等寧亞回來了，魔導王說「那麼走吧」，就在市街上前進。

她不懂明明突破了大門，為何沒有新的一批山羊人趕來。不過這個疑問立刻得到了解答。

寧亞的耳朵捕捉到好幾陣慘叫，甚至像是都市這個無生命的物體在發出慘叫。

「這……這是……」

「這是我指示派出的不死者散播恐懼所收到的成果。雖然可能有人質會在混亂中被踩死等等……只能請你們當成不幸意外，死心吧。」

一看，一些山羊人一臉不要命——應該是——的表情往這邊跑來。那副樣子活像被追趕的小動物，看了都可憐。

大概是真的被嚇壞了，不然不會往比那些不死者更強大的存在跑來。

「唔嗯……沒有人類的身影嗎？既然如此——『最強擴大魔法效果範圍・火球（Maximize Widen Magic Fire Ball）』。」

自魔導王手中放出的火彈落在山羊人之中，瞬間引爆出巨大火焰。爆炸火焰消失後，只剩亞人類的屍體躺在地上。

「在此等候或許是最好的選擇……不過敵人的首領似乎在城裡。他似乎以這都市中央附近的廣場為陣地，撐過了高階死靈的恐懼，所以我想繼續前進……妳覺得呢？」

「全依魔導王陛下的想法即可。」

「是嗎？那就走吧。」

一邁開腳步，各處都能聽見教人破膽喪魂的慘叫，好似正在進行屠殺一般。而且亞人類對衛生方面似乎漫不經心，滿地都是廚餘或屎尿，寧亞不禁皺起眉頭。

「……對了，巴拉哈小姐，那個要怎麼處理？」

眼睛往魔導王手指的方向一看，那裡有一些被扒光的人類。

他們不分男女，手被釘在幾棵樹木上，好像為了逃離恐懼而拚命扭動身體，雙臂染得一片血紅。

敵方大概是想拿人類做屏障吧。

他們雖然可能因為疲倦而癱軟，骨瘦如柴，不過看似沒有生命危險。

寧亞等人是為了拯救人民而攻打這座都市，跟著魔導王走，寧亞也幫不上什麼忙。既然如此，救下這些人，送他們到安全的場所避難，似乎才是正確的行動。然而，有件事令寧亞不安。

假使避難途中亞人類來襲，該怎麼辦？

（真好笑，我在猶豫什麼？換成團長，一定會毫不猶豫地解救他們。我卻做不到……結果到頭來……還是需要力量嗎……）

「妳似乎在猶豫呢，既然如此，就擺著別管吧。這附近看似沒有亞人類的蹤跡，放著應該比較安全，走吧。」

「是！」

寧亞雖感到有點掛念，但還是跟著魔導王往這座都市的廣場走去。魔導王怎麼能一路走得這麼順？她心有疑問，但她想大概是用了什麼魔法，並如此說服自己。

不久，兩人來到一處位於街道交叉處，像是市場的廣場。

「唔嗯……果然無法不死半個人就了結此事啊。」

寧亞往魔導王的視線方向望去，看到亞人類的屍體中夾雜了人類屍體，很可能是在恐懼造成混亂之際被踩死的。

「……這是無可奈何的。」

魔導王雖然開玩笑地那樣說，但若是以武力攻打這座都市，想必會造成相當大的傷亡。考慮到這點，他們以魔導王壓倒性的力量進行攻略，已經將犧牲人數壓抑到最小限度了。

魔導王沒說什麼，只是輕輕聳個肩，下巴一揚指著廣場中央。

那裡有個比其他人整整大一圈的亞人類身影。

犄角扭曲宛若山羊，體毛為銀色。雄偉的體格散發出一看就知道絕非等閒之輩的氣質。

那人犄角前端嵌著以黃金寶石裝飾的護套般配件，身穿描繪龜殼般花紋的綠色護胸甲。

身上披著看似以動物毛皮加工製成的紅褐色披風，左手架著中央鑲有大顆黃色寶石的大盾，右手持握具有淺黃刀刃的變形劍，一身行頭體現了威武戰士的勇壯。

這是亞人類當中最值得畏懼，訓練最精良的亞人類，而且恐怕是君王等特別地位之人。

若是寧亞一個人碰上這種對手，絕對必須用最快速度逃走。

「讓我瞧瞧，是哪件道具抑制了恐懼，真讓我興味盎然。」

魔導王這番心情愉快的話，大概指的是亞人類裝備的道具，再加上兩手戴的戒指，或是完全覆蓋了脖子到胸前的首飾等等。垂掛在腰部左右，像是人類嬰孩的頭蓋骨三顆連成一串的飾品也可能是其中之一。

亞人類用綠色眼瞳觀察般的窺探魔導王，等兩人靠近後，瞪著寧亞：

「新的不死者，然後……後面那個是死靈法師嗎？」

亞人類將半個身體藏於大盾後方，以提防蛇髮人(Medusa)等族類具有的凝視攻擊。

「挺有兩下子的嘛，竟能將這座都市，以及我的部落逼迫到這個地步……操縱所有活人的公敵，可怖魔法的術者啊，報上妳的名字吧。」

山羊人挺劍指著寧亞。

「——不，請等一下。不對，不是我！」

「……什麼？」

寧亞看向魔導王求助，只見他以手貼胸，看著寧亞這邊。
「好眼光，這位正是我的主人。」
「才……才不是！請……請等一下！魔導王陛下！」
這個人在說什麼啊？他真的很不會開玩笑。
看寧亞急得兩手亂揮，魔導王笑了。
「嗯，心情開朗點了嗎？」
「咦？」
「好了——說了無聊的玩笑話。」魔導王以符合王者風範的動作將披風瀟灑一翻，面對著亞人類。「我就是派不死者攻擊你們的存在，不死者之王，統治此地東北方的國度——魔導國的安茲．烏爾．恭魔導王。你叫什麼名字？」
「吾名乃巴塞——『豪王』巴塞……魔導王啊，那麼，那邊那個女人是做什麼的？」
「她是我的隨從。那麼，你打算怎麼辦？想死在我手裡嗎？還是要俯首稱臣？隨你選吧。」
「賭上王者之名，俯首稱臣一次就夠了。」
巴塞將盾擋在前面，橫著舉劍。他身體慢慢壓低，擺出以頭部突擊的山羊般姿勢。
「唔嗯……那就稍微陪你玩玩吧……巴拉哈小姐，妳看著吧。對了，山羊啊，你似乎裝備了各種魔法道具，但掛在腰上的玩意兒感覺不到魔力，是什麼特別之物嗎？」

「呼哈哈哈，這叫時尚，骨頭人。」

「唔……讓我想起我的部下了。」

寧亞在後面聽他們說話，嚇了一跳，心想竟然會有那種部下。

「形狀不錯吧，這可是在這都市精心挑選的精品喔？」

「……原來如此，我了解了。我很能體會你的心情，時尚似乎是一種值得重視的要素，女僕已讓我深切體會到這點……好了，那麼開始吧。『高階道具創造(Create Greater Item)』。」

魔導王一用魔法，手中就出現了漆黑寶劍。

（魔導王陛下為什麼要用武器？）

魔導王應該是魔力系的魔法吟唱者才對，而且實屬一流。

既然如此，武器這類配備應該是等到魔力匱乏，已經無計可施之時才要使用。有些魔力系魔法吟唱者甚至嫌重而不帶任何武器。

魔導王是基於何種理由，選擇以劍戰鬥？

（——因為一路上消耗了大量魔力？那不是很糟糕嗎……我們請陛下來，是要請求他跟亞達巴沃交戰啊……）

魔導王用了幾次「火球」，還有封鎖多個敵人動作的魔法，以及——召喚多隻不死者的魔法等等，很有可能魔力已經大幅減少。

（能召喚那種不死者的魔法，一定相當高階……）

寧亞對於高階死靈有多大本事一概不知，但應該肯定強過死靈。這樣的話，魔導王召喚了多隻那種存在，想必使用了極大力量。

一般來說，神官等人召喚的天使等存在，一次魔法基本就是一隻。若是較弱的天使，一次可召喚一隻以上。照這個理論來想，他使用的或許是相當高階——說不定是第六位階魔法等超乎常理的力量。

（……第六位階……）

寧亞喉嚨發出咕嘟一聲。

第六位階魔法可是前無古人的領域，傳聞中聖王女能使用的是第四位階，而這可是比她高出兩階。

雖然是無法以常識考量的領域，但如果是魔導王，或許辦得到？

（假如陛下用了第六位階魔法召喚死靈，我了解一定使用了驚人魔力。但如果是這樣，我是否該出手協助魔導王陛下比較好？）

寧亞看著魔導王與亞人類對峙的背影。越過魔導王的肩膀看去，那個亞人類似乎極其強大，就算多來幾個寧亞恐怕也幫不上忙。然而魔導王表現出王者風範，威風凜凜，完全不像要迎向毫無勝算的戰鬥。

（莫非魔導王陛下是魔法劍士類的魔力系魔法吟唱者？）

同時提昇劍術與魔法本領，有好也有壞。好處是能學到種類豐富的魔法，壞處是有可能兩者都學而不精。

那麼魔導王是如何呢？

兩者一邊互相窺探，一邊慢慢做出行動。

兩者距離縮短，到了足以揮劍過招的間距。先有所動作的是巴塞。

「『盾突擊』。」

對手往正前方舉盾突擊，魔導王從正面以劍阻擋。

看來要承受住巨大身軀的全力突擊實在有困難，魔導王的身體往後方跳開。不對，他以雙腳漂亮著地所以看不太出來，其實應該是被震飛的。

寧亞驚訝於對手竟能震飛空手壓碎山羊人腦殼的魔導王，不過憑著白骨身軀，想完全防禦住大概實在有困難。就寧亞所聽說，「要塞」有的高階武技能完全抵銷威力，但是要武藝相當精湛的戰士才勉強能學會。

兩人同時向前踏出，劍與劍互相碰撞。

兩者攻防速度實在太快，縱然是寧亞的眼睛也無法完全捕捉，只能辨識出劍刃相擊時一瞬間的僵直狀態。
假如寧亞參與這場戰鬥，必定會一刀喪命。
鋼鐵與鋼鐵高速相撞，金屬聲嘈雜地響徹周遭。
兩者臂力不分軒輊，雙方都在刀劍相搏之間，同時達到攻防一體。
是該驚嘆於巴塞能單手揮舞剛硬利劍，還是該尊敬魔導王身為魔法吟唱者，竟能雙手舞動大劍？
目睹前所未見的超高次元之戰，寧亞確定自己沒有介入的空間。
為了不妨礙兩人交戰，寧亞慢慢移動，躲到障礙物後面。至少不能變成人質。
（兩邊那樣揮劍互砍，卻都沒受傷……應該說魔導王陛下未免有點太強了吧……）
魔法吟唱者竟能用劍廝殺到這個地步，令寧亞的頭腦來不及理解。
（是不是使用了什麼厲害的魔法？）
只能當作他使用了某種寧亞所不知道的驚人魔法。
不過話說回來──
（這樣下去魔導王陛下贏定了。不，陛下的目的應該也是如此，所以打算進入長期戰吧？）
不死者不會疲勞，而且在戰鬥中想必也幾乎不會動搖。一切都對巴塞不利。

巴塞似乎也明白這點，表情徐徐歪扭起來。

（如果對手握有最終王牌，那必定是……）

寧亞驚愕萬分，因為魔導王冷不防將那把大劍往巴塞一扔。

霎時間以巴塞為中心，一團半球狀的光芒現出，與扔出的大劍相抗衡。

光之障壁雖然立即收攏，但扔出的大劍只在巴塞身上留下微小傷口。

（不妙！）

寧亞想從障礙物後方跑出去。現在的魔導王手無寸鐵——

「——咦？」

不知何時，魔導王手裡握著一把深黑戰戟。

巴塞應該也跟寧亞產生了相同心情，兩眼大大睜開。

「沒吟唱魔法，是怎麼做到的……還有你扔出的大劍到哪兒去了……」

「只不過是無吟唱化罷了，別在意……好了，我的部下教過我幾招，但我不太有自信，想必會打得很糟，先道個歉。」

魔導王忽地舉起戰戟，醞釀出一種莫名的壓力。

戰士大多專精於一種系統的武器，像是劍、斧頭或槌子等等。

魔導王利用離心力甩動戰戟，這是讓握柄的手滑動，對準巴塞難以防禦的腳下攻擊。只有握柄夠長的長柄武器才能施展此種技巧。

巴塞正要將劍放低接招的瞬間，戰戟往上一彈。

是假動作。

這招需要極強壯的臂力，然而巴塞倏地將劍一抬，擋下這招。

看來魔導王擅長的武器還是劍，似乎不怎麼擅長耍戰戟。因為他的攻擊雖然完美依照武術套路，從動作中卻也感受得到些微笨拙，就連寧亞的視力，都能勉強追上動作。

巴塞擋下加上離心力的戰戟，抽身向後跳開。

「沙塵暴(Sandstorm)！」

自劍噴發而出的風沙簡直像一面牆壁般擴展，襲向魔導王。這一下，必定完全遮蔽了魔導王的視野。

雖然魔導王有沒有眼球令人懷疑，但視野被完全遮蔽，將會大大地不利。

「『集中清氣』！『剛腕豪擊』！」

除了寧亞所不知道的武技，對手又發動增加傷害量的豪擊高階武技，以快過剛才一倍的速度躍向魔導王。

巴塞配戴的角飾滲透出奇妙光芒，看上去簡直有如流星。

「嘎啊啊啊啊！」

「哼！」

魔導王以戰戟擋下高舉劈砍的一擊——

「哈哈！」

——巴塞的嘲笑聲迴盪著。

鏗的一聲，金屬磨削的聲音響起。

寧亞睜大雙眼。

「難道是！武器破壞！」

武器破壞能直接給予武器傷害，而傷害會大幅受到材質差異或武器所具有的傷害量影響。巴塞那兩項武技，想必就是用來強化這招。

寧亞急得如熱鍋上的螞蟻，但下個瞬間，她發現巴塞的表情目瞪口呆，於是停住了動作。

「一點缺口都沒有！」

巴塞也驚愕地叫出聲。

「你這武器是什麼來頭！」

巴塞神色大變地往後退，魔導王並不追擊，而是把戰戟輕巧一轉，在半空中描繪出美麗圓弧。

「……呃，這可是我以魔法做出的武器喔？哪會輕易毀壞？」

「魔法做出的武器不是都很脆弱嗎！」

「哦，看來你以前與用魔法做武器的對手交戰過，不過局限於刻板印象是很危險的喔？這是在告訴你：也有人能做出你無法破壞的武器。」

魔導王放開了戰戟，戰戟就像溶入空氣中一樣忽而消失，很可能就跟方才的大劍是同種原理。

然後魔導王做出從空氣中抓物的動作，這次他的雙手各握著一把黑色長劍。

「……好了，接下來要讓我見識哪一招？不會說剛才那個就是必勝戰術吧？能不能讓我再多累積點經驗？」

魔導王往前一步，與對手縮短距離。

「……有祕招的話就快用比較好喔？我可沒好心到讓沒用的敵人活著。」

「哼……哼哼！你在鬼扯什麼，不死者！你能防住我所有攻擊，的確值得佩服，了不起。但是，那是因為你專心防禦才能辦到不是……我可是知道的，你不會疲勞，所以你以為只要拖時間就能打贏我。」

（被看穿了！）

寧亞心急如焚；連自己都注意到了，原本戰士本領就高過寧亞的巴塞，自然不可能沒注意到。

「原來如此，還有這一招啊。說得的確有理，但很遺憾，你猜錯了。」

魔導王張開雙手，毫無防備地拉近間距，手上的劍像煙一樣消失。

「危——」

寧亞還來不及叫，巴塞先高舉利劍，對著那缺乏防備的身姿一砍。

然後——

「……怎麼回事？」

巴塞連忙一再舉劍砍下。

「怎麼回事！怎麼回事！這是怎麼回事！」

每一次砍下他都叫一次，因為重複受到攻擊的魔導王處之泰然。

「既然如此——」

巴塞架起盾牌，發動武技。魔導王遭受他舉著盾衝撞，卻沒有後退踉蹌。

反而是巴塞還後退了一點。

「怎……怎麼……會……」

人類很難解讀亞人類的表情，但現在再清楚不過了。

那是恐懼與絕望。

「……武技對我而言是未知的技術，是特殊技能演化為武技，或者它對戰士而言等於魔法，這我不清楚，所以有朝一日當我遇上同等的對手時，你不覺得承受過武技的經驗與知識可能成為勝敗關鍵嗎？為此，我才會正面承受你的攻擊，不過……你招數已經用盡了吧？」

魔導王一面促狹地聳聳肩，一面取下手指戴著的九枚戒指之一。

魔導王除此之外並沒有怎樣，就只有這麼個動作。豈料——異常恐怖冰冷的空氣逐漸包圍四下。

寧亞心頭一驚，仰望天空。她以為高掛天上的太陽結凍碎裂了。然而，太陽好端端地在天上大放光明。

——那麼這陣寒氣與黑暗氣息，是魔導王發出的嗎？而這種現象，是一個個體能製造出來的嗎？

（這……這就是魔導王，擊滅破萬軍勢的魔法吟唱者的姿態……）

「既然如此——看來不用繼續跟你戰下去了。」

他倏然往巴塞踏出一步。

反而是巴塞發著抖退後一步，如同被魔導王發出的隱形壓力推得後退。

寧亞所感覺到的異樣氣息，感受最強烈的想必是巴塞。他似乎清楚認識到，自己不是魔導王的對手。全身毛髮直豎的模樣證明了這點。

「且……且慢，不，等一下。真的，只要一下下就好。」
巴塞舉起右手，放手把原本緊握的劍掉在地上。
「投……投降，我投降。」
「唔嗯。」
「我有亞達巴沃軍的相關情報，好嗎？應該很有用才對，絕對派得上用場的。」
「原來如此。」
「……還……還有，你打算與亞達巴沃交手對吧？我比區區人類強得多了，只要讓我率領部落，在對抗亞達巴沃——對抗亞達巴沃那個臭傢伙時，我答應你我會打前鋒，這樣如何？」
「哦。」
「…………請……請等一下，不只是這樣！如果你想，我收集的寶物也可以給——都獻給你，數量應該夠買我一條命喔？」
「差不多就這樣？自我推銷結束了嗎？」
「喔，哇，咦……」巴塞倉皇失措地環視四周，眼睛再次轉向魔導王。「呃，對。呃不……不對。其他還有很……很多別的。你想要什麼，我都可以去弄來——不對，我一定會弄來給你！真的，拜託相信我！」

「哼，我真正想得到的東西，你是絕對無法拿來給我的。」

寧亞感覺魔導王的口氣中夾雜了煩躁，與他對峙的巴塞想必感受更強烈。

「等……等等，等等。真的，等一下。好嘛，嘿……嘿嘿嘿。」

那是巴結的笑。在廣場對峙，自稱為王時的氣焰早已蕩然無存。

「我說錯話了，我道歉。不對，我向您賠不是。是真的，是我不好，真的。」

「唔嗯……」

「那……那麼，您……意下如何？我……小……小的應該能為您效勞才是，嘿嘿。哎呀，竟敢與不死者大王為敵，小的真是太愚蠢了。所以，千萬希望能給小的一個機會，彌補犯下的過錯……嘿嘿，不會讓您後悔的！」

巴塞雙膝跌落在地，雙手合握求饒。

寧亞一點都不覺得那副模樣可悲；不，她反倒認為這才是一個敵人面對露出真面目的魔導王時，所該採取的行動，感到心服口服。同時，她鮮明地想起在魔導王遇見的那伽說過的話：「二話不說俯伏腳邊，求大人大發慈悲才叫智者。」

那麼，沒有二話不說俯伏腳邊的人，其下場將會是——

「原來如此……我喜歡明白自己的過錯，努力改正的人。」

「那……那麼！」

巴塞變得滿面喜色，然而這份喜悅轉眼間就被剝奪。

「——不過，如果收你成為下屬——佩絲特妮或妮古蕾德可能會埋怨我。況且你大可放心，我沒那麼浪費，不會只使用頭蓋骨。我就盡可能有效運用你的全身每個部位吧。」

死吧。魔導王抬起細瘦的白骨手指。

「噫！不……不……不要啊！我還不想死！等等！拜託！求求你！不要殺我！我……我好歹還有一點價……價值！——我有足以取悅您的價值！是真的！相信我！」

「活人皆有一死，只是早晚的差別罷了。」

「別這樣！不要用那種眼神看我！不……不要殺我！」

巴塞站起來，轉身就跑。

面臨死亡的生物全速奔跑起來竟然有這麼快？寧亞悠哉地瞠目而視。

然而，魔導王的魔法更快：

「無趣——『死亡（Death）』。」

什麼都沒發生，沒有大爆炸，也沒有狂暴落雷。

只是巴塞砰一聲倒下，如此而已。

「雖然情報有點可惜……哎，差不多就這樣了吧。有意見嗎，巴拉哈小姐？」

「咦，沒……沒有，魔導王陛下的判斷不可能有誤。」

「是嗎？那麼……就去叫聖騎士來，告訴他們我誅殺了這個亞人類領袖吧。不過……有點不妙啊……」

4

奪回都市以及解放民眾，都在魔導王的力量下簡單辦到。

屬於進攻一方的聖騎士或民兵可說幾乎沒有傷亡，受囚的民眾雖然有人在混亂中不幸喪命，但人數少得驚人。

這正是魔導王帶來的結果，甚至讓人覺得要是從一開始就全權交給他處理，說不定根本不會有人死。

有些人為了獲得解放而喜悅，有些人為了一碗湯而落淚。寧亞與魔導王走在笑容洋溢的街上。

即使已經聽說獲得解放是魔導王的功勞，實際看到魔導王走在路上，民眾眼中仍然浮現驚恐、混亂與排斥感，這或許是無可奈何的。

話雖如此，寧亞能不能接受這種情況，又是另一回事。寧亞本來打算假如魔導王心有不快，自己就要做出一些行動；然而本人似乎毫不介懷。這麼一來，寧亞有所行動恐怕才叫失禮。

寧亞對往前走的魔導王背後出聲說道：

「魔導王陛下，您要去哪裡？」

魔導王目光朝下看著手，頭也不回地對寧亞說明：

「嗯，我要去這座都市的中心，就是那座大型建築。假若那是敵人的據點，必須火速進行調查。況且聖騎士想必正忙著解放受囚民眾、發放糧食、為民眾療傷，以及監視亞人類俘虜之類的。」

寧亞偏偏頭。

「那麼大的建築，各位聖騎士不會推測那是敵方據點，第一個進行調查嗎？」

攻陷都市的是魔導王沒錯，不過後續細微事項都由聖騎士或民兵等逐步處理。既然如此，魔導王正要前往的建物，當然應該也搜索過了才是。

魔導王霎時止步，目不轉睛地看著寧亞。然後他聳聳肩，再次邁開腳步。

「啊，嗯。其實我已經讓我的下屬在入口候命，避免聖騎士靠近，所以應該還沒調查才對。」

「咦？這樣與陛下剛才所說的——」

「——巴拉哈小姐，我想我一路上教了妳不少，但有時妳可以自己思考，為何要由我們代表進行調查。」

「啊，是！魔導王陛下。」

魔導王的目光再次落在手上，他手上拿著那個亞人類——巴塞裝備過的道具。魔導王邊走邊鑑定這些道具，調查其中的魔法力量。

聽魔導王所說，劍好像叫做飛沙射手（Sand Shooter），鎧甲叫龜殼鎧（Turtle Shell），盾牌叫蘭薩的功勳（Lanza's Merits），角上的護套叫無畏突擊（Charge without Hesitation），戒指是第二隻眼戒指（Ring of Second Eye）與疾走戒指（Ring of Run），披風是防護披風（Mantle of Protection）。

除此之外，魔導王表示項鍊等等也是魔法道具，他嘴上雖然說沒多大魔力，但看起來有點高興。

寧亞從魔導王背影移開目光，一邊盯著地面，一邊照魔導王所說，試著思考魔導王為何要自己探索那幢建物，但就是想不到令她豁然開朗的答案。

只是，如果現在請教答案，魔導王會不會覺得自己太不像話？寧亞很尊敬魔導王，怕他認為自己無能，捨棄她而去。

寧亞拚命想著想著，漸漸看到那幢建物映入視野。

兩隻不死者——高階死靈站在宅邸入口前。

魔導王一走近，那兩隻魔物立刻讓路，讓魔導王與寧亞通行。

「這裡……似乎是這座都市的領主的家呢。」

寧亞知識沒豐富到知道是哪個貴族統治這座都市，不過這種大小的都市，領主爵位應該在男爵以上，伯爵以下吧。

「是啊，我連不死者都沒放行，我們是第一個進去的。也許會有未失去戰力的亞人類躲在裡面，妳要小心。」

「咦！魔導王陛下！這——」

寧亞猶豫著該不該說「請您別這樣」。因為心中的另一個寧亞在低喃：如果是魔導王的話應該不會有事。

「這裡面得由我去，此處為敵人的大本營，可能是亞人類頭目的巢穴。雖然我只是因為這裡大而如此猜測——不過裡面難保不會有可與剛才的巴塞匹敵的強者。我也希望解放都市能做得漂亮。」

「啊！」

得到魔導王指點剛才疑問的答案，寧亞茅塞頓開，用手按住自己的額頭。同時，她對魔導王的慈悲心腸懷抱感謝之情。

（是因為可能有強敵，才不想讓聖騎士靠近啊！剛才說的內容有點奇怪，可能是因為陛下不好意思讓人知道他挺身保護群眾，不想告訴我？）

寧亞也很清楚心懷這種情感有失禮數，但她開始覺得魔導王有點可愛。

「……如何？可以接受嗎？」

魔導王邊湊過來看寧亞的臉邊問。寧亞點頭後，魔導王也高興地對她說：「是嗎？那就好。」

（我理解了陛下的用意，竟然讓陛下這麼高興……這位大人真是溫柔。）

「我明白魔導王陛下不想惹人注目的心情了！」

「……嗯？噢……正是。那個……妳懂吧？我不想惹人注目。」

「小的明白了！」

魔導王看起來似乎在思索什麼，不知該怎麼形容，寧亞覺得他這副模樣看起來也好可愛。

「…………………啊——那麼我們走吧。」

「是！」

寧亞覺得讓魔導王帶頭前進，以一個隨從來說似乎非常不應該，但魔導王不讓寧亞走前面。寧亞對他大度豁達的背影投以憧憬的視線。貴為君王卻身先士卒，看在下屬眼裡，內心總是熱血澎湃。

寧亞走進寬廣的入口大廳，問道：

「該從哪裡調查起呢？感覺似乎沒人……」

「唔嗯……巴拉哈小姐視覺、聽覺似乎特別敏銳，不過嗅覺呢？」

「誠實回答陛下，嗅覺就實在沒自信了，不過，我想應該還是比一般人敏銳。再來味覺我想也是同樣水準，只是小的沒有嚐過毒藥，因此無法代為試毒……」

「這樣啊，那麼妳有察覺到這股死亡與憎惡的臭味嗎？」

魔導王說出「死亡與憎惡」時，全身散發作為王者的霸氣。

「您說死亡與憎惡嗎？」

「——這邊。」

魔導王開始前進，其步履絲毫感覺不到遲疑。走路方式就像他知道這裡的環境，明白這前面有什麼東西一樣。

（死亡與憎惡……這種東西不可能發出臭味……莫非是身為不死者的陛下才能聞出的臭味？那麼發出臭味的東西就在這前面——！）

寧亞用力握緊魔導王借給自己的弓。視情況而定，寧亞可能必須挺身成為魔導王的盾，上前拉弓射箭。與巴塞交戰之際，自己什麼忙都幫不上。若是不派上一點用場，自己待在這裡就沒意義了。

兩人一路前進，沒看到亞人類的蹤影，不久前方出現一扇氣氛與至今截然不同的門。門扉以鐵製成，看起來極其厚重。

在一般貴族風格的建物中，忽然出現一扇活像罪犯收容設施之類的門。那種嚴重的突兀感，讓寧亞強烈感到毛骨悚然，甚至覺得好像突然被扔進一個莫名其妙的陰森場所。

「這是……」

「在這裡面……不用跟來沒關係喔？」

這是寧亞最不可能做的選擇。看到寧亞搖頭，魔導王聳聳肩，然後推開門。

可能因為魔導王臂力夠強，鐵門輕輕鬆鬆就打開了。不過那門相當的厚，很可能是特別訂做的。

魔導王走進房間。

（糟了！我竟然讓魔導王陛下先進入這種莫名其妙的地方！我這個笨蛋！）

寧亞連忙進入房間。

雖然從厚重的門扉就能想像，但室內的感覺實在太異常了。這個房間讓人覺得拷問室——雖然寧亞只有聽過傳聞——或許就是這種感覺。

首先，室內沒有窗戶。

嵌在牆上的棒子灑落著燈光，不過不是自然光，是魔法所為。

室內有一張木桌，以及兩把木椅。除了他們進來的那扇門之外，還有另一扇——一樣是鐵製的門。

魔導王站在室內中央，環顧整個房間。其間，寧亞注意到桌上放了某些東西。

「……魔導王陛下，這些似乎是紙，不知道究竟是什麼？」

寧亞拿起的紙張上，寫著從未見過的文字。她可以肯定這絕非聖王國的語言。

「唔……或許有點像惡魔使用的文字？」

魔導王從懷中掏出單眼鏡，可能是注意到寧亞好奇的視線，他解釋給寧亞聽：

「這是能夠解讀文字的魔法道具，我也只有一個，因為使用這種道具會消耗大量魔力——巴拉哈小姐，妳知不知道有誰具有解讀這類文字的能力？」

「您說解讀文字的能力嗎？」

「沒錯，或是可能懂得這種文字的人也行。再來就是……能藉由天生異能(Talent)解讀文字的力量之類。」

「非常抱歉，小的不清楚……」

寧亞只是聖騎士團的隨從，毫無機會接觸關於這類人物的情報。

的確，她聽同樣身為隨從的朋友說過。例如像是「我朋友當中有個具有疑似天生異能的力量，知道熱水現在是幾度，可是誰也不知道那個溫度對不對」或是「我親戚一個船員具有天生異能，能在水面上走大約五步，不過再走就會沉了」等等。那些能力大多不怎麼厲害，讓人只能回答「是喔」，而沒聽過魔導王想知道的那種能力之人。

「是嗎？那真是遺憾。那妳覺得卡斯托迪奧團長閣下會知道嗎？」

地位高到聖騎士團的團長，感覺似乎能接觸到各種情報。然而寧亞對蕾梅迪奧絲這號人物的評價，讓她有所猶豫，懷疑那個團長會不會讓情報占用她的大腦。

「……這個小的也不是很清楚，竊以為問副團長會比較好。」

「哎，也是，問他……」

魔導王支吾其詞，大概是因為跟寧亞有相同感想吧。

「不過如果找不到那種人，陛下打算如何應對？」

「嗯？噢，我並沒有想怎麼樣，只是覺得如果能解讀亞達巴沃他們留下的情報，今後方針當然也會隨之改變，不是嗎？」

這種事只要仔細想想誰都知道，魔導王卻好心解釋，寧亞為自己想都不想就問了蠢問題感到丟臉。

「假使無人能夠翻譯，只能由我消耗魔力解讀，這麼一來對亞達巴沃就得更加提防，否則會有危險。在魔力耗盡的狀態下若是遇上亞達巴沃，就實在只能逃跑了……話雖如此，我的好奇心受到刺激了，就解讀這一張看看吧。」

「不要緊嗎？」

「嗯，我會格外留意魔力的殘餘量。」

魔導王戴起單眼鏡，目光落在紙上。道具並沒有什麼顯而易見的發動形式，但應該有在發揮力量，魔導王看起來正在解讀文字。說歸說，由於魔導王沒有瞳孔，寧亞只能覺得他大概是在閱讀。

經過短暫時間後，他摘下眼鏡。

「果然很吃魔力。」

寧亞看過神官大量使用魔力而暈眩蹣跚，她覺得魔導王看起來一點也不累，不過拿魔導王跟一般魔法吟唱者等同視之，或許是失禮了。他擁有的魔力量必定也是龐大無比。

寧亞正在想著這些時，魔導王已經走向後側門扉，稍微打開一條縫窺探內部。

寧亞的聽覺接收到幾陣微弱呼吸聲，嗅覺則接收到血腥味。

寧亞使力握緊弓，想移動到魔導王與門之間保護他，但魔導王動作更快，對著寧亞筆直伸出手來。

意思是：不要過來。

「唔，嗯……巴拉哈小姐，這裡不是供亞人類使用，是惡魔使用的空間。我這麼說，是因為這張紙上記載了惡魔進行的實驗。」

「……您說惡魔的實驗嗎？」

還沒聽就能確定絕不是什麼好事。

「對，像是砍下手臂嘗試接上其他生物的手臂，好像還嘗試過切開腹部交換內臟之類的實驗。有使用血親互相進行的例子，也有人類與其他生物——不只亞人類喔，連動物之類的也用上了，並且施加魔法治癒，觀察它的變化。」

「這實驗簡直令人作嘔！特別是接上血親的身體部位，根本是精神異常！」

「……話說回來，在進行這類實驗時，當然，他們必須讓受驗者活著。特別是要查明受驗者的死因時，必須活得夠久。」

講到這裡，魔導王回過頭來，背對門扉，越過肩膀用拇指指了指門。不知怎地，寧亞能預料到他接下來要說什麼。

「那些受驗者就在這裡面，維持開腸剖肚的狀態活著。」

雖說早已料到，但令人髮指的事實仍讓寧亞只一瞬間腦袋一片空白。接著，她對進行這種殘忍實驗的惡魔產生了憎惡。

「巴拉哈小姐！立刻去叫神官過來！還有卡斯托迪奧團長他們！快！」

「是！」

根本不用問叫他們來做什麼，寧亞全速奔跑。

腦海某個角落有聲音問：留下魔導王陛下一個人不要緊嗎？不過這可是值得信賴，聰明又萬夫莫敵的強者下的命令，想必不需要擔任何心。聲音瞬時消失不見。

●

神官開門，陸續走進裡面。當下肩膀動搖的一震，比起千言萬語更能傳達房裡的整片光景有多慘絕人寰。

在寧亞眼前，魔導王正將到手的紙張交給蕾梅迪奧絲與古斯塔沃。

「想請你們看看這個，上面寫著裡面的人名與遭受到的對待。除了這張之外，還有這麼多張紙，但還沒查明寫的是一樣的內容，抑或是不同的——例如亞達巴沃的計畫等等。你們看得懂這個嗎？」

蕾梅迪奧絲瞥一眼紙張，皺起一張臉後，馬上把紙交給古斯塔沃。

古斯塔沃也搖頭。

「一點也看不懂。不過魔導王陛下已經讀懂了一張，對吧？」

「是啊，藉由魔法道具的力量。但是那個道具需要用掉大量魔力，這可是為了與亞達巴沃交戰必須保留下來的重要魔力。所以，我想問你們倆之中有沒有人知道能讀懂這種文字的人，像是具有解讀系能力之人，或者是有那個可能也行。」

「不，毫無頭緒。是不能斷定南境貴族沒有暗藏這類人物……但可能性恐怕非常低。」
「是嗎……那麼這些怎麼處置？我是希望由你們努力解讀。」
「可否借魔導王陛下的道具一用？」
「我拒絕，這是我國國寶，就像妳佩於腰際的聖劍不能輕易借人一樣。對我這種魔法吟唱者而言，這類道具比劍更寶貴。」
蕾梅迪奧絲與古斯塔沃面面相覷。
「明白了，那麼我們會努力看看。換個話題——現在出了別的問題，似乎有一群半獸人(Orc)被俘虜，囚禁在這裡。該如何是好？」
半獸人似乎不是前來攻打聖王國，而是被亞達巴沃當成俘虜帶來的。他們問過話，但沒有得到有益的情報，正在傷腦筋接下來如何處理這些人。
「唔嗯……知道了，能否告訴我他們在哪裡？他們可以任我處置，對吧？」
「是的，有勞陛下了。」
古斯塔沃簡單說明了地點在哪兒，由於都市本身不算大，應該不至於迷路。
寧亞在腦中畫好粗略地圖時，房門打開，一名神官滿臉倦容現身。
「喔喔！怎麼樣了！裡面的民眾情況如何！」
「總之已經為那些還活著的人施了治療魔法。由於我們實在沒治療過受到這種殘忍對待的人，所以會暫時留在這裡，觀察情形。如果都沒問題，再帶他們出去。」

「知道了，那麼我派幾個聖騎士與民兵過來，你們互相幫忙，抬他們出去。」

「好的，卡斯托迪奧團長。那麼魔導王陛下，失陪了。」

神官再次開門，回裡面去。

目送神官離開，四人判斷不再需要留在這裡，於是各自前往下個目的地。

魔導王與寧亞當然與兩人分手，到半獸人那裡去。

「不過話說回來，既然有惡魔，最好有人能看穿對手的變身。」

魔導王邊走邊對寧亞說。

在這都市裡沒確認到惡魔的蹤影，但由於剛才那些紙上寫著惡魔的文字，魔導王大概是認為有惡魔，或者是可能有吧。

「惡魔會變身嗎？」

「是啊，也有那種惡魔。有的惡魔可以變身為男女，有時還能變成動物之類。」

「這樣啊……看穿變身的能力——您是指天生異能嗎？非常抱歉，關於那類能力，小的不曾聽說。啊，不對，小的有聽說過一些傳說等等，好像在什麼書上看過。但現在那些人在不在，就不太清楚了……」

「……關於這方面，看來最好也跟卡斯托迪奧團長談一下。」

「所謂的變身，跟幻術屬於同種領域嗎？幻術給我的印象，比較偏向魔法小花招……」

「首先變身與幻術有著極大差別，不過這方面解釋起來太長，就省略吧。不過，輕視幻術是很危險的喔？這種魔法視術士的臨機應變能力而定，威脅度毫無上限。再來就是如果術士不做半桶水，專精這條路的話也很可怕。」

「您說專精這條路嗎？」

「對，沒錯。例如『完全幻覺（Perfect Illusion）』等幻術連五感都能騙過，更有甚者，將幻術修練到極致之人有一項數日才能施行一次的絕技，就是對世界施加幻術。」

說對世界施加幻術，簡直是無從想像的層次。

「呃，請問對世界施加幻術，是多厲害的絕技呢？」

「就我所知，它能夠改寫任何系統的魔法。講得簡單點，只要使用這招，連死者都能復生。」

「咦！是幻術沒錯吧？」

「沒錯，是對世界施加的幻術——幻術的終極奧義。大概只要世界上當，那就成了真實吧。」

寧亞唯一能做的感想就是「哇～」。即使聽人家說幻術修練到極致能做到這種事，程度也實在太誇張，她有聽沒有懂。

「話說回來，在貴國有沒有人管理天生異能方面的事？」
「沒有，小的沒有聽說，在魔導國會進行管理嗎？」
「我國也還沒有，我在考慮將來可以這麼做，不過想必需要大量人力……可能要等到十年左右之後了。」
看來魔導王已經放眼十年這麼久之後的事了，這方面大概就是君王與平民的差異吧。
換言之——就是宏材大略。

●

半獸人說是被關在窗戶從外側釘上板子的建物，那是棟相當大的建物，規模在這都市中似乎算得上第二、第三。
入口附近聚集了多名聖騎士，像是在防備內部的狀況。
看到魔導王走近，聖騎士單膝跪地，表示敬意。
「卡斯托迪奧團長閣下告訴我這棟建物裡有半獸人，所以我來了，能否放我進去？」
「是！當然可以，魔導王陛下。」
「那麼你們就離開這裡，去從事你們該做的工作吧。」

聖騎士抬起頭來。

「可是，我們受團長指示看守此處，無法擅離崗位。」

「……是嗎？那麼我收回剛才的話。」

魔導王如此說完，就穿過聖騎士之間，推開了門。當然，寧亞也隨後跟上。

從中飄散出的酸臭，刺激著寧亞的鼻腔。不是什麼毒物，這股餿味讓她想起以前陪同某位聖騎士前往的監獄。除此之外還有許多種臭味——令人反胃的臭味混合在一起。

「這究竟是……」

聽團長他們說時寧亞就在想：半獸人為何會被特地帶來這裡？

寧亞雖然明白再過不久謎底就會揭曉，但仍張開想像的雙翼。假如這不只是半獸人的問題，若是有一面與亞達巴沃抗戰的巨大旗幟，或許有些亞人類會挺身起而反抗。

就在這當兒，魔導王仍一扇一扇地開門。如今由魔導王帶頭前進，已經逐漸成為常態。

兩人穿越房間，穿過通道。

實際走走就立刻知道，這棟建物比監獄還髒。

各種地方都被血、嘔吐物與排泄物弄髒。雖無從想像這裡發生過什麼事，但環境實在太過惡劣。

半獸人是身高如同人類，長得像豬的亞人類，一般都說這種種族很愛乾淨。愛乾淨的他們，不可能自願待在這種地方。

魔導王走在前面，寧亞看看他長袍的長長衣襬，擔心魔導王的華服會弄髒，但又不好請他在外面等。因為沒有人能代替聰明絕頂的魔導王。

不久，寧亞敏銳的聽覺察覺前方傳來眾多生物的氣息與聲響。其中還有像是小孩的哭聲，以及試著安撫他們的母親聲音。

（是半獸人……？不是人類？）

寧亞大感困惑，至今她從未想過那些半獸人也會組成家庭，養育子女。來到聖王國的半獸人是侵略者，是可憎的敵人。所以她的思考總是停在這裡，從來不去多想。

寧亞正在混亂時，魔導王開了門。

惡臭變得更強，從中傳來許多人的慘叫。

「不死者！」

「是骷髏！怎麼會！」

「那些人類！一定是把我們賣給不死者了！該死！」

「竟然役使不死者！這些人類真是骯髒！」

「媽媽——！救我——！」

「我的寶貝——！」

魔導王在入口停住了動作，可能就連魔導王也不禁困惑吧。

「別——嗯哼！住口！」

魔導王一大聲命令，原本吵鬧的室內一口氣鴉雀無聲。但這只維持了一瞬間，比剛才大出一倍的大喊大叫隨即響徹四下，內容跟剛才簡直沒有兩樣。不，感覺悲嘆命運的聲音，或是自己怎樣都好，只求饒孩子一命的聲音變多了。

「…………唉。」

魔導王發出疲憊的嘆息，然後——狠狠揍了門板一拳。即使只有白骨手臂，其臂力卻大得厲害，鉸鏈迸開，門板往旁吹飛，然後撞上牆壁，發出嚇人的巨大噪音。亞人類頓時一片靜默。

「住口，下次誰沒有我允許就說話，休怪我無情。」

在彷彿空間凍結般的死寂之中——其中甚至有像是父母的人拚命摀住小孩的嘴——魔導王往房間裡走一步，亞人類一齊後退。

「我來這裡並不是想殺你們，恰恰相反，我是來這裡解放你們的。」

看半獸人豬一般的長相，身為人類的寧亞很難從他們的表情掌握情緒反應。然而只有這次，她能抱持著絕對自信斷定。

他們是在想：騙誰啊——

「全部一起說話，我聽著也麻煩，派個代表上前來。」

隔了一拍後，一名半獸人想上前，但身旁的半獸人攔下他，然後往前走出一步。

這個半獸人雖骨瘦如柴，但感覺原本體格應該相當結實。

「……由你代表就是了吧？」

半獸人一語不發，點了點頭。

「……怎麼了？為何什麼都不說？」

「那個，會不會是因為陛下說過，要他們住口？」

「……我以為剛才那樣說等於是准了，看來他們沒有聽懂。上前來的半獸人，准你發言，先告訴我你的名字吧。」

「我是康．知部落的荻埃耳——荻埃耳．康．知。」

「荻埃耳是吧。第一個問題，你們當中有無混雜你們不認識的人，或是個性變得判若兩人的人？」

「呃，不，沒有這樣的人。」

「那麼下一個問題，告訴我你們為何會被囚禁在這裡。」

「……你知道一個叫亞達巴沃的惡魔嗎？」

「當然知道，他是我的敵人。應該說我就是為了殺他，才來到此地——來到聖王國。」

還是一樣，一副「騙誰啊」的表情。的確在認識魔導王的為人之前，寧亞或許也會有相同想法；但現在的寧亞不一樣。

寧亞從魔導王身旁走出來，開口道：

「正如陛下所說的。我是這個國家的人，所以我的說法你們應該能理解吧？因為亞達巴沃是率領著你們各位的聯軍，攻進聖王國來的。」

荻埃耳的表情有了點變化。

「等等，人類的——應該是母的吧。」

什麼叫做應該是？寧亞原本這樣想，但她看到半獸人的臉，也不太容易辨認公母，大概對他們而言也一樣吧。

「我們沒有襲擊這個國家，半獸人部落裡應該沒有人協助亞達巴沃。我會這麼說，是因為我們就是抵死不從，才會被帶來這裡受懲罰。」

「唔……亞達巴沃帶你們過來，都做了些什麼？」

聽魔導王這樣問，不只荻埃耳，所有半獸人似乎都受到強烈衝擊。像是母親的半獸人緊緊抱住孩子，眾人當中還傳出嗚咽，以及嘔吐般的聲音。

「……真的，他到底在幹麼啊。」魔導王輕聲嘟噥了一句。「呃——看來我問了不該問的問題，要不要拿水來？或者你們有想要什麼嗎？」

魔導王給人的感覺全變了，莫名地慌張失措。大概是喚醒了半獸人的痛苦記憶，讓他心生罪惡感吧。有這種想法或許很失禮，但寧亞覺得他看起來就像別人家小孩被自己的小孩弄哭，百般安撫的父母親一樣。

（這一定也是因為在魔導國，無論是亞人類或人類一律視為子民，所以國王才會有這種行動吧……）

對聖王國人民而言，亞人類是敵人。為此，即使處於同樣狀況，他們也不會對亞人類好言安撫。

「我們沒有想要什麼，但拜託不要讓我們描述發生過的事。那些事聽了並不有趣，而且對我們而言是地獄。你命令我說，我也只能照辦，但至少讓我到沒有別人的地方說吧。」

寧亞聽見母半獸人的啜泣聲，不知道這裡到底進行過什麼事，心裡害怕起來。

「……真傷腦筋。」

魔導王輕聲低喃，但發生太多事情，寧亞不知道他指哪件事。

「啊，那個，我說啊。既然你們也與亞達巴沃為敵，我們同仇敵愾，我是來問你們願不願意並肩作戰。」

荻埃耳的視線看向下方。

「過去我們曾經想抗戰，但如今已經失去鬥志。這裡進行過的惡魔行徑，使我們內心都屈服了，再也湧不出勇氣來。」

「那麼假使我解放你們，你們有何打算？」

「如果可以，我們想回村子，如果還有人平安無事，我們想到遠方避難，到亞達巴沃魔掌不及的地方。」

魔導王點頭。

「既然如此，你們可以到我統治的領土──」

「──我們拒絕！我知道惹惱你很危險，但就算現在同意，等到了能夠逃跑的地方，我們還是該全速逃跑。然而，背叛別人是最惡劣的行為。既然如此，我寧可現在就拒絕，還能死得少點痛苦。」

「什麼……」

面對如此強硬的拒絕，魔導王顯得有點困惑。然而寧亞能深切體會荻埃耳的心情。因為在見到魔導王之前，寧亞也以為不死者都是所有活物的敵人。

「……呃不，我的領土不是什麼可怕的地方喔？還有很多種亞人類在那裡生活喔？」

「你騙人！絕對是騙人的！我……我們不會上當，我看是亞人類的不死者吧！」

幾近瘋狂的荻埃耳，跟往昔的自己如出一轍。因此身為前輩，寧亞應該將自己一路所見的魔導王的真正模樣，告訴給後輩知道。

「陛下所說的都是真的，這位大人雖是不死者，卻對活人也抱持著慈悲心腸。他深愛子民，即使是亞人類一樣平等統治，受到各位下屬的尊敬。證據就是城裡建造了令人驚嘆的巨大雕像——」

「——巴拉哈小姐！真的，夠了，就到此為止……」

「可是，陛下！」

「拜託……真的算我拜託妳……」

陛下都用拜託的了，寧亞只好住嘴。

「人類，妳被洗腦了嗎！」

「不是的，我親眼看過魔導王陛下的國度，第一個遇見的亞人類是那伽。」

亞人類一陣吱吱喳喳，面面相覷。雖然也有聲音說：「她說那伽？」但寧亞當作沒聽見。

「其他我還看到長相像兔子的亞人類。我不是魔導國的居民，所以逗留的時間的確很短，但我還是知道，在那裡生活的民眾，表情都不像剛才的各位那樣充滿痛苦與恐懼，當然也不像現在的各位這樣渾身是傷。」

亞人類們低頭看看自己骨瘦如柴的身體。那身體肌肉退化，變得跟木棍似的。

「她——巴拉哈小姐說得沒錯。話雖如此，我想你們是信不過的。只是，我能以我的名字，安茲．烏爾．恭與你們約定，只要你們成為我的臣民，絕不會遭受到那種惡劣對待。這是因為我的臣民就是我的所有物，我的所有物受傷，等於我的財物損失。還有你們大可放心，如果你們不想成為我的臣民，我不會強求，照你們的心意過活吧。總之我會替你們打理好一切，讓你們安然返鄉。」

「……你為什麼要對我們這麼親切？」

寧亞感覺這是荻埃耳頭一次捨棄成見，正眼注視魔導王本人。

「呵呵……我想打倒亞達巴沃，為此，他率領的亞人類會礙事。所以放你們回鄉，也算是減弱其力量的手段之一。」

「這是什麼意思？」

「只要你們為我宣傳我與亞達巴沃不同，親切對待你們，也許能造成那傢伙的軍隊內部不和，說不定還能期待有人倒戈不是？」

「原來如此，是這麼回事啊。」

對方提出單方面於己方有利的交易，會令人難以相信，但對雙方都有利的交易就信得過了。看來這點亞人類也是一樣的。

「不過，我想這有困難喔。亞達巴沃有很多手下都是些嗜血狂徒，就算我們回鄉散布傳聞，效果恐怕也不大。」

「那也無妨，我認為該做的手段都該做一做。況且亞達巴沃如果是以恐懼支配別人，說不定會有亞人類想反叛。那麼，容我再重複一遍：你們是否願意協助我對抗亞達巴沃？」

「……辦不到，我說過了，現在的我們沒有那份鬥志。」

「是嗎？那真是遺憾，也還是不打算來魔導國嗎？」

「能受到你這種強大存在的保護，不是一件壞事。但是，這個問題不能只憑我們的一己之見決定。等我們跟其他人商量後，或許會麻煩你照顧。」

「荻埃耳！」

「嶥巴斯，我明白你想說什麼。但問題是，既然出現了亞達巴沃這個我們束手無策的惡魔，繼續這樣下去，光靠我們是守不住村子的，總有一天會面臨這種命運。」

名叫嶥巴斯的半獸人也很快就咬緊嘴唇，目光低垂，想必他其實也心知肚明。

「是嗎，你們如果決定來到我國，我魔導王有意全面支援你們。我的疆土之中有著多種人才，希望你們與他們互相幫助——作為我國臣民一同生活。」

魔導王的語氣變得柔和了。

在聖王國，亞人類是敵人，但他說在魔導國，亞人類卻是和諧共存的存在。這麼大的差異來自哪裡？想到這裡，寧亞立刻找到了答案。

（還是在於魔導王陛下吧……因為陛下擁有強大力量，才能辦到。到頭來……還是需要……力量嗎……）

「好了，那麼我提供你們回鄉路上的糧食，再來就是護衛的士兵。畢竟以你們的身體狀況，恐怕要花很多時間與力氣才能平安返家了。」

「你願意為我們做這麼多？」

「當然願意，盡量對魔導王的寬大為懷感激涕零，大大替我宣傳吧。那麼巴拉哈小姐，可以麻煩妳離開這個房間嗎？我要使用魔導國的祕儀，不太想讓外國人民看見。」

「遵命。」

寧亞回答，離開了房間，但感到有點寂寞。魔導王會那樣說理所當然，只是寧亞雖然明白，心裡另一個自己卻難以釋懷。

隔著壞掉靠著門框的門板，能夠聽見半獸人的呼吸聲不斷減少。就好像他們從房間裡消失不見似的，實際上大概也是如此。

魔導王在旅途中說過，只要能記住地點就能傳送，對他們大概也是用那種方式吧。

不久，房間裡再也聽不到任何聲音，過了一會兒，先是聽見一陣腳步聲喀喀地往寧亞這邊走來，接著只看到魔導王一人站在門內。

「讓妳久等了。」

「不會，一點也不久。」

房間空空如也，可能是用了寧亞這種小人物想都想像不到的厲害魔法，將半獸人全傳送走了。或者是用了其他方法──魔法道具傳送他們離開？

「那麼我們與卡斯托迪奧團長閣下會合，聽聽今後的預定吧。」

「是！遵命！」

●

兩人走出半獸人收容所，向途中遇到的聖騎士問了蕾梅迪奧絲的所在地點。兩人前去一看，建物門口並沒有她的身影，不過看到了古斯塔沃。

「喔，魔導王陛下！在下正想去請您呢！」

古斯塔沃跟剛才見到時好像變了一個人，開朗得彷彿名為希望之光從內在洋溢而出，聲音也更洪亮，想必是有了什麼至少能突破眼前一項困境的發現。魔導王應該也有相同疑問，向他問道：

「怎麼了嗎？看起來似乎有好消息？」

「是的！這裡有位大人想請陛下務必見一面！來，這邊請。」

既然說希望魔導王能見他一面，可見一定是有力貴族，或者是王室相關成員。

魔導王——還有不知為何，連寧亞也一起——在古斯塔沃的帶路下，來到一個房間。

房間裡擺著幾張木製的樸質椅子，蕾梅迪奧絲與一名骨瘦如柴的男子待在屋裡。

兩人一見魔導王走進房間，馬上站起來相迎。

古斯塔沃為魔導王介紹初次見到的男子：

「這位乃是我國繼承聖王室血統的聖王女之兄，卡斯邦登殿下。」

經他這麼一說，那人與刻在聖王國金幣上的第二代聖王陛下的側臉，是有那麼幾分相似。沒想到這樣的貴人竟然真被囚禁於此，寧亞目瞪口呆。

「卡斯邦登殿下，這位是向我國伸出援手的安茲．烏爾．恭魔導國國王，安茲．烏爾．恭陛下。」

「喔！真不知道該如何向您致謝，魔導王陛下。很榮幸能拜見尊容，正如方才所介紹的，我是被優秀妹妹迎頭趕上的哥哥。」

聽到對方拋出有夠難回答的一句話，蕾梅迪奧絲似乎覺得這是在酸自己，一臉苦澀。不過畢竟是面對王位繼承權僅次於聖王女之人，她好像不敢擺出平常那種態度，只是視線無言地低垂。

「——噢，這樣啊，這真是幸會了，王兄閣下。」

說完，兩人一時之間互相注視。

寧亞正不明白兩人在做什麼時，不久魔導王伸出手來，卡斯邦登握住了它。

基本上，握手都是由地位較高之人先做。

一般來想，一個只不過是擁有王位繼承權的王兄；一個則是國土雖小，但終究是一國之君。比較起來，後者地位較高。更何況對方還提供支援，理當表示尊敬；然而魔導王沒有立刻伸手，想必是向對方表達敬意。

（真是位謙卑為懷，寬宏大度的大人啊。）

寧亞敬佩不已，眼角瞄到古斯塔沃也同樣感佩地點頭。

「魔導王陛下，請原諒我衣著如此粗鄙。我也希望站在貴人面前能有合宜的打扮，無奈……」

「閣下無須感到羞恥，服裝不足以減損你的品格。閣下久為俘囚，想必相當疲倦了，不如坐下說話吧。」

「感謝陛下體恤，那就恭敬不如從命。」

兩人鬆手，魔導王先坐下，然後卡斯邦登也就座。

「話說回來，閣下平安無事實屬萬幸。不過，你怎麼會被囚於此地？」

「這是因為我一路逃難到這附近，巴格恩男爵實在幫了我不少——他的狀況還好嗎？卡斯托迪奧團長。跟我講完話後，他就被你們帶走了。」

「回殿下，巴格恩男爵傷勢不重，沒有生命危險。只是處於惡劣環境下，使男爵身體極度疲勞，現在正在就寢。」

「不能用神官的魔法治療一下嗎？我正希望能借用他的智慧。」

「神官為了治療傷患的傷，消耗了剩餘的魔力，現在正在休息。非常抱歉，如果沒有緊急需要，我希望讓他們保存魔力。」

「既然是這樣就沒辦法了，團長。不過，他一路帶我到這附近，拚死保護我。盡可能對他──妳懂我要說什麼吧？」

不是蕾梅迪奧絲，而是古斯塔沃深深低頭表示理解。

「好了，那麼有件事必須盡早確認：此地有人具有看穿變身或幻術的力量嗎？」

「您為何這樣問呢，魔導王陛下？」

「為了提防一些惡魔使用魔法，潛伏於受囚的民眾當中。」

卡斯邦登看看蕾梅迪奧絲。

「團長，妳能為我回答陛下嗎？」

「啊，非常抱歉，由身為副團長的我代為回答。在下不曾聽說過這樣的人物。」

「唔──」魔導王陷入沉思時，卡斯邦登又一次向蕾梅迪奧絲問道：

「魔導王為這件事如此煩心，可見是非常重要的問題。我再問一次喔？你們能向神發誓沒聽過這種人物嗎？」

兩名聖騎士點頭，卡斯邦登的視線轉向寧亞。寧亞心想「我一個隨從怎麼可能知道」但也急忙點頭。

「隨從巴拉哈也不知道嗎……怎麼？看妳一副不解的表情，妳的名字是團長告訴我的。妳似乎一路隨侍魔導王陛下左右，我很感謝妳。」

「謝殿下！」

寧亞急忙對卡斯邦登低頭。

「正是，她非常優秀，我都想要這麼一個隨從了。」

「陛……陛下說笑了……」

寧亞的聲音發抖。見她這樣，魔導王與卡斯邦登都愉快地笑起來，然後隨即變回嚴肅表情——雖然魔導王沒有任何表情。

「這樣問像是自曝其短，實在汗顏，不過惡魔具有變成他人模樣的能力嗎？」

「惡魔為了讓人墮落，能夠變身為人類或其他存在，但並不是變成某人的模樣，只是能變身為人類罷了，並非能模仿特定人物的相貌。所以……假使受囚者當中有個誰都不認識的人……就需要提高警戒。」

「這下得讓受到禁錮的人互相確認身分了……」

「幻術的話就稍稍棘手了，身纏幻術能夠變化成他人的模樣。這樣說吧……」

魔導王使用魔法後，那骸骨面容變成了卡斯邦登的臉。

「這就是幻術。不過如果是低階幻術，就如同諸位現在所見，服裝不會改變，聲音也沒有變化。並且理所當然地，並不能連同記憶或思維一起複製。因此只要讓親朋好友之間對話，想必立刻就能分辨出來。」

魔導王的面容變回了白色骸骨。

「掩飾服裝或聲音的方法不少，因此我看還是讓受囚者之間對話，檢查有無不對勁之處，才是最好的方法。」

剛才對半獸人問的問題，原來是提防這一點？寧亞大感驚愕。

(不愧是陛下，真是深思遠慮，令人驚佩……)

「原來如此……聽見了吧，立刻針對這點做檢查。」

「且慢，暴露真面目的惡魔也有可能抵抗。我想最好有位像卡斯托迪奧團長閣下這樣的強者隨同監視，諸位認為呢？」

「言之有理，在下明白了，那就在團長的陪同下進行。」

古斯塔沃低頭領命。

「王兄閣下，我想確認的事就這些了。閣下若有疑問，請說。」

「那麼——魔導王陛下，關於今後的計畫，我個人認為必須南下，與南軍會合，全軍進攻。還有幾名貴族與我同樣受囚，我有意向他們詢問詳細情形，研討作戰計畫，尋求可能提供協助之人。」

「唔嗯，貴國的貴族我就不清楚了，閣下認為應當如此，那就這麼辦吧……你不打算襲擊其他收容所，解放俘虜嗎？」

「目前尚不解放。若是在亞達巴沃的支配地區率領大部隊太過顯眼，行軍速度想必也會拖慢。我不希望救了人，反而造成更多人命傷亡。」

「……既然如此，讓民眾逃往南方，只由我等襲擊俘虜收容所如何？」

「卡斯托迪奧團長，我允許妳列席，但沒有問妳的意見。」

卡斯邦登發出的聲音，跟他對魔導王說話時簡直截然不同。

蕾梅迪奧絲氣在心裡，咬牙切齒地忍著不發火。

「我也贊成王兄——不對，是卡斯邦登閣下的意見。不過包括此地，我們已經攻陷了兩座收容所，敵方有可能來個懲一儆百，你們有何打算？」

「沒有任何打算。」卡斯邦登聳了聳肩。「我不認為能毫無傷亡就奪回這塊土地，只不過是死者增加幾十人、幾百人、幾千人罷了。比起這個，有其他事必須優先解決。」

聽到他捨棄人民的發言，蕾梅迪奧絲與古斯塔沃都大吃一驚，這映入了寧亞的視野。不過寧亞本身只冷淡地想：「普通王族果然不過如此。」

「卡斯邦登殿下，您變了。您以前與陛下同樣愛民如子，如今……」

「怎麼，卡斯托迪奧團長？對我失望了嗎？哼！」

卡斯邦登的表情大幅扭曲，嘴唇歪扭，齜牙咧嘴。眼神變得尖銳，其中帶有嘲笑的色彩。

「妳要是嘗受過那種地獄，個性也會改變的，變得再也說不出這種漂亮話，真讓我想吐……妳難道沒聽說我遭到……看來是沒聽說了。既然如此，去問問別人吧，屆時妳就知道那些惡魔是何等邪惡又褻瀆的存在。」

他簡直像變了一個人，更正確而言，應該是勉強裝出來的情感表現底下，隱藏的陰冷部分溢滿而出了。

「如果可以，我想殺光亞人類，不過……」

他瞄了一眼魔導王，魔導王聳聳肩回答：

「問出情報後就任憑閣下處置吧，不過半獸人已經被我解放了。」

「那是沒辦法的，雖然極其遺憾。也罷，半獸人與我受過同樣痛苦，可以當成自己人……不過，如果我用聖劍做交換，您當時會把他們交給我嗎？」

「我是魔法吟唱者，要劍無用。」

聽到魔導王半開玩笑地說，卡斯邦登發出輕快的笑聲。

蕾梅迪奧絲變得面無表情的臉孔，與古斯塔沃鐵青的神情，跟兩人正好形成對比。

聽起來好像只是無傷大雅的小玩笑，但卡斯邦登恐怕是認真的。

寧亞渾身顫抖。就連受囚的亞人類，都恨到寧可用國寶做交換，他究竟遭到過何種對待？

「那麼你要放棄這座都市嗎？」

「可以的話，我很想。不過要先讓受囚的民眾休養生息，然後派遣使者前往南境，這些事辦完了才能放棄都市，我想最快也得請陛下在此等待約一星期。待我等奪回這塊土地，除了卡斯托迪奧團長答應給您的報酬之外，為了回報您的恩義，我會盡可能餽贈謝禮。」

「那可真是太令人期待了。」

●

魔導王伴著寧亞離開房間後，過了一分鐘，卡斯邦登出聲說：「好了。」

「那麼既然魔導王走了，進入正題吧。」

「是，一邊保護這麼多人民一邊移動，將會相當困難。如果可以，竊以為必須向南境多少借點援軍，或者是弄到馬車等代步工具等等。」

聽了古斯塔沃的提案，卡斯邦登的臉上浮現了冷笑。

「這是什麼蠢話，誰要你提這種意見了？」

「殿下所說的正題，不是用什麼方式前往南境嗎？」

「我就明說了，我們不會立刻逃往南境，要在這裡先跟亞達巴沃軍一戰。」

「這是有勇無謀！」

古斯塔沃喊完，蕾梅迪奧絲又接著說：

「雖說此地有城牆，但是一旦遭到包圍就會糧盡援絕，只有戰敗一途。在沒有援軍的狀況下固守城池，是蠢人做的事。」

蕾梅迪奧絲雖然不愛動腦，但在軍事方面值得信賴。聽到團長充滿自信的這番話，古斯塔沃也點頭表示同意。

「即使如此，還是有必要在這裡開戰。」

受到兩人詢問的視線，卡斯邦登臉上掛起更加冷酷無情的笑容，解釋道：

「聽你們說魔導王直到與亞達巴沃交手前，會保存魔力──」見古斯塔沃點頭，卡斯邦登接著說：「──這樣就傷腦筋了，魔導王一旦打倒亞達巴沃，得到女僕惡魔，就會回國。在那之前，我得讓他減少一點闖進我國的亞人類。為此，我們必須陷入困境。」

「這樣與魔導王陛下的約定就……」

「只要魔導王用魔法殺死幾隻亞人類，就能減少一點聖王國人民的傷亡喔？你們要選哪邊？是與不死者的約定，還是聖王國無辜百姓的性命？」

古斯塔沃面露苦悶表情時，蕾梅迪奧絲面不改色地立即回答：

「當然是聖王國的無辜百姓了。」

「就是這麼回事，團長，所以我們得讓魔導王多打一下。不過，既然約定已經做了，想毀約需要一點理由。」

「因此才要與亞達巴沃的大軍打個一場看看？」

「沒錯，正確來說——我們為了往南避難而開始準備，卻因為耗費太多時間，而遭亞達巴沃的軍隊包圍。結果不得已，只好借用魔導王的力量，如何？」

蕾梅迪奧絲與古斯塔沃交換眼神，認為這個主意不錯。只是——

「有一個問題，就是浪費魔導王的魔力，在與亞達巴沃交戰時不會陷於不利嗎？」

「聽說恢復魔力不用太多時間，不是嗎？」

「舍妹也是這麼說的。」

蕾梅迪奧絲的妹妹是神官，一提出她的說法，誰都不可能反駁。

「我們要故意放走幾隻亞人類，藉此將亞達巴沃的軍隊引來，而且要趁糧食還沒耗盡之前。」

「……不知道亞達巴沃會派多少軍力過來。」

這三人之間已經分享了情報，亞達巴沃的亞人類大軍經過一連串戰鬥，折兵損將的結果，應該尚餘不到十萬。

組成大軍的亞人類一共有十二種族，另外還有不足以稱為大軍的六個種族，合計十八種族。

十二種族分別為——

蛇身人：長著蛇頭的亞人類種族，也有人說他們是蜥蜴人的近親種族。

鐵鼠人：具有鋼鐵般的體毛，以雙腳步行的種族，一般認為是掘土獸人的近親種族。

洞下人：類似比人類稍大的猿猴，眼睛已退化消失。

藍蛆：上半身像是長了手的鰻魚，下半身如同藍色蛆蟲般滑溜溜的種族。有些人懷疑他們是異形類種族，但他們會受對亞人類有效的魔法影響，似乎屬於亞人類。

刀鎧蟲(Blader)：昆蟲般的種族，具有護手部分突出刀一般利刃的手，渾身包裹好似鎧甲的外骨骼。他們也跟藍蛆一樣，會受到對亞人類有效的魔法影響，而被分類為亞人類。

馬人：具有馬一般的腳，善於奔馳的亞人類。據說能持續奔跑而不需休息，其長跑能力令人驚嘆。

人蜘蛛：擁有四條極為細長的手腳，外形彷彿蜘蛛的亞人類。能從口中吐出多種絲線，用這些絲線製作衣服等物品。以這種絲線製作的衣服，具備等同於鋼鐵的傲人硬度。

食石猿（Stone Eater）：這種種族手持質樸武器，可怕的是他們身懷特殊能力，可將吃下的石頭吐出來。射程少說一百公尺的飛石，連鐵甲都能輕易打凹。不過次數有限，只要撐得過去就不足為懼。

半人獸：模樣如同半人馬（Centaurus）的下半身換成肉食動物。戰鬥力更強，但奔跑能力不如半人馬。

魔現人：天生具有魔法操使能力，最高可達第四位階。據說其魔法種類等等會顯現於刺青上，法力高強者會全身布滿刺青。這個種族當中，偶爾會誕生魔法吟唱者力量覺醒之人，有傳聞指出這種人能使用到第五位階，可能是王族級的存在。

翼亞人：這種種族居住在斷崖絕壁般的環境，非常擅長滑翔。雖然不是不會飛，但據說需要極大力量，一天只能飛空一段時間。而且飛行後，就連滑翔的力氣都不剩。他們只要不飛行，就能施展靠鎧甲難以減輕傷害的風刃攻擊，因此這種種族不飛反而比較強大。

再加上山羊人，就是全部了。

其餘六個種族，盡是些獨來獨往，或是僅僅一人也頗有力量的族群：

食人魔。

土元素巨魔：類似食人魔的種族，但擁有土之力量，可稱為食人魔的高階種族。身懷來自土地的特殊能力。

水元素巨魔：近似土元素巨魔，擁有水之力量的存在。身懷來自水流的特殊能力。

蛇王（Nagarāja）：外貌像是蛇類獲得了長滿鱗片的軀幹與手臂。名稱發音與那伽相近，實際上卻是完全不同的種族，兩者關係不甚良好。能使用與生俱來的幾種魔法，有時還會以鎧甲或劍等等武裝自己。

守護妖精（Spriggan）：從小型到大型，能夠自由自在改變大小的種族。他們基本上屬於善良種族，邪惡的守護妖精極其少見。不過無論善惡，一鬧起來都不可收拾。

獸身四腳獸：具有獸人的上半身與肉食動物的下半身，近似於半人馬或半人獸的種族。身穿札甲，手拿橢圓盾。他們雖不具特別力量，但擁有野獸般的凶暴性情與臂力，有如重裝甲騎兵。光是個體就已經夠強悍，因此常受到半人獸的依靠，形容起來就像哥布林與巨型哥布林的關係。只不過由於不具特殊力量，對於能夠使用「飛行（Fly）」等手段的冒險者而言不算強敵，但若是正面交鋒，即使是山銅級冒險者小隊也無法避免苦戰。

「聽魔導王的說法，你們的據點有可能受到監視對吧？既然如此，敵人應該也知道我方有多少兵力，想必不會送太多兵力過來，所以這一戰於我方有利。只不過還有個問題。」

「您是說糧食吧。」

「對，神官應該能用魔法做出糧食，但就算讓他們耗盡魔力盡量生產，分量還是微乎其微。又不能學亞人類那樣，我們也去吃他們。」

蕾梅迪奧絲與古斯塔沃一臉厭惡，然而這三人很清楚有的亞人類會獵食人類。

因此他們明白，當亞人類侵略此地時，就算對他們採取斷糧戰術，最後還是自己敗北。可以說所有收容所都是亞人類的糧倉。

「去調查糧食最多能撐幾——」

「已經派人調查了。此外，我也已派人調查有沒有鍛冶師被囚禁於此，能將亞人類的裝備改造成供我軍使用。」

「真了不起，團長。」

三人針對固守城池的準備繼續討論了一會兒，然後經過一小時以上的時間，可能是得出了可接受的結論，眾人相視而笑。

「很好，那麼你們開始為守城做準備吧。」

後來過了一星期，就在食糧份量減少，差不多該開始移動的時候，亞人類軍隊的身影出現在地平線彼端。

然而那卻是遠超乎想像的大軍。

5

望著亞人類大軍壓境而變得越來越慌亂的都市，安茲慢慢不支倒地。

不是譬喻。

心力衰竭的安茲，明明身為不死者，卻因為精神疲勞而雙膝跪地，然後兩手掩面。

（該怎麼辦啊……接下來要怎麼辦啦……）

基本上來說，安茲幾乎都照迪米烏哥斯寫的劇本行動至今。

當然，劇本並沒有逐字逐句地指示，所以很多是臨場發揮，但安茲仍自認到目前為止，自己都是順著迪米烏哥斯要的流程走。

應該說問題在於臨場發揮的部分太多。

老實講，迪米烏哥斯給的教戰手冊，寫的幾乎都是「看著辦」。

這實在太過分了。這就是安茲第一眼看到手冊的感想。

假如安茲是個優秀人才，或許能按照手冊扮演完美的魔導王。但很遺憾，安茲只擁有普通的，或是比普通差一點的能力。

所以安茲與迪米烏哥斯之間爆發了熾烈鬥爭。

簡而言之就是對於安茲的哀求「這種的我看不懂，拜託你再寫詳細點啦」，迪米烏哥斯謙虛表示「怎能對聰明絕頂的安茲大人做這種失禮行為」所進行的攻防。這場鬥爭途中將雅兒貝德也捲了進來，以打從一開始就屈居劣勢的安茲的完全敗北做結。

就這樣，安茲手上只留下不負責任的教戰手冊。

如果這是迪米烏哥斯在惡整自己，安茲或許還有其他戰法可想，但這是部下對自己的信賴與尊敬造成的結果。

特別是他們還流露出「如果是安茲大人的話，一定能做出更棒的結果，我們這些下人若是限制了大人的行動或言詞就不好了」之類的想法，讓安茲一點辦法也沒有。

（照常理來想，哪個外國國王會單獨來到國內啦……硬凹也要有個限度好嗎……但我終究走到這一步了，雖然中途硬凹了幾次，又曾經差點失敗，但總算走到這一步了……）

安茲不信神，然而他現在滿懷想向神祈禱的心情。

（迪米烏哥斯還有雅兒貝德都是，至少能不能考慮一下我的能力，然後再給我案子處理啊……）

被交代這種絕對辦不好的工作指標，會把安茲的幹勁連根吸光。

（……好，我要加把勁。只要撐過這裡，後面又可以輕鬆了。）

安茲雙腳使力，站起來。

計畫已經來到中期的最緊要關頭，但這裡又是一個大關卡。

迪米烏哥斯告訴過安茲，如果他們要在這座都市拉起防衛線，他會攻打到死傷人數攀升至將近85％。

關於這點，安茲毫無異議。

只要迪米烏哥斯認為該這麼做，應該就是比安茲更正確的解答。如果死這麼多人能為納薩力克帶來利益，就該這麼做。安茲反而還在想，殺更多是否能為納薩力克帶來更大利益。

問題是迪米烏哥斯跟安茲說過，要安茲告訴他這裡有哪些人類不該殺。

如果他只是這樣交代，安茲隨便講個人名就是了，但是有一個注意事項。

就是人選只限醉心於安茲，或者是可能加入安茲這邊的人類。

「我想安茲大人出馬，想必如同那個矮人的時候一樣，已經讓許多人類醉心於大人了，因此請大人告訴我那些人的名字。屬下行動時會注意，不要殺了他們。」迪米烏哥斯如此聯絡安茲時，他甚至懷疑起迪米烏哥斯的心態，是不是在故意挖苦自己。

「……才沒有那種人啦。」

安茲忍不住訴苦。

根本沒半個人類醉心於安茲。
他反而強烈地親身體會到，不死者在聖王國有多惹人厭。
在這種逆境下，要怎麼讓人類醉心於自己這個不死者？
但他又不能對迪米烏哥斯說：「一個都沒有。」
迪米烏哥斯是真的深信安茲出馬，就能夠讓好幾個人類醉心於自己。所以要是安茲說：「一個都沒騙到。」迪米烏哥斯會怎麼想？
（胃好痛……）
迪米烏哥斯所說的那個矮人，指的大概是貢多．費爾比德吧，但那次完全只是運氣好。只不過是自己的言詞攻勢，正好重重命中對方心靈的脆弱部分罷了，但那種幸運哪可能一再發生。
而且就是有貢多這個情報來源，安茲才能對矮人的盧恩工匠下一步有效的棋；但在聖王國，沒有人達到那種程度。
唯一只有隨從寧亞．巴拉哈似乎與自己建立起了友好關係，但還僅止於此。
算是為了進一步提昇友好度，也為了另一個目的，安茲將魔法道具借給了她，但有多少效果並不明確。況且她總是用殺手般的眼神瞪著安茲，恐怕不能有所期待。
（要是我說只有一個人，迪米烏哥斯會怎麼想？）

安茲問自己。
迪米烏哥斯想像的安茲形象，會不會就此土崩瓦解？
那樣的話，今後不知會有什麼後果。
（我在矮人國對迪米烏哥斯說過，我沒有那麼聰明，但他好像完全不信……慘了，那傢伙眼中的我究竟有多巨大啊……應該說我好像越變越偉大了，是我的心理作用嗎？一般應該是相反吧？）
期待好沉痛，不是沉重，是沉痛。
以前的自己從來沒想過，忠義二字是這麼沉重痛苦的一回事。特別是下屬都把安茲看做是偉大存在，這點最讓他感到沉痛。
（我看還是趁這個機會，讓迪米烏哥斯知道我不是那麼了不起的傢伙，不知道怎麼樣？可是如果這樣造成迪米烏哥斯長期鋪排的計畫以失敗告終，那該怎麼辦？假如自己花好幾年拉到很好的生意對象，卻被上司的一句蠢話搞得全部泡湯……）
啊啊啊。安茲邊叫邊亂抓一根頭髮都沒有的腦袋。
該怎麼做？
怎麼做才是最佳解？
不論嘗試模擬多少次，每次結果都是迪米烏哥斯對安茲投以失望的目光，得不到讓自己接受的結論。

（因為期待太大——爬得越高跌得也就越重。所以我才會一直在說我沒有那麼了不起嘛……）

而且安茲自己的計畫已經嚴重失敗。

安茲伸手探入空間，取出一把劍。

這是把刻有盧恩的平凡刀劍。

然而其內藏的力量，能與交給寧亞的弓匹敵。

當然，這不是矮人製作的盧恩武器。刻在上面的盧恩毫無力量，這是以YGGDRASIL的技術製作的。

「唉……」

安茲嘆一口氣，這種武器安茲準備了好幾把。當初的預定，是打算將這些武器借給聖王國人。

等聖王國人對這些劍的壓倒性力量感到震驚，安茲再說：「這是盧恩武器的成品。」目的是提昇魔導國生產的盧恩武具的口碑。

這正是安茲將武器借給寧亞的另一個理由。

安茲以為聖王國人看到那把弓，會爭先恐後地來向他借武具。

誰知道——

安茲抱頭苦思。

（為什麼都沒人來跟我借？我以為外觀那麼招搖，鐵定會引起話題的……早知道或許還是該硬是讓她上前線戰鬥？）

這時，有人叩叩敲門，安茲嚇得肩膀一震。

他高速檢查服裝有無凌亂，將劍放回空間，雙手在背後交握，擺出統治者的姿勢後對著門大聲說：

「哪位？」

「魔導王陛下，可否恩准屬下入室？」

由於隔著門板，安茲聽見難以分辨是男是女的聲音。平常來說應該問對方的名字，不過迪米烏哥斯告訴過他有人會來，於是安茲毫不猶豫，准對方入室。

「噢，無妨，進來吧。」

那人走進安茲的房間，關上門後，改變了形體。

此人有著雞蛋般的頭部，眼口部分像是切割出來的洞。手指是尺蛾幼蟲般的細條物體，只有三根。

是二重幻影。

這是安茲受迪米烏哥斯請求，借給他的異形存在。

這隻二重幻影屬於魔物，因此不算太強。

即使變身，也只能模仿到四十級左右的能力，變身前更弱。若要舉出比較強的能力，頂多就是連附帶正義值等各種條件的武具都能自由運用。話雖如此，遺產級（Legacy）以上的魔法道具依然無法使用就是。

那人虛無空洞般的眼瞳朝向安茲，接著深深低頭：

「屬下對安茲大人有失禮數，萬分抱歉，懇請大人恕罪。」

「不用在意，你只是確實完成你的職責罷了，這方面我不會怪罪。」

「得到大人慈悲為懷的話語，屬下萬分惶恐。」

安茲視線望向門扉。

「你現在不是很忙嗎？想必有很多事需要指揮吧？還有，房門外有沒有別人？如果有人，我們必須壓低音量以免誤事。」

「大人不用擔心，屬下只要表示要單獨來見安茲大人，沒有人敢反對。」

「是這樣嗎？」

二重幻影回答：「是的。」話雖如此，還是小心為上。

「那麼安茲大人，該怎麼做呢？」

「你指什麼？」

安茲嘴上這樣說，其實他很清楚這隻二重幻影所為何來。

應該說他們早就說好，要把答案告訴這隻二重幻影。

沒錯，就是安茲讓多少人醉心於自己那件事。

「失禮了，屬下問的是那些發誓效忠安茲大人——需要留活口的人類。」

「唔嗯……」

安茲高傲地點頭，慢慢邁開腳步。

不用說，安茲不能離開房間，只是在房裡踱步罷了。安茲敢確定二重幻影那雙不知道在看哪裡的眼睛，正追著自己跑。應該說如果他沒在看自己，那也很可怕。

時間不多，安茲拚命思考後，頓時停住腳步。

——他不知道這是不是正確答案，但也沒有更好的主意能蒙混過關。

假如安茲是人類，此時心臟必定刺耳地怦怦亂跳，但這副身軀沒有任何器官能發出心跳。

激動的情緒沸騰起來，因而強制受到壓制，但仍有小幅波動湧起又降下。安茲告訴二重幻影：

「嗯，我就坦白說了。沒有需要留活口的人類，適當地殺掉一點吧。」

OVERLORD
Characters

角色介紹

Character 49

寧亞・巴拉哈

人類種族

neia baraja

罪犯之瞳

職位——聖王國解放軍隨從。

住處——賀班斯黃金地段。（老家）

職業等級 －從者——？lv

弓兵——？lv

生日——上風月1日

興趣——打掃自己房間等能獨自按部就班完成的事情。

{ personal character }

眼神有如罪犯的少女，由於容易從第一印象就受人排斥，從小朋友就非常少（幾乎沒有）。因此很不擅長建立良好的人際關係，培養出喜歡一個人做事的個性。由於弓箭本領了得，相當適合像游擊兵那樣貼近大自然生活，卻不知怎地以聖騎士爲目標，恐怕是走錯了路。題外話，從者只要滿足條件，就能直接將等級替換成其他職業。

Character 50

蕾梅迪奧斯·卡斯托迪奧

人類種族

remedios custodio

聖王國最強聖騎士

職位——聖王國解放軍團長。

住處——賀班斯黃金地段。（老家）

職業等級
- 聖騎士（天才）——?lv
- 神聖騎士——?lv
- 邪惡殺手——?lv
- 其他

生日——中火月24日

興趣——做各種鍛鍊。（部下的也包括在內）

{ personal character }

到達了英雄的領域，聖王國最強的聖騎士。由於不太喜歡用腦，總是隨心所欲地行動，因此經常造成他人嚴重困擾。誠實地說，與其當團長，擔任衝鋒隊等職務更適得其所，然而由於作爲聖騎士的武藝實在太過高超，上級無法忽視這個人才，就這樣讓她就任團長一職。勉強還能做得下去，是因爲兩名副團長賠上了自己的胃。附帶一提，據說她與聖王女能夠成爲閨密，起初的契機是生日接近。

Character 51

卡兒可·貝薩雷斯

人類種族

calca bessarez

清廉的聖王女

職位——聖王國聖王。

住處——賀班斯的王城。

職業等級 —祭司——?lv

高級女神官——?lv

聖女王——?lv

其他

生日——中火月26日

興趣——做各種美容。（以興趣而言略嫌殺氣騰騰）

{ personal character }

覺得老大不小了想快點找到結婚對象，心裡十分焦急。爲了盡量讓外貌美觀一點——維持肌齡——甚至研發了信仰系的新魔法，用來保養自己肌膚等等。她以自己爲實驗對象累積了許多專業知識，在人類國度中是美容技術的第一把交椅，但因爲本人沒有公開，誰也不知道她有這項長才。她的說法是：「我不會要求太多，只要是沒有牽扯到任何關係，願意對我本人付出眞愛的夫君就好。」

Character 52

巴塞

亞人類種族

buser

破壞之豪王

職位——亞人類種族之王。

住處——亞伯利恩丘陵。

職業等級 —山羊人王（種族）——?lv

武器專家——?lv

技術專家——?lv

其他

生日——黃金角10支

興趣——收集破壞的武器。

{ personal character }

特別強化武器破壞能力的亞人類之王，能夠使用精妙劍技針對敵手的爪子、獠牙或犄角等下手將其折斷，狩獵大型獵物時總是身先士卒。因此他能讓參加狩獵之人沒有一個受傷，平安返家，被部落成員擁戴爲至高無上的王者，大受尊敬。他整合多個部落，居住在丘陵地帶的山羊人全都在他的完全統治之下。有四名妻子，七個小孩。

OVERLORD
Characters

角色介紹

四十一位無上至尊——篇

9/41

天目一箇

異形類種族

amanomahitotsu

美食家鍛冶師

personal character

最初的九人之一，
被塔其．米的變身英雄服吸引而來並加入。
在成員寥寥無幾的時期，由於每個人都得戰鬥，
使他疏遠了鍛冶職業一段時間，
等到弄到納薩力克這個據點後，他重組技能配置，
最終成爲生產特化的職業組合。
NPC的鍛冶長設定上是他的徒弟。在做鍛冶工作時爲討吉利，
常常可以看到他吃具有增益效果的餐點。

後記

小時候，一邊挨爸媽罵一邊寫剩下的暑假作業時，或是進入八月翻開日曆時，應該有很多人幻想八月能延長到六十日吧？

丸山也每年都這麼想，而且是在九月的第一天，在學校一邊舉手說忘了寫作業一邊妄想。

於是這次，我嘗試將這種幻想化作現實！丸山曾經希望能成為實現孩子夢想的大人，如今希望成真了！這實在是太美妙了！

各位的——差不多該適可而止了。講些沒用的藉口拖延時間也不是辦法嘛。

事情就是這樣，雖然比預定日期晚了一點，但總算是出版了。哎，我想應該還在誤差的範圍內吧。不是，真的發生了很多事啦，好事壞事都一大堆。

不過話說回來，丸山在住院期間，也買了幾本電子書來看，但電子書還真不錯呢！沒想到會那麼方便，真的讓我覺得

《OVERLORD》或許也可以推出電子書版本。因此，再過不久《OVERLORD》也要電子化了。人啊，很多事情還是要自己試過才知道呢。同樣的，也有很多狀況要親身經歷才能明白。

順便提個題外話，我看的電子書是漫畫，幾乎都是戀愛喜劇類。

那麼後記到了尾聲，這次也請讓我感謝眾多人士，特別是賞光買下本書的各位讀者。還有某家醫院。

好，那麼希望下一集還能與各位相見。謝謝大家。

二〇一七年九月　**丸山くがね**

Postscript by So-bin

這一次——
安茲將會
死劫難逃。

敬請拭目以待
魔皇亞達巴沃
VS
魔導王安茲
的決戰。

不死身之王危機將至的

第13集

Volume Thirteen

是說實在很難保證預定計畫不會有變，
因此作者腦內會議提出意見，
認為是不是差不多可以拿掉預告頁了！
就是這樣，如果下一集開始沒有了，
就請當作丸山的意見獲得了勝利！
——————丸山くがね

OVERLORD 13

聖王國的聖騎士｜下

OVERLORD Kugane Maruyama | illustration by so-bin

丸山くがね

illustration◉so-bin

敬請期待
第13集

國家圖書館出版品預行編目資料

OVERLORD. 12：聖王國的聖騎士 / 丸山くがね原作；可倫譯. -- 初版. -- 臺北市：臺灣角川, 2018.01-

冊； 公分

譯自：オーバーロード. 12, 聖王国の聖騎士

ISBN 978-957-564-005-7(上冊：平裝)

861.57 106021779

Kadokawa
Fantastic
Novels

OVERLORD 12
聖王國的聖騎士 上

(原著名:オーバーロード12 聖王国の聖騎士 上)

2018年2月1日 初版第1刷發行
2022年10月25日 初版第10刷發行

作　者:丸山くがね
插　畫:so-bin
譯　者:可倫

發行人:岩崎剛人
總編輯:蔡佩芬
主　編:朱哲成
美術設計:黃永漢
印　務:李明修(主任)、張加恩(主任)、張凱棋

發行所:台灣角川股份有限公司
地　址:104台北市中山區松江路223號3樓
電　話:(02)2515-3000
傳　真:(02)2515-0033
網　址:www.kadokawa.com.tw
劃撥帳戶:台灣角川股份有限公司
劃撥帳號:19487412
法律顧問:有澤法律事務所
製　版:巨茂科技印刷有限公司
ISBN:978-957-564-005-7